GUINNESS WORLD RECORDS

GAMER'S EDITION 2019

Die Deutsche Nationalbibliothek verzeichnet diese Publikation in der Deutschen Nationalbibliografie. Detaillierte bibliografische Daten sind im Internet unter http://dnb.d-nb.de abrufbar.

ISBN 978-3-473-55461-4

Auf der offiziellen *GWR Gamer's Edition*-Website **guinnessworldrecords.com/gamers** findet ihr weitere rekordbrechende Gamer.

Guinness World Records Ltd. setzt ein umfassendes System zur Prüfung und Anerkennung von Rekorden ein. Obwohl sich stets um größtmögliche Genauigkeit bemüht wird, kann Guinness World Records Ltd. nicht für in dieser Ausgabe vorkommende Fehler verantwortlich gemacht werden. Hinweise von Lesern auf etwaige Fehler sind stets willkommen.

OFFICIALLY AMAZING

THE JIM PATTISON GROUP

GAMER'S EDITION 2019

Gaming Editor
Mike Plant
Layout Editor
Chris Bryans
Consultant Editor
Stephen Daultrey
Editor-in-Chief
Craig Glenday
Senior Managing Editor
Stephen Fall
Senior Editor
Adam Millward
Editor
Ben Hollingum
Head of Publishing & Book Production
Jane Boatfield
VP Publishing
Jenny Heller

Senior Information & Research Manager
Carim Valerio
Head of Pictures & Design
Michael Whitty
Picture Editor
Fran Morales
Picture Researcher
Wilf Matos
Talent Researcher
Jenny Langridge
Proofreading/fact-checking
Stace Harman,
Matthew White
Designer
Alvin Weetman at magazine-designers.co.uk
Artworker
Terry Stokes

Cover Designer
Billy Waqar
Original Illustrations
Maltings Partnership
Production Director
Patricia Magill
Production Coordinator
Thomas McCurdy
Production Consultants
Roger Hawkins,
Tobias Wrona
Reprographics
Res Kahraman at Born Group
Original Photography
James Ellerker,
Paul Michael Hughes,
Ben MacMahon,
Kevin Scott Ramos

Indexer
Marie Lorimer
Printing & Binding
MOHN Media Mohndruck GmbH, Gütersloh, Germany

DEUTSCHE AUSGABE
©2018 Ravensburger Buchverlag Otto Maier GmbH, Postfach 1860, 88188 Ravensburg
Übersetzung: Bastian Heinlin
Lektorat/Korrektorat: Langenbuch & Weiß
Satz: PER MEDIEN & MARKETING GmbH, Braunschweig
Druck und Verarbeitung: Mohn Media Mohndruck GmbH, Gütersloh

Jedem Versuch, Rekorde zu brechen oder aufzustellen, sollte immer eine angemessene Beratung vorausgehen. Teilnehmer unternehmen Rekordversuche immer auf eigenes Risiko. Guinness World Records Limited obliegt allein die Entscheidung, welche Rekorde in eine Guinness World Records-Veröffentlichung aufgenommen werden. Ein anerkannter Weltrekord ist keine Garantie für einen Eintrag in einer Guinness World Records Veröffentlichung.

Den Umrechnungen im Buch liegt der Interbank-Kurs vom 01. Januar 2018 zugrunde.

VORWORT

Hallo Leute, ich bin's, Stampy Cat!

Guinness World Records hat mich gebeten, euch die diesjährige Ausgabe der *Gamer's Edition* vorzustellen. Da ich absolut besessen bin von Videospielen, war ich unglaublich aufgeregt, als ich hörte, dass ich Teil dieses Buches sein darf! Wenn ich nicht selbst zocke, produziere ich Videos über Spiele oder schaue mir Streams an. Es ist mir also eine große Ehre, euch dieses Buch vorstellen zu dürfen, in dem die unglaublichsten Gaming-Leistungen gefeiert werden.

An Videospielen liebe ich am meisten, dass sie sich ständig verändern. Jedes Jahr gibt es neue TV-Serien, Filme und Bücher, aber man genießt sie immer auf dieselbe Weise. Videospiele dagegen erfinden sich immer wieder neu, dank verbesserter Technologie und cooler Ideen ihrer Entwickler.

Als ich acht Jahre alt war, spielte ich nach der Schule immer Game Boy. Wenn man mir damals gesagt hätte, dass Leute 20 Jahre später gegen andere Spieler aus der ganzen Welt spielen und dabei VR-Headsets tragen würden – ich hätte nur laut gelacht!

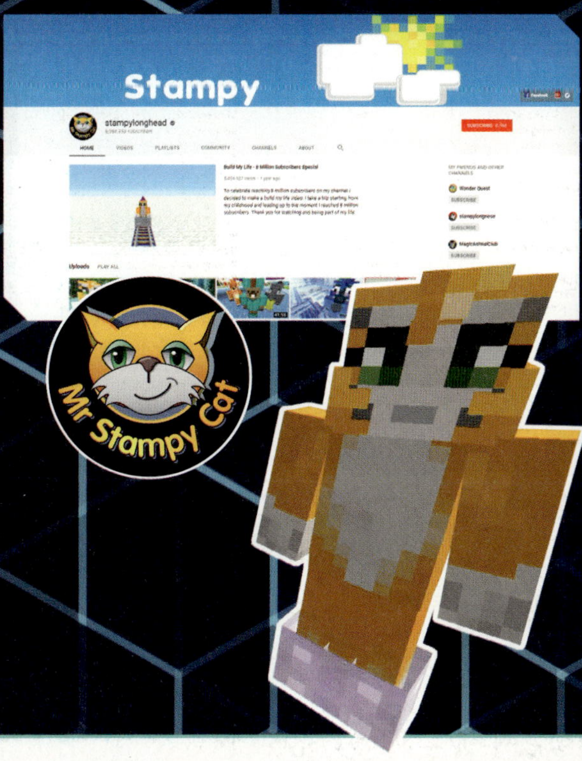

Jedes Jahr entstehen neue Kategorien für Rekorde. Es geht nicht nur um die höchste Punktzahl oder die schnellste Zeit – es gibt so viele kreative Möglichkeiten bei dem, was wir tun! Und so viele Wege, einzigartige Rekorde zu brechen oder etwas zu erreichen, was noch niemand geschafft hat.

Auch ich wollte einen Rekord aufstellen! Meine größten Leidenschaften sind *Minecraft* und Kuchen, also kombinierte ich beides bei meinem Rekord für das **schnellste Backen und Ausstellen von 10 Kuchen** (mehr dazu auf S. 100–101). Dann fand ich heraus, dass ich auch den Rekord für das **meistgesehene *Terraria*-Video** halte (9.336.915 Aufrufe bis zum 24. April 2018)! Ein tolles Gefühl, so etwas zu erreichen. Und darum geht es in diesem Buch.

Diese fantastischen Erfolge – von der **größten *Final Fantasy*-Fanartikelsammlung** (S. 54–55) bis zum **bestverdienenden eSport-Spieler** (S. 168–169) – sind unglaublich motivierend. Wir alle lieben Gaming, und hier feiern wir die Menschen, die es ganz offiziell *awesome* machen!

INHALT

BRECHT DIE REKORDE!

Egal ob ihr Gaming-Experte, eSport-Superstar, genialer Entwickler oder Besitzer einer Fanartikelsammlung seid, Guinness World Records will es von euch wissen!

1 BEWERBT EUCH

Als angehender Rekordbrecher solltet ihr zuerst **www.guinnessworldrecords.com** besuchen. Unter „Rekorde" findet ihr heraus, wie alles funktioniert und wie ihr einen Account einrichtet. Schreibt uns in einer E-Mail, welchen Rekord ihr brechen wollt.

LEST DIE REGELN 2

Die Bearbeitung dauert etwa sechs Wochen. Wollt ihr einen bestehenden Rekord brechen, schicken wir euch die offiziellen Richtlinien. Für einen neuen Rekord müssen wir die Regeln erst erstellen. Viele Anfragen werden schon in der Anmeldephase abgelehnt. Schaut in diesem Buch nach, welche Rekorde uns gefallen, und versucht es noch einmal!

3 ÜBUNG MACHT DEN MEISTER

Guinness World Records Rekordversuche sind wie Sportwettkämpfe – um in Topform zu sein, muss man viel trainieren. Je mehr ihr übt, desto höher sind die Chancen, einen neuen Rekord aufzustellen.

EUER REKORDVERSUCH 4

Wenn ihr euch sicher seid, in Gaming-Topform zu sein, dann seid ihr bereit für den Rekord. Sorgt dafür, dass alle vorgegebenen Richtlinien für einen gültigen Versuch erfüllt sind und ihr ein hochwertiges Aufnahmegerät und Zeugen parat habt.

5 SCHICKT EURE BEWEISE

Stellt sicher, dass euer Rekordversuch nicht aufgrund technischer Probleme abgelehnt wird. Macht eine Probeaufnahme, achtet auf die richtige Beleuchtung und darauf, dass nichts im Weg steht. Habt ihr einen Rekordversuch aufgezeichnet, schickt den Beweis zur Auswertung an GWR. Ganz einfach!

RAHMT EURE URKUNDE EIN 6

Ihr habt's geschafft! Als erfolgreicher Rekordbrecher erhaltet ihr eine Urkunde, die ihr euren Freunden zeigen könnt. Mit viel Glück schafft ihr es im nächsten Jahr vielleicht ins Buch. Und lasst den Kopf nicht hängen, falls es nicht geklappt hat – versucht es einfach noch einmal!

LIEBE GAMER!

Ich heiße euch herzlich willkommen zur *Guinness World Records Gamer's Edition 2019*. Den treuen Lesern unter euch ist bestimmt schon aufgefallen, dass sich etwas verändert hat …

… Richtig! Ich bin neu hier. Obwohl ich gerne glaube möchte, dass ich mehr draufhabe als ein frischgebackener Bunkerbewohner in *Fallout*, der sich erstmals ins Ödland wagt!

Vor meinem neuen Job hier habe ich Spielbewertungen für Websites und Magazine geschrieben. Das Tolle als Redakteur dieses Buches ist, dass ich Spiele nicht mehr nur kritisch begutachten muss, sondern mich voll und ganz auf die schönsten Dinge unseres liebsten Zeitvertreibs konzentrieren kann.

Das Buch gibt mir die Möglichkeit, mit Menschen zusammenzuarbeiten, die Spiele lieben, und ihnen Zertifikate zu übergeben. Dabei rede ich nicht nur von Entwicklern, sondern von YouTubern, Speedrunnern, Cosplayern, eSport-Profis und sämtlichen Menschen mit einer Leidenschaft für Spiele. Von Gamern wie euch!

Was passierte beim „Stampy Cat"-Besuch im Londoner GWR-HQ? (S. 100–101)

Ihr glaubt nicht, wie viel Xbox Raymond Cox für seinen Rekord spielte! (S. 70–71)

KEINE NORMALEN GAMER

Eine der interessantesten Personen, die ich während meiner Arbeit kennenlernen durfte, ist „Mega Ran" (links unten). Der Chiptune-Künstler baut aus den Soundtracks bekannter Spiele ganz neue Musikstücke. Mittlerweile hat er so viele Songs aus *Mega Man*-Spielen (Capcom) geremixt, dass er einen eigenen Rekord verdient hat (siehe S. 52–53).

Dann ist da natürlich noch der wunderbare Joe Garrett, alias „Stampy Cat" (oben). Er ist das perfekte Beispiel dafür, was man mit harter Arbeit und viel Leidenschaft für ein Thema alles erreichen kann. Wer

Keine Szene aus *Tron*, sondern der VR-YouTuber mit den meisten Abonnenten (S. 86–87)

Wie viele Songs kann eine Person zu *Mega Man* schreiben? Sehr, sehr viele … (S. 52–53)

seine Videos gesehen hat, weiß, dass sein *Minecraft*-Avatar eine spezielle Vorliebe für Kuchen hat. Ich glaube, wir konnten seinen Heißhunger auf Süßes etwas stillen! Mehr darüber lest ihr auf den Seiten 100–101.

Aber unsere Seiten sind nicht nur für YouTuber und Musiker reserviert. Jeder mit einem besonderen Gaming-Talent kann sich hier verewigen.

Einer meiner Lieblingsrekorde in diesem Buch stammt von Raymond Cox, alias „Stallion83" (zu sehen in seiner Gaming-Höhle, links). Er hat den **höchsten Xbox-Live-Gamerscore** aller Zeiten. Es gab Zeiten, sagt er, da spielte er 16 Stunden am Tag! Seine Belohnung? Eine Urkunde von uns und die Anerkennung von Microsoft, die ihn außerdem mit richtig coolen Sachen beschenkten (S. 70–71).

REKORDE IN ALLEN GENRES

Ich bin sehr stolz auf die Vielfältigkeit der Spiele und Rekorde in diesem Buch. Ich glaube, wir haben so ziemlich jedes Spiel-Genre mit dabei. Wobei ich zugeben muss, dass es als Redakteur natürlich besonders spannend ist, sich intensiv mit Spielen zu beschäftigen, die man selbst gerne zockt.

Deshalb gibt es eine Extraseite für *The Legend of Zelda* (S. 48–49), einen besonderen *Cuphead*-Rekord im Shoot-'em-up-Abschnitt (S. 76–77) und eine Vorstellung der zehn größten Monster in *Monster Hunter: World* auf den Seiten 116–117.

Findet heraus, wieso Lorenzo Ramondetti in seinem Marathon *Resident Evil* spielte (S. 38–39)

Lest nach, wieso „Silentc0re", alias Dan White, auf einem Maultier reitet (S. 18–19)

2018 UND DANACH ...

Egal was euer Lieblingsspiel ist, ich hoffe, ihr habt Spaß dabei, darüber in diesem Buch zu lesen. Aber bleibt nicht nur *Leser*, werdet selbst Rekordhalter! Auf Seite 5 zeigen wir euch, wie ihr einen Rekord anmeldet, und falls euch nichts einfällt, findet ihr auf den Seiten 104–105 vier *Minecraft*-Rekorde, die wir speziell für unsere Leser zusammengestellt haben.

Für aktuelle *Gamer's*-News könnt ihr uns auf Twitter unter @GWRGamers folgen. Und hört mal rein bei unserem *GWR Gamer's*-Podcast mit Gaming-News, Bewertungen und Rekordhaltern!

Mike Plant

Mike Plant

Redakteur,
GWR Gamer's Edition

Trefft den Mann, der beim *Final Fantasy*-Konzert auf die Knie ging (S. 54–55)

JAHRESRÜCKBLICK I

Die Gaming-Welt steht nicht still. Täglich gibt es aufregende Ankündigungen, bemerkenswerte Nachrichten und skurrile neue Ideen. Hier sind die Highlights seit unserer letzten Ausgabe …

MAI 2017

Activision Blizzard will den eSport durchstrukturieren
Obwohl die eSport-Industrie prächtig gedeiht, will Activision Blizzard mit seiner Major-League-Gaming-Abteilung den eSport einem noch breiteren Publikum zugänglich machen. In Zukunft sollen die Events jüngeren Spielern durch regionale Turniere und Teams noch näher gebracht werden.

Gratis-DLC: Echte Spinnen
Selbst erfahrene mexikanische Grenzbeamte waren überrascht vom Inhalt der 73 Fläschchen, die in Super-Nintendo-Modulen versteckt waren. Darin befanden sich exotische und sehr wertvolle Spinnenarten, die so in die USA geschmuggelt werden sollten. Nicht die übliche Art von Bugs …

JUNI 2017

Nintendo und Universal Studios enthüllen Super Nintendo World
Am 7. Juni zeigte uns Nintendo einen kleinen Einblick in den für 2020 geplanten Super-Nintendo-World-Themenpark in Osaka (J). Die Besucher können sich auf einer *Mario Kart*-Rennbahn vergnügen und die Schlösser von Peach und Bowser erkunden.

KI schafft *Ms. Pac-Man*-Perfektion
Am 14. Juni wurde bekannt, dass ein KI-basiertes System von Microsofts „Deep Learning"-Start-up Maluuba ein perfektes *Ms. Pac-Man*-Spiel auf dem Atari 2600 schaffte. Es erreichte die höchstmögliche Punktzahl von 999.990 – das ist noch keinem Menschen auch nur ansatzweise gelungen.

JULI 2017

***Pokémon GO*-FEST-Fans gehen leer aus**
Die 20.000 Tickets für das *Pokémon GO*-Event zum ersten Geburtstag des Spiels waren im Handumdrehen ausverkauft. Allerdings mussten die Teilnehmer den Grant Park in Chicago (USA) am 22. Juli enttäuscht verlassen, da Serverprobleme die Monsterjagd verhinderten.

Riot sieht Schuld an *LoL*-Preisanstiegen beim Brexit
Eine weitere negative Auswirkung des britischen Ausstiegs aus der EU: Riot Games kündigte an, dass ab dem 25. Juli der Wechselkurs von Riot Points in Spielen wie *League of Legends* rapide sinken würde, eine Folge des Wertverlusts des Pfund Sterling.

AUGUST 2017

Für diese Pizza kam kein Chocobo zu Schaden
Dank der Kollaboration von Domino's Pizza und Square Enix konnten australische Fans beim Bestellen ihrer *Final Fantasy*-Pizzen Beläge wie Chocobo- und Mogry-Stückchen auswählen. Glücklicherweise gab es auch einen vegetarischen Belag in Form des grünlichen Kaktors.

Gamer mit Medaillenchancen bei den Olympischen Spielen 2024?
Könnte der eSport eine Rolle bei den Spielen der XXXIII. Olympiade in Paris (F) spielen? Nachdem sich diverse Sportgremien bereits zum Thema Videospiele beraten haben, ist das tatsächlich möglich. Sonic steht bestimmt schon in den Startlöchern.

SEPTEMBER 2017

Das ultimative AFK
PLAYERUNKNOWN'S BATTLEGROUNDS-Spieler „Mysterion157" stellte seinen Charakter in einem Bad ab und ging essen. Während seine Rivalen sich gegenseitig in die Luft sprengten, wurde er der womöglich erste AFK (Away From Keyboard)-Gewinner des Spiels.

Wie jetzt? Ist Mario nun ein Klempner oder nicht?
Eine japanische Nintendo-Profilseite verriet, dass Mario, der berühmteste Klempner der Welt, gar kein Klempner ist! Auf der Seite stand, dass Mario „vor langer Zeit in diesem Gewerbe tätig gewesen sein soll". Allerdings ruderte Nintendo im März 2018 zurück und bestätigte, dass er noch Klempner sei, „aber natürlich nicht nur das".

OKTOBER 2017

Studio schließt und *Star Wars*-Spiel verschwindet
Das Visceral-Games-Studio wurde am 17. Okt. von EA dichtgemacht. Ihr heißersehntes *Star Wars*-Actionspiel (Arbeitstitel *Ragtag*) wurde komplett überarbeitet und auf die „Spiele als Service"-Strategie umgestellt.

Eine neue Ära der Nintendo World Championships?
Nach der einmaligen Neuauflage 2015 zur Feier des 25. Jubiläums der Nintendo World Championships kehrte die Veranstaltung am 7. Okt. 2017 dauerhaft zurück. Der Gewinner war „Thomas G", der den Champion von 2015 „John Numbers" besiegte.

NOVEMBER 2017

MineCon jetzt offen für alle
Bisherige MineCons fanden in Las Vegas, London und Paris statt. MineCon Earth 2017 machte das anders: Das Event wurde live im Internet übertragen und konnte von der ganzen Welt aus verfolgt werden. Diese „MineCon für jedermann" brachte Fans auf den neuesten Stand der Entwicklungen, darunter mehr von Jens Bergensten, mit dessen Unterwasser-Projekt „Update Aquatic" *Minecraft*-Spieler bald die Tiefen des Meeres ergründen können.

Verrückte Welt in *Animal Crossing: Pocket Camp*
In Nintendos Free2Play-Sim-Spiel fürs Handy können Spieler nette Campingplätze bauen, auf denen sich jeder freundlich grüßt und hilft. Einige Gamer nutzten das Spiel allerdings sehr anders: Sie gründeten obskure Sekten, die Lampenschirme (!) anbeteten, oder erschufen aus Zäunen gebaute Gefängnisse (oben).

JAHRESRÜCKBLICK II

… Und hier sind die wichtigsten Gaming-Nachrichten des restlichen Jahres, darunter eine besonders kontroverse Geschichte über ein paar der ältesten Gaming-Rekorde.

DEZEMBER 2017

Mario fasst es nicht …
Einen *Super Mario*-Plattformer durchzuspielen, ohne zu springen? Unmöglich! Doch genau das schaffte „Gamechamp3000" (USA) am 10. Dez. 2017 beim **ersten Durchspielen von *Super Mario Odyssey* ohne zu springen.** Er nutzte dafür einen Trick, bei dem das Spiel Wand- und Stangen-Sprünge nicht zählt, ebenso wenig wie Sprünge mit gefangenen Gegnern.

Mega Man ist zurück – mit neuem Look
Am 4. Dez. gab es eine Überraschung für Fans der *Mega Man*-Serie von Capcom: Zum 30. Geburtstag der Serie kündigte der Publisher das heißersehnte *Mega Man 11* für Ende 2018 an. Es wäre das erste neue Adventure der Hauptserie seit *Mega Man 10* (2010). Der neue, hochauflösende 2.5D-Look des Helden traf zwar auf geteilte Meinungen, aber wahre Fans wird es nicht stören.

JANUAR 2018

Abschiednehmen von Bulmas Stimme
Die Schauspielerin Hiromi Tsuru war 30 Jahre lang in vielen Animes, Filmen und Videospielen die Stimme der mutigen *Dragon Ball*-Heldin Bulma (alias Buruma). Sie starb im Alter von nur 57 Jahren und wurde im Nov. 2017 in einer privaten Zeremonie beigesetzt. Ihre Fans erwiesen ihr bei einer Trauerfeier im Jan. 2018 in Tokio (J) die letzte Ehre.

Game Jams werden immer beliebter
Vom 26.–28. Jan. fand die 10. Global Game Jam in Kairo (ET) statt. Das Motto lautete „Transmission" und die Teilnehmer entwickelten 8.606 Spiele rund um dieses Thema. Die 2.114 registrierten Teilnehmer in Kairo waren die **meisten Game-Jam-Teilnehmer an einem einzigen Veranstaltungsort.** Die insgesamt 42.811 Teilnehmer in 108 Ländern waren die **meisten Game-Jam-Teilnehmer an mehreren Veranstaltungsorten.**

GLOBAL GAME JAM™
www.globalgamejam.org
INNOVATION, EXPERIMENTATION, COLLABORATION

REKORDE, DIE ES NIE GAB …

1982 schaffte Todd Rogers (USA, links) die schnellste Zeit in *Dragster* (Activision, 1980). Bis 2017 war niemand auch nur annähernd an seine 5,51-sec-Marke herangekommen, und im April erhielt er dafür das GWR-Zertifikat für den **am längsten bestehenden Spiele-Rekord.** Doch es regte sich auch ein Verdacht. Im Jan. 2018 bestätigten unsere Partner bei *Twin Galaxies* (TG), dass seine Zeit technisch unmöglich zu erreichen war. Trotz heftiger Widersprüche von Rogers wurde ihm sein Rekord entzogen. Am 12. April 2018 entzog TG auch Billy Mitchell (USA, rechts) sämtliche Rekorde, darunter die *Guinness World Records*-Rekorde für die **höchste Punktzahl in *Pac-Man*** und die **erste perfekte Punktzahl in *Pac-Man*.** TG-Mitarbeiter Jeremy Young konnte beweisen, dass Mitchells Rekorde mithilfe der MAME-Emulationssoftware erreicht wurden, die laut TG-Regelwerk verboten ist.

FEBRUAR 2018

Die Teenage Mutant Ninja Turtles sind zurück
Am 13. Febr. (30 Jahre nach ihrem Videospiel-Debüt) verkündeten die Teenage Mutant Ninja Turtles auf YouTube ihren Auftritt im Superhelden-Kampfspiel *Injustice 2* (Warner Bros.). Die gepanzerten Helden treten wie andere DLC-Charaktere aus *Mortal Kombat* und Hellboy im Kampf gegen DC-Bösewichte an.

Die *Warcraft III: Reign of Chaos*-Gerüchteküche
Warcraft III (2002) wurde 2018 schon 16 Jahre alt. Wieso veröffentlichte Blizzard gerade jetzt ein Update? Patch 1.29 brachte zwar einige coole Features wie Breitbild-Unterstützung und Multiplayer-Lobbys mit 24 statt 12 Spielern, aber könnte das alles nur ein Deckmantel für eine bevorstehende Neuauflage des Strategie-Klassikers sein? Wir hoffen es!

MÄRZ 2018

Langsames Aus für WiiWare
Der 26. März war eine Deadline für alle Gamer, die noch vorhaben, die Lücken in ihrer WiiWare-Klassiker-Spielesammlung zu schließen. Bis zu diesem Tag konnte man noch Wii Points zum Kauf von WiiWare-Spielen erwerben. Unter den Titeln war auch das actionreiche Konami-Shoot-'em-up *Contra ReBirth* von 2009 (oben).

Willkommen bei *Overwatch*
Als 27. *Overwatch*-Heldin wurde Brigitte Lindholm vorgestellt. Die Tochter des Waffenschmieds Torbjörn Lindholm (Reinhardts Patentochter) war erstmals 2017 im Kurzfilm *Für Ruhm und Ehre* zu sehen. Jeff Kaplan von Blizzard sagte: „Wir wollen, dass ihr euch so in sie verliebt wie wir."

APRIL 2018

Lasst euch nicht veräppeln ...
Ganz im Sinne der Aprilscherz-Tradition in der Gaming-Community stellte Square Enix am 1. April die *Final Fantasy XIV GO* (Gathering Outdoors)-App vor. In einem YouTube-Video zeigten sie Gamer, die ihre Smartphones an (verdächtig wie Selfie-Sticks aussehende) „Harvesting Sticks" klemmten, um anschließend mit ihren „Werkzeugen" auf Steine und Bäume einzuschlagen, um so Materialien abzubauen. In einer Szene versucht ein Gamer sogar, damit zu angeln – was kein gutes Ende nimmt!

Ein Straßenkampf auf dem Tisch
Die Kickstarter-Kampagne von *Street Fighter: The Miniatures Game* startete am 4. April mit einem Ziel von 334.000 EUR. Schon 12 Tage später hatte sie mit über 900.000 EUR fast das Dreifache eingesammelt. In dem Strategiespiel würfelt man sein Glück mit Ryu, Ken und Co. gegen den fiesen Akuma und M. Bison aus. Auf den Seiten 68–69 stellen wir euch weitere Videospiele vor, die zu Brettspielen umgewandelt wurden ...

SPIELE-AWARDS

Es sah ganz danach aus, als würde *The Legend of Zelda: Breath of the Wild* alle „Best Game"-Awards des Jahres abräumen. Doch ein Event machte ihm einen Strich durch die Rechnung ...

35. GOLDEN JOYSTICK AWARDS
17. Nov. 2017, London (GB)

AWARD	GEWINNER
ULTIMATE GAME OF THE YEAR	***The Legend of Zelda: Breath of the Wild***
Best Story	*Horizon Zero Dawn*
Best Visual Design	*Cuphead*
Best Audio	*The Legend of Zelda: Breath of the Wild*
Best Gaming Performance	Ashly Burch (als Aloy in *Horizon Zero Dawn*)
Best Indie Game	*Friday the 13th: The Game*
Best Multiplayer Game	*PLAYERUNKNOWN'S BATTLEGROUNDS*
Studio of the Year	Nintendo Entertainment Planning & Development
Best VR Game	*Resident Evil VII: Biohazard*
eSports Game of the Year	*Overwatch*
Best Streamer/Broadcaster	„Markiplier"
Handheld/Mobile Game of the Year	*Pokémon Sonne und Mond*
Life Achievement	Sid Meier

The Legend of Zelda: Breath of the Wild **gewann alle Preisverleihungen bis auf eine.**

Cuphead **gewann Awards für Sound und Animation.**

GAME DEVELOPERS CHOICE AWARDS
21. März 2018, San Francisco (USA)

AWARD	WINNER
GAME OF THE YEAR	***The Legend of Zelda: Breath of the Wild***
Best Audio	*The Legend of Zelda: Breath of the Wild*
Best Debut	StudioMDHR (Cuphead)
Best Design	*The Legend of Zelda: Breath of the Wild*
Innovation Award	*Gorogoa*
Best Narrative	*What Remains of Edith Finch*
Best Technology	*Horizon Zero Dawn*
Best Visual Art	*Cuphead*
Best VR/AR Game	*SUPERHOT VR*

THE GAME AWARDS 2017
7. Dez. 2017, Los Angeles (USA)

AWARD	WINNER
GAME OF THE YEAR	***The Legend of Zelda: Breath of the Wild***
Best Game Direction	*The Legend of Zelda: Breath of the Wild*
Best Narrative	*What Remains of Edith Finch*
Best Action Game	*Wolfenstein II: The New Colossus*
Best Art Direction	*Cuphead*
Best Role-playing Game	*Persona 5*
Best Fighting Game	*Injustice 2*
Best Family Game	*Super Mario Odyssey*
Best Action/Adventure Game	*The Legend of Zelda: Breath of the Wild*
Best Score/Music	*NieR: Automata*
Best Audio Design	*Hellblade: Senua's Sacrifice*
Best Performance	Melina Juergens (als Senua in *Hellblade: Senua's Sacrifice*)
Best Ongoing Game	*Overwatch*
Best Handheld Game	*Metroid: Samus Returns*
Best VR/AR Game	*Resident Evil VII: Biohazard*
Best Strategy Game	*Mario + Rabbids Kingdom Battle*
Best Sports/Racing Game	*Forza Motorsport 7*
Best Multiplayer Game	*PLAYERUNKNOWN'S BATTLEGROUNDS*
Best Independent Game	*Cuphead*
Best Debut Indie Game	*Cuphead*
Best eSports Game	*Overwatch*

SXSW GAMING AWARDS
17. März 2018, Austin (USA)

AWARD	WINNER
GAME OF THE YEAR	***The Legend of Zelda: Breath of the Wild***
Excellence in Visual Achievement	*Horizon Zero Dawn*
Excellence in Technical Achievement	*NieR: Automata*
Excellence in SFX	*Super Mario Odyssey*
Excellence in Narrative	*What Remains of Edith Finch*
Excellence in Multiplayer	*PLAYERUNKNOWN'S BATTLEGROUNDS*
Excellence in Musical Score	*NieR: Automata*
Excellence in Gameplay	*The Legend of Zelda: Breath of the Wild*
Excellence in Design	*The Legend of Zelda: Breath of the Wild*
Excellence in Convergence	*Star Wars: Battlefront II*
Excellence in Animation	*Cuphead*
Excellence in Art	*Cuphead*
Most Promising New Intellectual Property	*Horizon Zero Dawn*
Most Fulfilling Community Funded Game	*Night in the Woods*
Matthew Crump Cultural Innovation Award	*Doki Doki Literature Club!*
Trending Game of the Year	*PLAYERUNKNOWN'S BATTLEGROUNDS*
eSports Game of the Year	*PLAYERUNKNOWN'S BATTLEGROUNDS*
VR Game of the Year	*Resident Evil VII: Biohazard*

PUBG Corporation gewann Awards für seinen innovativen Multiplayer *PLAYERUNKNOWN'S BATTLEGROUNDS.*

DICE 21ST ANNUAL AWARDS
22. Febr. 2018, Las Vegas (USA)

AWARD	WINNER
GAME OF THE YEAR	***The Legend of Zelda: Breath of the Wild***
Action Game of the Year	*PLAYERUNKNOWN'S BATTLEGROUNDS*
Adventure Game of the Year	*The Legend of Zelda: Breath of the Wild*
DICE Sprite Award	*Snipperclips*
Fighting Game of the Year	*Injustice 2*
Handheld Game of the Year	*Metroid: Samus Returns*
Immersive Reality Game of the Year	*Lone Echo/Echo Arena*
Mobile Game of the Year	*Fire Emblem Heroes*
Outstanding Achievement in Animation	*Cuphead*
Outstanding Achievement in Character	*Hellblade: Senua's Sacrifice*
Outstanding Achievement in Game Design	*The Legend of Zelda: Breath of the Wild*
Outstanding Achievement in Online Gameplay	*PLAYERUNKNOWN'S BATTLEGROUNDS*
Outstanding Achievement in Original Music Composition	*Cuphead*
Outstanding Achievement in Sound Design	*Super Mario Odyssey*
Outstanding Achievement in Story	*Horizon Zero Dawn*
Outstanding Technical Achievement	*Horizon Zero Dawn*
Racing Game of the Year	*Mario Kart 8 Deluxe*
Role-playing Game of the Year	*NieR: Automata*
Sports Game of the Year	*FIFA 18*
Strategy/Simulation Game of the Year	*Mario + Rabbids Kingdom Battle*

BRITISH ACADEMY GAMES AWARDS (BAFTA)
12. April 2018, London (GB)

AWARD	GEWINNER
BEST GAME	***What Remains of Edith Finch***
Artistic Achievement	*Hellblade: Senua's Sacrifice*
Audio Achievement	*Hellblade: Senua's Sacrifice*
British Game	*Hellblade: Senua's Sacrifice*
Debut Game	*Gorogoa*
Evolving Game	*Overwatch*
Family	*Super Mario Odyssey*
Game Beyond Entertainment	*Hellblade: Senua's Sacrifice*
Game Design	*Super Mario Odyssey*
Game Innovation	*The Legend of Zelda: Breath of the Wild*
Mobile Game	*Golf Clash*
Multiplayer	*Divinity: Original Sin II*
Music	*Cuphead*
Narrative	*Night in the Woods*
Original Property	*Horizon Zero Dawn*
BAFTA Fellowship	Tim Schafer

Night in the Woods' ungewöhnliche Erzählweise holte einen BAFTA-Award.

HARDWARE

Videospiel-Technologien entwickeln sich stets weiter, doch nicht immer geht es in die Richtung, die man erwartet. Sony und Microsoft verbessern stetig die Rechenleistung ihrer Konsolen, doch in unserer Hardware-Übersicht zeigen wir, dass auch die Größe eine wichtige Rolle spielt.

Kampf der Titanen
Microsofts Xbox One X (links) und Sonys PS4 Pro (oben) liefern sich einen Schlagabtausch um die beste Ultra-High-Definition (UHD)-Konsole. Die im Sept. 2016 veröffentlichte Sony-Konsole hatte ein ganzes Jahr Vorsprung vor Microsoft, deren Maschine im Nov. 2017 erschien. Allerdings bedeutete Microsofts aktuellere Hardware, dass sie theoretisch bessere Spielgrafiken darstellen konnte.

Wer hat nun die Nase vorn? Leider geizen beide Hersteller mit ihren Verkaufszahlen. Laut einer Meldung von Microsoft im Dez. 2017 ließ der Xbox-One-X-Start den Umsatz von Xbox-Hardware um 14 % ansteigen. Im Juni 2017 verkündete Sony, dass „jede fünfte verkaufte PS4-Konsole eine PS4 Pro war". Ohne offizielle Verkaufszahlen steht das Urteil also noch aus …

Ein eigener Arcade-Automat
Am 23. Jan. 2018 warfen wir einen ersten Blick auf den „Steam Engine Arcade". Keine Angst, ihr habt keine neue Konsole verpasst: „Inferno156" nutzte Valves Steam Link (der PC-Spiele auf Fernseher streamt), um einen kompletten Mini-Arcade-Automaten zu bauen – den **ersten Steam-Link-Arcade-Automaten.** „Er ist sogar besser geworden als erwartet", sagte „Inferno156".

Eine neue VR-Dimension?
Erste Erfahrungsberichte von Tech-Journalisten, die das neue HTC-Vive-Pro-VR-Headset testen durften, waren sehr positiv. Die verbesserte Bildschirmauflösung der Pro-Version von 1400 × 1600 Pixel pro Auge liefert im Vergleich zu den aktuellen 1080 × 1200 Pixel ein viel schärferes Bild. Sie kommt außerdem mit eingebauten Kopfhörern und einer verstellbaren Kopfhalterung. Die Nachteile? Das Headset soll 879 EUR kosten und wird voraussichtlich erst im Juni 2018 erscheinen (falls nichts dazwischenkommt).

Kleiner Controller, große Leistung
Als „Madmorda" einen Nintendo-GameCube-Controller als Schlüsselanhänger sah, wandelte sie ihn mit einem GC+ Board von Aurelio Mannara kurzerhand in einen funktionsfähigen GameCube-Controller um. Es ist der **kleinste funktionsfähige GameCube-Controller** und der **kleinste funktionsfähige Videospiel-Controller** überhaupt. Er ist 63 × 45 × 31 mm klein. Der neuesten Version ihres Controllers fügte die Erfinderin sogar eine Rumble-Funktion hinzu.

Nintendo-Stars treiben Switch-Verkäufe voran
Die schlechten Wii-U-Verkaufszahlen waren vergessen, als die Nintendo Switch zur am schnellsten verkauften Konsole in den USA wurde. Vom 3. März 2017 bis zum 3. Jan. 2018 wurde sie 4,8 Mio. Mal verkauft. Dabei halfen die Spiele-Hits *Super Mario Odyssey* und *The Legend of Zelda: Breath of the Wild* kräftig mit.

Segas Mini-Mega-Drive
Zweifellos inspiriert vom Erfolg der Nintendo NES Classic Mini und Super NES Classic Mini (rechts), kündigte Sega auf dem Sega-Fes-Event im April 2018 die Mega Drive Mini an. Geplant ist, die Miniversion der Mega-Drive-Konsole (in den USA bekannt als Genesis) pünktlich zum 30. Jubiläum der originalen Konsole zu veröffentlichen. Die erschien am 29. Okt. 1988 in Japan.

Zum Drucktermin unseres Buchs gab es noch keine Informationen zu den Spielen, aber Sega-Klassiker wie *Sonic the Hedgehog, Golden Axe, Streets of Rage, Dynamite Headdy, Comix Zone* und *Gunstar Heroes* sind heiße Kandidaten.

Eine Gaming-Legende kehrt zurück …
Nintendo bewies mit der Veröffentlichung der Super NES Classic Mini im Sept. 2017 ein zweites Mal – nach der NES Classic Mini 2016 –, wie stark sein Produktkatalog ist (oben die EU-Version, rechts die US-Version). Das Unternehmen gab an, dass bis Ende Jan. 2018 über 4. Mio. Konsolen verkauft worden seien. Und es gibt bereits Gerüchte über einen Game Boy Classic Mini …

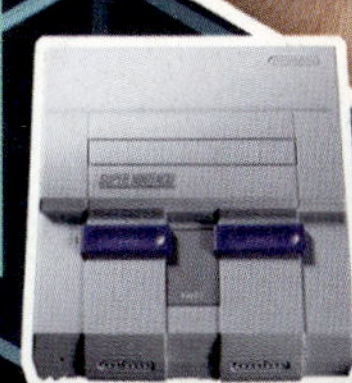

Herumswitchen mit Nintendo Labo
Am 20. April 2018 erschien Nintendo Labo für die Switch – das **erste Augmented-Reality-Spiel zum Selberbauen.** Gamer können zwischen dem „Multi-Set", das eine Angelrute beinhaltet (links), und dem „Robo-Set" (unten) wählen.

Labo-Sets bestehen aus Pappbögen, die zusammengebaut werden müssen. Aus den so entstandenen Controllern, den „Toy-Cons", kann man beispielsweise ein Klavierspiel, ein ferngesteuertes Auto oder ein Motorrad bauen. Die Toy-Cons nutzen die Switch-Konsole und ihre Joy-Cons für völlig neue Spielerfahrungen, die sich besonders an jüngere Gamer richten.

TOP 10

BESTVERKAUFTE KONSOLEN ALLER ZEITEN

Obwohl sich die PS4 von Sony wie warme Semmeln verkaufte, ist sie noch lange nicht die meistverkaufte Konsole aller Zeiten. Tatsächlich konnte keine Konsole der letzten 18 Jahre den aktuellen Champion vom Thron stürzen. Kleiner Trost: Dieser stammt auch aus dem Hause Sony.

1

PLAYSTATION 2

157,68 MIO.

Release:
4. März 2000 (J)

2

NINTENDO DS

154,90 MIO.

Release:
21. Nov. 2004 (USA)

3

GAME BOY

118,69 MIO.

Release:
21. April 1989 (J)

4

PS ONE

104,25 MIO.

Release:
3. Dez. 1994 (J)

5

WII

101,64 MIO.

Release:
19. Nov. 2006 (USA)

6

PLAYSTATION 3

86,90 MIO.

Release:
11. Nov. 2006 (J)

7

XBOX 360

85,80 MIO.

Release:
22. Nov. 2005 (USA)

8

GAME BOY ADVANCE

81,51 MIO.

Release:
21. März 2001 (J)

9

PLAYSTATION PORTABLE

80,82 MIO.

Release:
12. Dez. 2004 (J)

10

PLAYSTATION 4

75,59 MIO.

Release:
15. Nov. 2013 (USA)

Verifiziert von *VGChartz*, Stand: 10. März 2018.

OPEN WORLD

Vom höchsten Berggipfel bis zu den dunkelsten Tiefen des Ozeans lassen euch Open-World-Spiele jeden ihrer kleinsten Winkel erkunden. Wir lotsen euch durch die riesigen Spielwelten und tauchen ein in ihre Vergangenheit, erkunden die Gegenwart und werfen einen Blick in die Zukunft.

„ICH HABE MIR DEN SPRINT-RHYTHMUS EINGEPRÄGT UND KONNTE SO DIE AUSDAUER MEINES MAULTIERS VERLÄNGERN!"

DAN „SILENTCORE" WHITE ÜBER SEINEN REKORD

MEISTE GEFESSELTE NPCS IN *RED DEAD REDEMPTION* IN DREI MINUTEN

Dan White (GB), unter Gamern auch als YouTuber „Silentc0re" bekannt, hält nicht nur einen, sondern gleich zwei Rekorde in Rockstars Western-Hit.

Zunächst bewies er sein Geschick mit dem Lasso, indem er 16 NPCs (simple Dorfbewohner) in 3 min einfing. „Der beste Ort, um NPCs einzufangen, war Casa Madrugada, ein kleines Nest in Mexiko", verriet er uns. „Die Gesetzeshüter dort haben beide Augen zugedrückt, während ich haufenweise Dorfbewohner zusammenschnürte."

Bei seiner zweiten Herausforderung erreichte er auf dem unspektakulärsten Reittier des Spiels – dem Maultier – mit 11:07 min die **schnellste Reitzeit von Dixon Crossing nach Gaptooth Ridge.** „Wenn man in *Red Dead Redemption* auf dem Maultier unterwegs ist, muss man damit rechnen, zu allen Verabredungen zu spät zu kommen", sagte er.

Beide Rekorde wurden am 21. Sept. 2017 im GWR-Hauptquartier in London (GB) erreicht.

HISTORISCH

Gefahren drohen hier von wilden Säbelzahntigern, den meistgesuchten Wildwest-Banditen oder den mumifizierten Überresten altägyptischer Pharaonen. Und nur die tapfersten Gamer sichern sich einen Platz in den Geschichtsbüchern …

MEISTE ATTENTATE IN *ASSASSIN'S CREED: SYNDICATE*

Auf den nebligen Straßen des viktorianischen Londons in *Assassin's Creed: Syndicate* können die Spieler bei ihren Streifzügen beliebig viele Nebenmissionen annehmen. Am 12. Febr. 2018 hatte „ANA PAULA FBI" 12.243 erfolgreiche Nebenmissionen-Attentate auf der Xbox One ausgeführt (verifiziert von *TrueAchievements*). Das waren über 2.000 mehr als der zweitbeste Assassine „ChereneC17" erzielen konnte.

EUER NEUES LIEBLINGS-SPIEL

SKULL & BONES

Plattformen: PS4, Xbox One, PC

Gamer, die das Piratenleben in *Assassin's Creed IV: Black Flag* (Ubisoft, 2013) genossen haben, werden sich bestimmt bald am Hafen einfinden, wenn das neue *Skull & Bones* (Ubisoft) einläuft. Aber nur die besten Kapitäne landen nicht im Seemannsgrab.

MEISTE EROBERTE AUßENPOSTEN IN *FAR CRY PRIMAL* AUF DER XBOX ONE

Auf leisen Sohlen und mit einem Plan, Speer und Knüppel bewaffnet eroberte Xbox-One-Gamer „Taylor Shrout" laut *TrueAchievements* bis zum 13. Febr. 2018 mit seinem Bestienbegleiter 105 Lager in dem beliebten Ableger der Open-World-Serie von Ubisoft.

Für den kühnen Gamer „wheelhorse50" war das Erkunden wichtiger als alle Eroberungen. In der riesigen Welt von *Far Cry Primal* hatte er genügend Reiseziele. Der Xbox-One-Experte lief sich die Füße wund und schaffte mit 1.401,4 km die **größte zurückgelegte Distanz in *Far Cry Primal*.** Hoffentlich findet sein Höhlenmensch-Charakter bald heraus, wie man ordentliches Schuhwerk herstellt!

SELTENSTER *ASSASSIN'S CREED ORIGINS*-ERFOLG

Nur wenige Gamer konnten alle Orte, Gräber und geheimen Kammern in der riesigen ägyptischen Wildnis von *Origins* finden. Den „Alte Gewohnheiten"-Erfolg erhält man nur, wenn man alle Schauplätze absolviert. Laut *TrueAchievements* schafften das bis zum 13. Febr. 2018 nur 17,25 % aller Xbox-One-Spieler.

Auf der PS4 ist „Alte Gewohnheiten" die zweitseltenste Trophäe (die Platin-Trophäe in *Origins* nicht mitgezählt). Noch etwas seltener ist die „BUMM!"-Trophäe. Diese kann nur mit viel Glück oder von sehr geschickten Gamern erreicht werden, die mit Feuerpfeilen auf Ölkrüge schießen und mit der verursachten Feuersbrunst 30 Feinde auf einmal töten.

Q&A: DR. GARRY J. SHAW

Der promovierte Ägyptologe Garry J. Shaw kann genau erklären, wie exakt sich *Assassin's Creed Origins* an geschichtliche Fakten hält ...

Q Gab es in den Pharaonengräbern wirklich Fallen?

A Nein, aber die Ägypter taten alles, um es Grabräubern so schwer wie möglich zu machen, an das königliche Grab zu kommen. Manchmal brachten sie Eingänge zu Kammern direkt unter der Decke an oder versteckten den nächsten Durchgang hinter riesigen Steinblöcken. Räuber hätten sich erst durch den Stein graben müssen, um in die Grabkammer zu gelangen. Leider wurden sie trotzdem geplündert.

Q *Origins'* Hauptcharakter Bayek ist ein Medjai. Wer waren diese Leute?

A Die Medjai waren ein nubisches Volk aus Süd-Ägypten und Nord-Sudan und galten als große Krieger. Später wurden sie als Wächter im Tal der Könige eingesetzt, wo sich die Grabstätten berühmter Pharaonen wie Tutanchamun befinden.

Q Wo weicht *Assassin's Creed Origins* am meisten von der Geschichte ab?

A Hmm. Ich bin mir sicher, dass es kein Hobby der alten Ägypter war, ihre Pyramiden hochzuklettern und wieder runterzurutschen – das waren heilige Stätten!

MEISTE TWITTER-FOLLOWER EINES PUBLISHERS

Rockstar Games' 9.160.346 Follower wurden bis zum 12. Febr. 2018 nur von der PlayStation (15.362.173) und der Xbox (12.587.196) übertroffen, die aber neben Spielen auch Konsolen produzieren. Der erfolgreichste Rockstar-Tweet, die Ankündigung von *Red Dead Redemption II* (oben) im Okt. 2016, hatte 142.599 Retweets (die News, dass das Spiel sich verzögert, nur 16.922 Retweets).

Schwierigster Fall in *L.A. Noire*
Zurück ins Akademietraining heißt es für alle Gamer, die die „Das gefallene Idol"-Akte in Rockstars Open-World-Detektivspiel (2011) nicht lösen konnten. Der Fall rund um einen ehemaligen Schauspielstar und ihre Nichte, die einen Filmproduzenten des versuchten Mordes beschuldigen, war laut Rockstars Statistiken vom 31. Okt. 2017 für 8.219.654 angehende Detektive unlösbar.

GAMING GOLD

Überflieger
Leonardo da Vincis Flugmaschine wurde in *Assassin's Creed II* (Ubisoft, 2009) spektakulär zum Leben erweckt, um damit Ziele auszuschalten.

Teuerste Sammleredition eines Action-Adventure-Spiels
Von den sechs verschiedenen *Assassin's Creed Origins*-Editionen war die auf 999 Stück limitierte *Dawn of the Creed Legendary Edition* mit 799,99 EUR die teuerste. Darin enthalten waren neben dem Spiel exklusive Goodies wie eine Kunstharz-Statue von Bayek und seinem Adler, ein Echtheitszertifikat, Bayeks Adlerschädel-Amulett aus Kunstharz, ein Steelbook und von den Entwicklern unterschriebene Lithografien.

Schnellster 100%-Run durch *Red Dead Redemption*
Eigentlich dauerte es Jahrzehnte, bis der Wilde Westen gezähmt war. „Renzo Bos" (NL) galoppierte allerdings in nur 41:10:50 h durch Rockstars Western und ließ seine Rivalen bei der TwistDock Endurance Gaming Challenge in Rotterdam (NL) im Juli 2010 Staub fressen.

Häufigstes Platin für ein PS-Spiel
Gamer brauchen Geschick und Ausdauer, um jede einzelne Trophäe eines PlayStation-Spiels einzusacken und so die Platin-Trophäe zu erreichen. Die meisten wurden in *Assassin's Creed II* für die PS3 geholt: laut *PSNProfiles* waren bis zum 13. Febr. 2018 156.569 Gamer erfolgreich.

Meiste Twitter-Follower einer Action-Adventure-Spielserie
Ubisofts *Assassin's Creed*-Account hatte am 13. Febr. 2018 4.237.650 Follower – die meisten einer Adventure-Serie und Platz neun der meistgefolgten Gaming-Accounts.

Meiste besiegte Gladiatoren in *Assassin's Creed Origins*
Die Gladiatoren-Arena schreckt den Xbox-Gamer „LESCHBOMBER" nicht: Bis zum 13. Febr. 2018 besiegte der tödliche Kämpfer 228 Gladiatoren (verifiziert von *TrueAchievements*).

FAKT!
Von April 2009 bis April 2010 war *Assassin's Creed II* auf den Titelseiten von 127 verschiedenen Spielemagazinen in 32 Ländern zu sehen – die **meisten Titelbilder eines Videospiels.**

ALTERNATIVE WELTEN

Wer nicht auf Fantasy-Welten und Weltraum-Abenteuer steht, kann sich auch in Open-World-Spielen im Hier und Jetzt austoben. Dabei erweitern Entwickler den schnöden Alltag des realen Lebens um Auftragsmörder, Superhelden, Spezialeinheiten und vieles mehr …

SCHNELLSTE 1 MIO. STEAM-VERKÄUFE EINES EARLY-ACCESS-SPIELS

Das am 23. März 2017 veröffentlichte *PLAYERUNKNOWN'S BATTLEGROUNDS* (Bluehole) schaffte, was zuvor noch keinem Early-Access-Spiel gelungen war: Laut *SuperData* erreichte es nach nur 16 Tagen eine siebenstellige Verkaufszahl. Außerdem war es nach 79 Tagen das **am schnellsten 100 Mio. Dollar umsetzende Steam-Early-Access-Spiel.** Was für ein Start!

EUER NEUES LIEBLINGS-SPIEL

SPIDER-MAN

Plattform: PS4

Er ist zurück in den Marvel-Filmen – und jetzt auch auf der PS4. Macht euch auf ein netzespinnendes Abenteuer mit Spidey und Peter Parker gefasst. Hoffentlich kann das Spiel *Spider-Man 2* (Activision, 2004) noch überbieten.

MEISTE *HITMAN*-MISSIONEN MIT FÜNF STERNEN

Erfolgreiche Auftragsmörder werden im Open-World-Thriller *Hitman* mit bis zu fünf Sternen bewertet, basierend auf Faktoren wie der benötigten Zeit oder unnötig Verletzten. Bis zum 12. Febr. 2018 war der Xbox-Spieler „UnknownGamer477" laut *TrueAchievements* mit 2.550 5-Sterne-Bewertungen der ultimative Hitman.

142.925

Sein ruhiges Händchen verhalf „AshenHero" (USA) zum Rekord für die **meisten getöteten Gegner in *Tom Clancy's Ghost Recon: Wildlands.*** Mit seinen beeindruckenden 142.925 Abschüssen (verifiziert von *TrueAchievements* am 12. Febr. 2018) setzte er einen Meilenstein in den Scharfschützen-Einsätzen in Ubisofts taktischem Open-World-Spiel von 2017. Den Zweitplatzierten „ChancierSet6" mit 74.090 Abschüssen ließ er dabei weit hinter sich.

Am schwierigsten zu fassendes Ziel in *Hitman*
Nur 23 % der Spieler konnten den gerissenen Xander Haverfoek, alias „The Fixer", in dem Open-World-Shooter von 2016 erledigen, wie Square Enix am 17. März 2017 bestätigte. Für ein erfolgreich getötetes „schwer zu fassendes Ziel" erhält Agent 47 diverse Belohnungen.

Meistgesehener Twitch-Streamer (Einzelperson)
Twitch-Streamer „ShadbaseMurderTV" hatte bis zum 12. Febr. 2018 332.187.004 Aufrufe. Er hatte damit den meistgesehenen Kanal einer Einzelperson, Platz vier der meistgesehenen Twitchkanäle insgesamt. Der Maskierte ist hauptberuflich Künstler, streamt aber auch Spiele wie *PUBG* und *A Hat in Time* (Gears for Breakfast, 2017).

Erfolgreichste FOB-Verteidigungen in *Metal Gear Solid V*
„中国人 Invincible Dragon" konnte laut Steam-Leaderboards seine Forward Operating Base (FOB) in Konamis Open-World-Shooter (2015) bis zum 12. Febr. 2018 1.502-mal verteidigen.

Meiste Solo-Kills in *H1Z1*
Der Gamer „Ninja", alias Richard Tyler Blevins, schaffte im Survival-Shooter von Daybreak Game (2018) während eines Matches 38 Solo-Kills („All Weapons", verifiziert von *Twin Galaxies* am 27. Febr. 2017). Für diesen Rekord musste er 150 Kontrahenten in der ausgedehnten Spielwelt ausschalten.

FAKT!
Im Juli 2016 gab es ein auf einer realen Person basierendes Ziel in *Hitman* (2016). In der „Die Welt von Morgen"-Mission hatte US-Schauspieler Gary Busey einen Überraschungsauftritt.

MEISTE DIGITALE VERKÄUFE (PC-SPIEL)

Manche Spiele kommen wie aus dem Nichts, und *PLAYERUNKNOWN'S BATTLEGROUNDS (PUBG)* ist eines davon. Der Survival-Shooter von PUBG Corporation stellte noch während seiner Entwicklungsphase Rekorde auf. Laut der Statistikseite *SuperData* wurde das Spiel im Jahr 2017 26.868.058-mal verkauft.

Es war zudem das **erste Spiel mit drei Millionen gleichzeitig spielenden Spielern auf Steam.**

Auf seinem Höhepunkt am 13. Jan. 2018 spielten 3.236.027 Gamer gleichzeitig *PUBG*. Diese Zahl machte es zu dem **am aktivsten gespielten Spiel auf Steam** und dem **Early-Access-Steam-Spiel mit den meisten gleichzeitigen Spielern.** Außerdem waren das die **meisten gleichzeitigen Spieler auf Steam in einem Spiel, welches nicht von Valve stammt.** Ein Riesenerfolg!

48 SPIELE

US-Autor Tom Clancy hatte ein Auge für technische Details und sprach damit ganze Generationen von Gamern an. Bis zum 7. März 2017 trugen 48 Spiele Clancys Namen, die **meisten Spiele mit einer realen Person im Titel.** Darunter sind 18 Spiele der *Tom Clancy's Rainbow Six*-Serie, 15 der *Tom Clancy's Ghost Recon*-Serie sowie weitere Spiele der *Splinter Cell-*, *The Division-*, *H.A.W.X.-* und *EndWar*-Serien.

Meiste Erstplatzierungen in *Fortnite Battle Royale* (Solo)
In 1.853 Partien war der PS4-Gamer „AlexRamiGaming" (USA) der letzte Überlebende und verdiente sich damit einen Platz in diesem Buch. Dabei gewann er weit über ein Viertel der 4.449 Battle-Royale-Matches die er in Epics Survival-Sandbox-Spiel startete.

Derweil schaffte „NinjasHyper" (USA) die **meisten Kills in *Fortnite Battle Royale*,** indem er in 4.407 Matches 30.851 Spieler ausschaltete.

Der Titel für die **meisten gespielten Matches in *Fortnite Battle Royale*** geht an „FusloNoNeR" mit 9.010 Spielen (alle o. g. Rekorde verifiziert von fortnitetracker.com am 12. Febr. 2018).

FUTURISTISCH

Wird es in der Zukunft Frieden geben? Nicht, wenn es nach diversen Open-World-Spielen und deren alternativen Gesellschaften geht. Einige der Welten werden von Robotern regiert, andere von Dinosauriern und in mindestens einer herrschen Roboter-Dinos. In keiner davon sind wir willkommen …

SCHNELLSTES DURCHSPIELEN VON *HORIZON ZERO DAWN: TFW*

PS4-Gamer „Schattentod“ (D) stellt hohe Ansprüche an sich selbst. Zwar raste er am 18. Nov. 2017 in nur 1:24:30 h durch die Storykampagne der *The Frozen Wilds*-Erweiterung, war aber nicht ganz glücklich damit. In einem Kommentar sagte „Schattentod“, dass sein Run zwar gut war, aber noch viel besser hätte sein können – er spielte damit auf einen für ihn unnötigen Tod in einem sehr anspruchsvollen Spielabschnitt an. Trotzdem war sein Run ganze 4 min schneller als der bisherige Rekord von „EverydaY AussiEHD“ (AUS), der nur vier Tage zuvor die DLC-Kampagne von *Horizon Zero Dawn* in 1:28:54 h durchspielte (verifiziert von *Speedrun* am 14. Nov. 2017).

12.121 STUNDEN

Laut SteamLadder.com hatte PC-Gamer „Discorrdia“ (CDN) die **meiste Gesamtspielzeit in *Ark: Survival Evolved*** (Studio Wildcard, 2017). Bis zum 28. März 2018 verbrachte der Kanadier 12.121 h damit, den mächtigen Biestern des Dinosaurierspiels zu entkommen. Das sind mehr als 505 ganze Tage!

Schnellstes Durchspielen von *inFAMOUS: Second Son* (100% böses Karma)
Um das Superkräfte-Open-World-Spiel mit bösem Karma zu beenden, muss man kapitulierende Gegenspieler exekutieren und friedliche Proteste stören. „SpiderHako" (D) gab sich seiner dunklen Seite hin und beendete das Spiel am 6. Juli 2017 in nur 6:35:24 h (verifiziert von *Speedrun*).

Einen friedlicheren Weg wählte „Gamecuber" (ZW), der am 22. Sept. 2016 den **schnellsten 100%-gutes-Karma-Run in *inFAMOUS: Second Son*** schaffte. Mit einer Zeit von 7:20:29 h bewies er auch, dass man sich fürs Gutsein oft etwas mehr Zeit nehmen muss. Für seinen Gutes-Karma-Run musste er die Geiseln im Spiel lebend retten und zahlreiche Bösewichte besiegen.

Meiste Twitter-Follower eines Videospiel-Charakters
Bis zum 26. Febr. 2018 hatte der „persönliche" Twitter-Account des großmäuligen, aber liebenswürdigen Roboters Claptrap aus der *Borderlands*-Serie (2K) 124.000 Follower und übertraf damit alle fiktiven Gaming-Charaktere mit „persönlichen" Accounts.

Meiste erfolgreiche Koop-Missionen in *WATCH DOGS 2*
Xbox-One-Spieler „Neohidro" (LV) hackte sich bis zum 26. Febr. 2018 durch 1.948 Koop-Missionen des Action-Adventures von Ubisoft von 2016 (verifiziert von *TrueAchievements*). In den zufällig generierten Missionen von *WATCH DOGS 2* geht es unter anderem um Autodiebstahl, Datenklau und die Befreiung von Gefangenen.

Schnellstes Durchspielen von *Fallout 4*
Der Gamer mit dem fragwürdigen Namen „tomatoanus" (USA) stellte am 7. März 2018 mit nur 40:38 min den Any%-Speedrun-Rekord in Bethesdas postapokalyptischem RPG (2015) auf (verifiziert von *Speedrun*). „Abgesehen vom Institut war es ein guter Run", kommentierte er. Nur 15 sec trennen ihn vom zweitschnellsten Vault-Bewohner „BubblesDelFuego" (USA).

Größtes selbstgebautes *Horizon Zero Dawn*-LEGO®-Modell
Nach seinen von *Halo* und *Titanfall* inspirierten LEGO-Meisterwerken baute Marius Herrmann den furchterregenden Donnerkiefer aus *Horizon Zero Dawn* nach. Sein Modell (oben) ist 42 × 30 × 65 cm groß. Er schenkte es Guerrilla Games, die es in ihren Büroräumen in Amsterdam (NL) aufstellten.

FAKT!
Roboter-Butler Codsworth kann Spieler im englischen *Fallout 4* dank 1.259 aufgezeichneter Namen direkt ansprechen. Es sind die **meisten von einem Roboter in einem Videospiel gesprochenen Namen.**

EUER NEUES LIEBLINGS-SPIEL

ANTHEM
Plattformen: PS4, Xbox One, PC
Das nächste große Release von BioWare ist ein Open-World-Actionspiel auf einem Monster-Planeten. Die Menschheit lebt in verbarrikadierten Städten und setzt bei ihrer Verteidigung auf die „Freelancers", Krieger in „Javelins" genannten Anzügen.

ERWEITERTES FRANCHISE

Bis zum 8. Febr. 2018 bot Bethesdas Onlineshop *Fallout*-Fans 53 passende Kleidungsstücke zum Spiel – die **meisten Artikel basierend auf einem Bethesda-Franchise.** Am beliebtesten war der „Ladies Heather Vault-Tec ANGL Hoodie" (links).

777.439

Beliebteste Spiele-Streamerin auf Twitch
Die selbsternannte „Vollzeit-Drachentöterin und Teilzeit-Sniperin" „OMGitsfirefoxx", alias Sonja Reid (CDN), hatte bis zum 15. März 2018 777.439 Follower. Damit liegt sie vor ihrer Kollegin „KittyPlays", die bis zum selben Datum 771.593 Follower hatte.

WELTRAUMERKUNDUNG

Ob man nun glaubt, er sei die „final frontier“ oder ein Ort, an dem einen niemand schreien hört – der Weltraum fasziniert jeden. Und auch wenn bisher nur wenige Menschen wirklich dort waren, haben in technisch höchst anspruchsvollen Spielen Millionen von Gamern virtuelle Universen erkundet.

GRÖßTE WELTALL-RETTUNGS-AKTION IN *ELITE: DANGEROUS*

„Suchen und Retten“ *(Collocare occasionem liberabuntur)* lautet das lateinische Motto der Fuel Rats aus *Elite: Dangerous* (Frontier, 2014) – einer Gruppe von Piloten, die in dem Weltraum-Epos gestrandeten Spielern hilft. Seit ihrer Gründung am 2. Juni 2015 nahmen über 1.500 Spieler an Rettungsmissionen teil und halfen mehr als 40.000 Spielern.

Frontier bestätigte, dass ihre größte Mission die Bergung der Persera war, für die die Fuel Rats 65.659,04 Lichtjahre zurücklegten – mehr als die Hälfte der Milchstraße! Die Mission endete am 23. Dez. 2017 nach unglaublichen 75 h.

372 M

Die Hull E ist ein Spezial-Frachtschiff und das **größte steuerbare Raumschiff in *Star Citizen*.** Mit 372 m Länge und 104 m Höhe überragt der Frachter alle anderen verfügbaren Schiffe des Raumfahrt-MMOs von Cloud Imperium Games. Obwohl es ihr für Kämpfe an Manövrierfähigkeit fehlt, hat sie durch ihre riesige Ladekapazität enorme Vorteile auf dem interstellaren Handelsmarkt.

Stilvoll das Universum erkunden …
Bis zum 20. März 2018 war das **teuerste Raumschiff in *Elite: Dangerous*** der Imperial Cutter (links) für läppische 208.969.451 In-Game-Credits. Das **teuerste Raumschiff in *Star Citizen*** war die „Origin 890 Jump“-Yacht (links), die am 29. Nov. 2017 für ganz reale 890 EUR im Onlineshop des Spiels erhältlich war (am 20. März 2018 war sie dort jedoch als „not available“ gelistet).

LANGLEBIGSTE CONVENTION FÜR EIN SPIEL

Seit dem ersten Event 2004 bringt das EVE Fanfest fast jedes Jahr Anhänger von *EVE Online* (CCP Games) in Reykjavík (IS) zusammen. Das Event vom 12.–14. April 2018 mitgezählt, fand das Fest schon 14-mal statt – und fiel nur einmal (2011) aus.

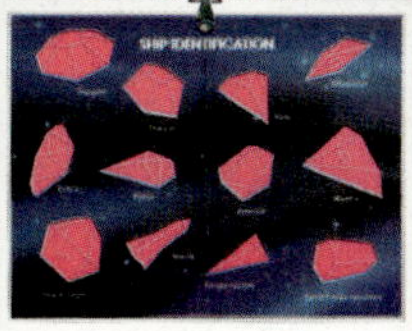

Erstes Open-World-Spiel
In dem äußerst einflussreichen Weltraum-Handelsspiel *Elite* (Ian Bell/David Braben, 1984) konnten Spieler mit ihren Piloten die unendlichen Weiten des Weltalls erkunden. Die Spielwelt bestand aus acht Galaxien mit über 2.000 Planeten, auf denen Spieler gegen Piraten kämpften und durch Handel ihr Überleben sicherten.

FAKT!

Bis zum Febr. 2018 flogen *Elite: Dangerous*-Spieler 20.262.978.541 Lichtjahre durch den Weltraum und legten 92.322.972.771 m auf Planeten zurück.

MEISTE GLEICHZEITIGE STEAM-SPIELER IN EINEM OPEN-WORLD-SCI-FI-SPIEL

Als *No Man's Sky* (Hello Games) am 9. Aug. 2016 startete, zog es 212.321 PC-Spieler gleichzeitig vor die Bildschirme. Hello-Games-Gründer Sean Murray verriet später, dass er eher mit Spielerzahlen im Bereich von 14.000 gerechnet hatte.

GAMING GOLD

Feind unbekannt? 2017 sichteten *Elite: Dangerous*-Piloten mysteriöse blütenförmige Raumschiffe (links). Sie zeigten die Rückkehr der Thargoiden, der Bösewichte aus *Elite* (1984), an!

Erfolgreichstes Crowdfunding-Videospiel
Im Sept. 2012 bat Publisher Cloud Imperium Games erstmals um öffentliche Unterstützung für sein *Star Citizen*-Projekt, das bis heute Gelder und Schlagzeilen generiert. Bis zum 19. März 2018 erhielt die Weltraum-Simulation unglaubliche 150.568.000 EUR von 1.997.150 Unterstützern (den „Star Citizens"). Damit ist *Star Citizen* nicht nur das erfolgreichste Crowdfunding-Videospiel, sondern auch das **erfolgreichste Crowdfunding-Projekt aller Zeiten.**

Meiste erkundete Systeme in *Elite: Dangerous*
Laut der offiziellen Website des Spiels hatte Weltraumforscher „Allitnil" von 2014 bis zum 16. März 2018 99.128 Systeme erkundet. Seit 17. Jan. 2016 zeichnet er seine Erforschung der unbekannten Regionen des Spiels auf.

Meiste Downloads einer *No Man's Sky*-Mod
Mit der „LowFlight"-Mod von HytekGaming können *No Man's Sky*-Spieler so nah an Planetenoberflächen heranfliegen, wie sie wollen. Dazu bietet sie ein Hover-Feature und lässt die Schiffe unter Wasser erkunden. Sie wurde im Aug. 2016 für den PC veröffentlicht und bis zum 20. März 2018 86.265-mal heruntergeladen – die beliebteste Mod der Community.

Meister gelieferter Treibstoff in einer Rettung in *Elite: Dangerous*
Die Fuel Rats, die Weltraum-Retter aus unserem großen Rekord links, reagierten im Juli 2015 auf den Hilferuf eines Kommandanten, der 3.600 Lichtjahre außerhalb der Zivilisation gestrandet war. In der „Operation: Neospike" organisierten sie eine enorme Lieferung von 500 Einheiten Treibstoff für das angeschlagene Schiff.

FANTASY

Open-World-Fantasy-Spiele führen uns in magische Welten voller Legenden und Märchen. Auf euren Reisen begegnet ihr Rittern, Zauberern, Elfen, Zwergen und vielen mehr. Aber vergesst bloß nicht, euch mit der schärfsten Klinge des Spiels auszurüsten, bevor ihr auf den obligatorischen bösen Zauberer trefft …

Weiteste Distanz bei der Vogelvolk-Herausforderung in *Breath of the Wild*
Auf dem Turm der Hügel in *The Legend of Zelda: Breath of the Wild* wartet ein Parasegel-Minispiel auf die Spieler. Rodrigo Lopes (BR) war der König der Lüfte, als er am 10. Sept. 2017 eine Distanz von 2.912,1 m zurücklegte (verifiziert von *Twin Galaxies*).

ERSTER 100%-RUN DURCH *BREATH OF THE WILD*

Bevor überhaupt ein Rekordversuch gestartet werden konnte, mussten Speedrun-Enthusiasten die Rahmenbedingungen für einen 100%-Run in Nintendos Action-Adventure klären. Dabei ging es um Schatztruhen, Rüstungs-Upgrades, Schreine, Titanen und das leidige Einsammeln aller 900 Krog-Samen.

Nachdem entschieden war, dass alle oben genannten Bedingungen komplett erfüllt sein müssen, ging Twitch-Streamer „Xalikah" (F) als Erster ins Rennen und beendete das Spiel am 17. April 2017 in 49:09:41 h. Während seines Rekord-Runs legte er sogar eine Schlafpause ein. „Ab der 30-h-Marke war es richtig hart", schrieb er in seinem Speedrun-Beitrag.

Doch die Konkurrenz schlief nicht, und am 30. Dez. 2017 schaffte „SpecsN_Stats" (USA) mit 32:15:18 h den **schnellsten 100%-Run in *Breath of the Wild*.**

EUER NEUES LIEBLINGS-SPIEL

VAMPYR

Plattformen: PS4, Xbox One, PC

In dieser Mischung aus Open-World-Action und RPG von Focus Home Interactive steht Dr. Jonathan Reid vor einem Dilemma: Trotz seines Verlangens nach menschlichem Blut versucht der Arzt, weiterhin Leben zu retten.

125-MAL VERRAT

In *Mittelerde: Schatten des Krieges* (Warner Bros., 2017) kommt es in eurer Ork-Armee ständig zu Hierarchiekämpfen um die Spitzenposition. Geht es euch an den Kragen, ist es ein „Verrat" im Spiel und Talion muss den Orks mit scharfer Klinge zeigen, wo es langgeht. Bis zum 12. März 2018 wurde Xbox-One-Gamer „bottomshelfbob" **am häufigsten verraten in *Mittelerde: Schatten des Krieges*.** 125 Orks fielen ihm in den Rücken (verifiziert von *TrueAchievements*).

Erstes Open-World-Survival-Spiel
Das zweite Jahrzehnt des neuen Jahrtausends brachte zahlreiche Open-World-Survival-Spiele hervor, darunter vor allem auf der Steam-Plattform so erfolgreiche PC-Spiele wie *DayZ* (2013), *Ark: Survival Evolved* und *PLAYERUNKNOWN'S BATTLEGROUNDS* (beide 2017). Die Anfänge des Genres lassen sich bis zum Indie-Sandbox-RPG *UnReal World* von 1992 zurückverfolgen. Es spielte in Finnland in der Eisenzeit und testete die Überlebensfähigkeiten der Gamer. Das Spiel erhielt auch im April 2018 noch Updates.

Schnellster Any%-Run durch *Mittelerde: Schatten des Krieges*
„Gaius_Ultima" (D) spazierte nicht einfach nach Mordor – der PC-Spieler sprintete! Am 28. Jan. 2018 zerstörte er Saurons Armee in nur 3:50:37 h und dankte seiner schnellen „Auflevel-Strategie" für den Rekord.

Beliebteste Mod für *The Witcher III: Wild Hunt*
Mit 426.935 Downloads und 23.884 Empfehlungen seit ihrer Veröffentlichung am 26. Nov. 2015 ist das *The Witcher III HD Reworked Project* bis zum 13. März 2018 die beliebteste Mod für das weitläufige RPG-Epos. Der Modder „Halk Hogan" polierte für PC-Spieler die Grafik des Spiels mit verbesserten Modellen und Texturen auf.

Schnellster Any%-Run durch *Dragon's Dogma: Dark Arisen*
Die PC-Version von Capcoms renommiertem Action-RPG ist eine erweiterte Veröffentlichung von *Dragon's Dogma* (2012) und wurde von „glasnonck" (USA) am 4. März 2017 in nur 1:11 h durchgespielt. Zu seinem Rekord-Run sagte er, dass er ohne Spielabsturz am Großwall und den schlechten Kampf gegen das Böse Auge noch schneller hätte sein können.

FAKT!

Filip Hráček (CZ) arbeitet an einem riesigen Open-World-Textadventure im Stil von *Skyrim*. Er veröffentlichte bereits eine Kurzversion namens *Insignificant Little Vermin*.

109 REZEPTE

Die fotorealistischen Mahlzeiten in *Final Fantasy XV* machen richtig Appetit und inspirierten „Tsubasa" (HK) im Nov. 2017 dazu, 109 Rezepte auf ihrem *Honey and Toast*-Blog nachzukochen. Es waren die **meisten nach Spiele-Rezepten zubereiteten Mahlzeiten.** Sie veröffentlichte die Rezepte auf Englisch, Chinesisch und Japanisch und gab insgesamt 3.360 EUR für Zutaten aus.

ERWEITERTES FRANCHISE

Geralt aus *The Witcher* legt schon mal die Rüstung an für sein Live-Action-Debüt auf Netflix (vermutlich 2019). Die Show will an die Erfolge von Andrzej Sapkowskis Fantasyromanen und der Videospiel-Trilogie anknüpfen.

ZOMBIES

Zombies, die Gamern auflauern, gibt es schon fast so lange wie die ersten Bildschirm-Pixel. Die aktuelle Explosion an Open-World-Survival-Spielen bietet den schlurfenden und stöhnenden Horden nun eine völlig neue Plattform, um uns auf die Pelle zu rücken. Aah!

WERTVOLLSTES VIDEOSPIEL-PAKET

$10 MIO.

Im Febr. 2016 veröffentlichte Publisher Techland eine 10 Mio. USD (8,1 Mio. EUR) teure Version der Erweiterung *Dying Light: The Following*, die „Spotlight Edition". Das außergewöhnliche Paket wurde exklusiv vom britischen Händler GAME vertrieben. Es beinhaltete eine Nebenrolle in der (noch nicht bestätigten) Verfilmung des Spiels sowie professionellen Schauspielunterricht, Stuntman/Parkour-Training, einen Offroad-Fahrkurs, eine FX-Make-up-Session, einen eigenen Trailer am Set, eine Kino-Tour mit Flügen erster Klasse und Unterkünften, 10 VIP-Premierentickets, ein originales Drehbuch, eine mögliche Synchronsprecher-Rolle und vier vom Entwicklerteam unterzeichnete *Dying Light: The Following*-Spiele.

145.259

Am 3. Aug. 2017 konnte Xbox-One-Gamer „CotJocky466" (USA) mit großem Abstand die **meisten getöteten Zombies in *State of Decay: Year-One Survival Edition*** vorweisen. Laut der Xbox-Seite TrueAchievements.com metzelte er 145.259 Untote nieder. In dem mit Zombies vollgepackten Open-World-Survival-Spiel von Undead Labs müssen die Spieler in selbstgebauten Stützpunkten ums Überleben kämpfen, plündern und mit anderen Überlebenden handeln. Es schadet nicht, wenn man nebenbei noch etwa 145.000 Spiele-Zombies ausrottet!

ERWEITERTES FRANCHISE

Dead Rising: Watchtower (2015) und *Endgame* (2016) sind Filmableger von Capcoms überdrehten Zombie-Splatter-Spielen. Jesse Metcalfe spielt darin einen Journalisten inmitten eines Virusausbruchs.

SCHNELLSTES DURCHSPIELEN VON *DEAD RISING 4*

Am 6. Jan. 2018 schlug, trat und schoss sich Xbox-One-Speedrunner „kadennoh" (J) in nur 2:00:03 h durch den normalen Schwierigkeitsgrad in Capcoms verrücktem Zombie-Open-World-Spiel *Dead Rising 4* (2016), wie Speedrun.com bestätigte. In der Rolle des Serien-Helden Frank West schaffte es „kadennoh", 1:03 min schneller zu sein als der bisherige Rekordhalter „Zimmycakesrtg".

12.320 STUNDEN

Am 16. Jan. 2018 hatte PC-Gamer "ﾑƒª┬á └i┬yﾑ" laut der Steam-Statistikseite SteamLadder.com die **längste Gesamtspielzeit in *DayZ*** (Bohemia Interactive, 2013). Das entspricht fast 17 Monaten! Und er hat sogar noch mehr Zeit in *CS:GO*, *Garry's Mod* und *Arma III* verbracht!

EUER NEUES LIEBLINGS-SPIEL

DAYS GONE
Plattform: PS4
Sonys postapokalyptisches Horrorspiel lässt Hunderte infizierte Menschen auf einen los. Diese „Freakers" können von cleveren Gamern zu ihrem Vorteil ausgenutzt werden: In gegnerische Lager gelockt, richten sie dort verheerenden Schaden an.

FAKT!

Nicht alle modernen Zombie-Spiele sehen gruselig aus. Das von Kevan Davis entwickelte *Urban Dead* (2005) ist ein browserbasiertes Text-MMORPG mit unzähligen Zombies – und 2018 immer noch erhältlich.

1 STUNDE 5 MINUTEN 4 SEKUNDEN

Schnellstes Durchspielen von *Red Dead Redemption: Undead Nightmare*
Xbox-360-Spieler „Joshimuz" (GB) säuberte *Red Deads* Wilden Westen in 1:05:04 h von den Untoten (verifiziert am 29. Okt. 2015 von *Speedrun*).

Undead Nightmare (2010) ist eine eigenständige Erweiterung von Rockstars Western, in dem sich Cowboy John Marston auf die Suche nach einem Heilmittel gegen die Untotenplage macht.

29 JAHRE

Längster Abstand zwischen Spielen einer Zombie-Serie
Zombi für die PS4, Xbox One und den PC erschien am 18. Aug. 2015 mit einem Abstand von 29 Jahren zu Ubisofts erstem Spiel der Horrorserie. Das gleichnamige Debütspiel war ein First-Person-Point-and-Click-Adventure, basierend auf George A. Romeros Film *Dawn of the Dead* (1978). Es wurde 1986 für den Amstrad CPC in Frankreich veröffentlicht und war zugleich der allererste Titel des französischen Entwicklers Ubisoft.

Meistgesehener Fanfilm basierend auf einem Zombie-Videospiel
Das Live-Action-Video „*Dying Light* – Zombie Parkour POV" von Ampisound basiert auf Techlands *Dying Light* (2015) und wurde bis zum 16. Jan. 2018 ganze 21.765.277-mal angesehen. Das am 9. Jan. 2015 veröffentlichte Video zeigt die Egoperspektive eines Parkour-Läufers, der einer unheimlich agilen Zombie-Horde entkommt.

Schnellstes Durchspielen von *Dying Light*
„TheFuncannon" (USA) schaffte am 18. Okt. 2017 einen Any%-Run durch die PC-Version von Techlands *Dying Light* in nur 1:44:28 h (In-Game-Zeit), wie von *Speedrun* verifiziert wurde. Er war damit 7 sec besser als Speedrun-Kollege „Wolfe87" (GB).

Erstes Zombie-Videospiel
Entombed (US Games, 1982) für den Atari 2600 war das erste Spiel mit untoten Gegnern. Die Spieler mussten einen Archäologen durch ein vertikales Labyrinth aus Katakomben navigieren und dabei Zombies und Sackgassen vermeiden. Das Spiel erschien noch vor dem Atari-800-Spiel *Zombies* (Bram Software, 1983).

Meiste getötete Zombies in *How to Survive*
Am 9. März 2018 hatte der Xbox-One-Gamer „Henry the Ugly" in 505 Partien des Top-Down-Survival-Spiels der Xbox-Tracking-Seite *TrueAchievements* zufolge 49.526 Zombies erlegt.

Falls ihr lieber Tier-Zombies mögt (oder besonders verabscheut), dann schaut euch mal Xbox-One-Gamer „invader nug" (USA) an, der bis zum 7. Aug. 2017 die **meisten erlegten Tier-Zombies in *How to Survive 2*** schaffte. Laut *TrueAchievements* brachte er 5.675 untote Viecher zur Strecke.

GRAND THEFT AUTO

Hohe Geschwindigkeiten, röhrende Sportwagen, Scharmützel mit der Polizei und allerlei Gesetzesbrüche machten Rockstars *Grand Theft Auto (GTA)* berühmt. Das offene, fast grenzenlose Gameplay, egal ob im Single- oder Online-Modus, fasziniert Spieler bis heute.

MEISTES GELD IN *GTA ONLINE*

Die reichste Gangsterin aller Zeiten ist „RaquelRJ" (BR), die laut Xbox-Statistikseite *TrueAchievements* am 8. März 2018 über 17 Bio. GTA-Dollar in *GTA Online* (2013) angesammelt hatte. Genau genommen waren es 17.068.000.028.900 GTA-Dollar, aber hey, die paar Milliarden mehr oder weniger …

800.000 ZEILEN

GTA: Chinatown Wars (2009) ist das **Nintendo-DS-Spiel mit den meisten Codezeilen,** nämlich genau 800.000. Berichten zufolge hat es mehr Codezeilen als *GTA: San Andreas* (2004), obwohl das ein 3D-Open-World-Spiel für die PS2 ist. Der rekordverdächtige Codieraufwand war nötig, um die riesige Spielwelt in *Chinatown Wars* zu erschaffen.

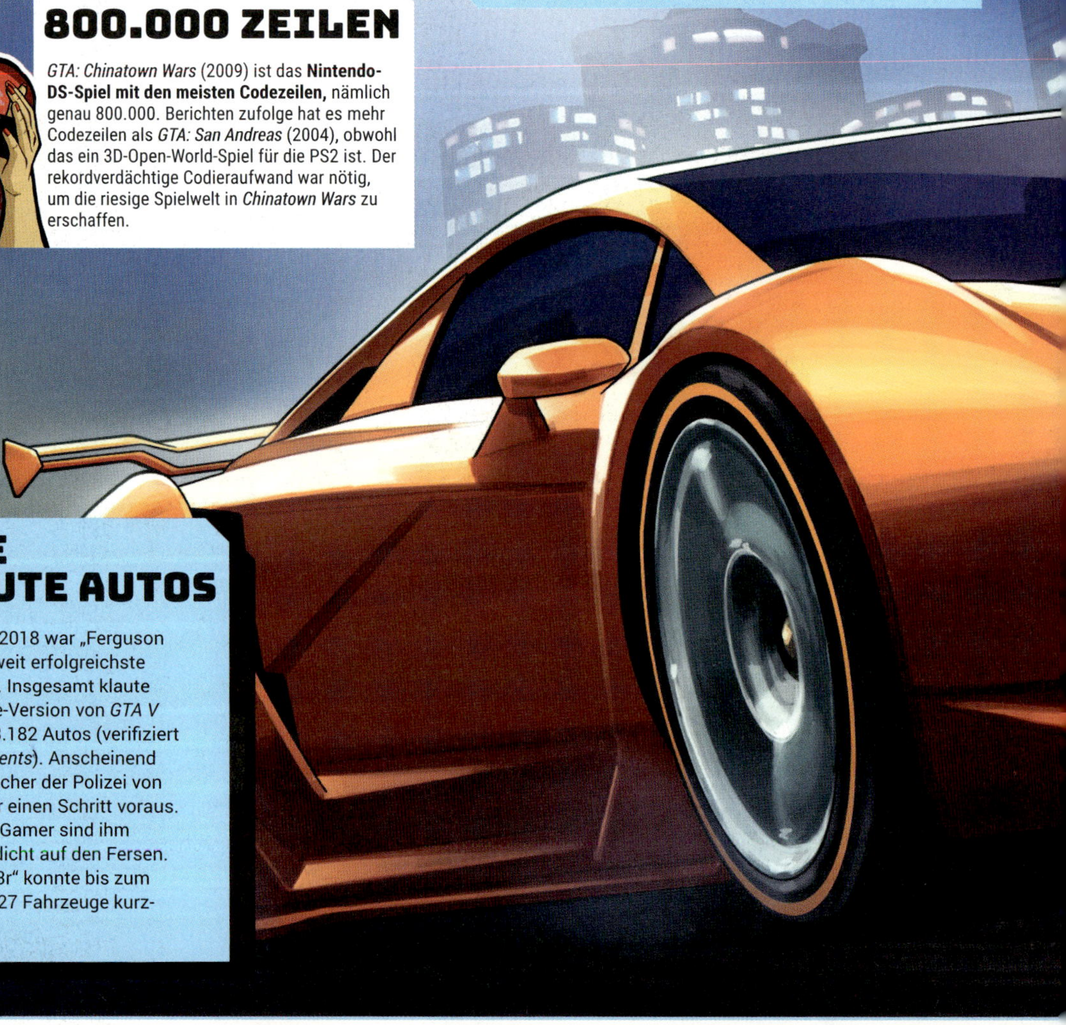

MEISTE GEKLAUTE AUTOS

Bis zum 27. Febr. 2018 war „Ferguson 010886" der weltweit erfolgreichste virtuelle Autodieb. Insgesamt klaute er in der Xbox-One-Version von *GTA V* (Rockstar, 2014) 3.182 Autos (verifiziert von *TrueAchievements*). Anscheinend ist der Großverbrecher der Polizei von Los Santos immer einen Schritt voraus. Andere diebische Gamer sind ihm allerdings schon dicht auf den Fersen. „Ce11Ph0nzR0ck3r" konnte bis zum selben Datum 3.127 Fahrzeuge kurzschließen.

ERSTES HOLLYWOOD-REMAKE IN EINEM ACTION-ADVENTURE-SPIEL

YouTuber „KRAMER'S MEDIA" (RUS) baute in einer modifizierten Version von *GTA V* den Film *Terminator 2 – Tag der Abrechnung* (1991) nach. Das am 11. April 2017 veröffentlichte Video enthält alle Schlüsselszenen des Films, inklusive der Motorrad-Verfolgungsjagd (links).

FAKT!

Bis zum 8. März 2018 sammelte eine Petition gegen die Schließung der Modding-Software OpenIV, die es Spielern erlaubt, die *GTA*-Serie beliebig zu modifizieren, 82.204 Unterschriften.

Teuerstes Fahrzeug in *GTA Online*
Der am 10. Juni 2015 veröffentlichte „Ill-Gotten Gains Part 1"-DLC enthielt einen goldenen Buckingham-Luxor-Deluxe-Privatjet für überwältigende 10.000.000 GTA-Dollar.

Doch lieber etwas billiger? Der „Executives and Other Criminals"-DLC hatte die Aquarius-Galaxy-Super-Yacht für „nur" 8.000.000 GTA-Dollar im Angebot – eine 64 m lange Yacht mit Sonnendeck und eigenem Helipad und die **teuerste Yacht in *GTA Online.***

Höchste Gesamtspielzeit in *GTA V* (PC)
Laut SteamLadder.com hatte PC-Gamer „iiiiiiiiiiiiiii" (LV) bis zum 22. März 2018 eine Gesamtspielzeit in *GTA V* und dem *GTA Online*-Multiplayermodus von unvorstellbaren 24.259 h. Das entspricht 2 Jahren 280 Tagen!

Meiste „Best Game"-Golden-Joystick-Awards für ein Spielfranchise
Die *Grand Theft Auto*-Serie konnte bereits viermal den prestigeträchtigen Publikumspreis, der jedes Jahr in London (GB) vergeben wird, einheimsen. Der erste Award ging 2002 an *GTA III*, der zweite 2003 an *GTA: Vice City*, der dritte 2005 an *GTA: San Andreas* und der vierte 2013 an *GTA V*.

Meiste Twitter-Follower eines Spieleentwicklers
Rockstar Games hatte am 22. März 2018 unglaubliche 9.215.012 Twitter-Follower. In der gesamten Gaming-Industrie hatten nur noch PlayStation (15.472.188) und Xbox (12.693.119) mehr Follower, die jedoch auch Konsolen sind.

GAMING GOLD

London calling
GTA: London 1969 (1999) schrieb Gaming-Geschichte: Das in London spielende PS-One-Spiel war die **erste Konsolenspiel-Erweiterung.** Sie funktionierte nur zusammen mit der Original-CD von *GTA* (1997).

Größtes Stunt-Team in *GTA*
Dank seiner riesigen offenen Welt ist *GTA V* der perfekte Ort für Gamer, die sich in todesmutigen virtuellen Stunts versuchen wollen. Es gibt zahlreiche Videos, in denen Spieler sich mit Fallschirmen von Gebäuden stürzen, von Bergen springen oder mit BMX-Rädern aus Flugzeugen fallen (oben). Das größte *GTA*-Stunt-Team ist das auf Team-Montagen spezialisierte Evolve Stunting mit 30 Mitgliedern am 5. April 2018.

Meistgespielte *GTA Online*-Spieleliste
Spielelisten bestehen aus Job-Sets, die von mehreren Online-Spielern gleichzeitig erledigt werden können. Die beliebteste Spieleliste ist „Venture Off-Road", in der die Spieler ihre Offroad-Rennfähigkeiten auf allen Terrains testen können. Bis zum 8. März 2018 wurde sie 745.940-mal gespielt.

TOP 10

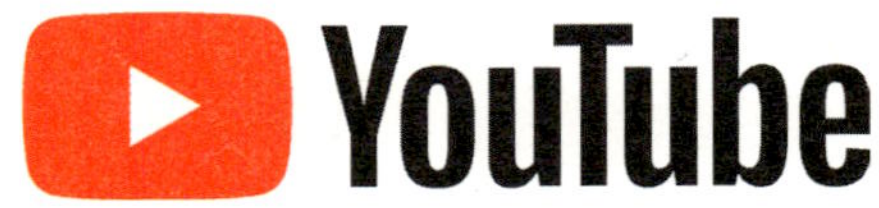

MEISTE YOUTUBE-ABONNENTEN

Talentierte Gamer reiten geschickt auf der Erfolgswelle von YouTube und Twitch (siehe S. 92–93). Gaming-Broadcaster wie „fernanfloo“ (ES), der die **meisten Abonnenten eines YouTube-Gaming-Kanals** hat, haben eine millionenstarke Anhängerschaft, die sich nach neuen Videos sehnt.

1 FERNANFLOO (ES)

27.479.422
ABONNENTEN

Hauptspiel: *PLAYERUNKNOWN'S BATTLEGROUNDS*

„fernanfloo“ hat eine gewisse Vorliebe für *PLAYERUNKNOWN'S BATTLEGROUNDS*.

2 VANOSSGAMING (CDN)

22.760.058 ABONNENTEN

Hauptspiel: *Garry's Mod*

3 VEGETTA777 (E)

21.850.747 ABONNENTEN

Hauptspiel: *Minecraft*

4 MARKIPLIER (USA)

20.137.202 ABONNENTEN

Hauptspiel: Verschiedene

5 JACKSEPTICEYE (IRL)

18.672.906 ABONNENTEN

Hauptspiel: Verschiedene

6 DANTDM (GB)

18.515.008 ABONNENTEN

Hauptspiel: *Minecraft*

7 POPULARMMOS (USA)

14.207.434 ABONNENTEN

Hauptspiel: *Minecraft*

8 THEWILLYREX (E)

13.792.181 ABONNENTEN

Hauptspiel: Verschiedene

9 AUTHENTICGAMES (BR)

13.428.410 ABONNENTEN

Hauptspiel: *Minecraft*

10 ALI-A (GB)

12.741.426 ABONNENTEN

Hauptspiel: *Fortnite*

Daten verifiziert von SocialBlade.com am 11. April 2018. YouTuber müssen in *Social Blades* Gaming-Kategorie sein.

WWII-D-DAY-SPIELE

Am 6. Juni 2019 jährt sich die Landung der Alliierten in der Normandie (der sogenannte „D-Day") zum 75. Mal. Immer wieder wird diese entscheidende Operation des 2. Weltkriegs von Spieleentwicklern aufgegriffen und gefeiert. Wir zeigen euch ein paar Beispiele ...

Zum Zeitpunkt der Veröffentlichung von *Call of Duty: WWII* im Nov. 2017 gab es mindestens 55 Spiele rund um die Ereignisse des D-Days. Es sind die **meisten Videospiel-Nachstellungen einer realen Militärkampagne.**

Der Einmarsch der Alliierten, auch bekannt als „Operation Overlord", begann am 6. Juni 1944 mit dem D-Day in Nordfrankreich. Trotz zahlreicher Verluste gelten der Landungstag und die darauffolgende Invasion als Wendepunkt im 2. Weltkrieg und resultierten letztendlich im Sieg der Alliierten 1945.

ADVENTURE

Die Entdeckung mystischer Städte, der Kampf gegen schreckliche Monster und die Flucht vor Zombies gehören zum Gaming-Alltag. Adventure-Spiele entführen uns in ebenso lebensgefährliche wie wunderbare Welten und lassen uns den Helden spielen ...

LÄNGSTER MARATHON IN EINEM SURVIVAL-HORROR-SPIEL

Lorenzo Ramondetti (I) entschied sich bei seinem Marathon für die Schrecken von Capcoms *Resident Evil*-Serie. Vom 20.–22. Sept. 2016 spielte er 36:29:40 h am Stück die PC-Versionen von *RE 4* (2005) und *RE 5* (2009) und machte nur kleinere Auszeiten – ja, auch Helden müssen hin und wieder auf die Toilette!

Leider verhinderte ein technisches Problem eine noch beeindruckendere Spielzeit. Zwar gab Lorenzo an, etwa 50 h gespielt zu haben, doch unglücklicherweise setzte sein Beweisvideo zu der oben angegebenen Zeit aus. Es reichte trotzdem für den Rekord für den längsten Survival-Horror-Spiel-Marathon und den **längsten Videospiel-Marathon in einem *Resident Evil*-Spiel.**

Der schwierigste Aspekt seines Rekordversuchs? „Nach so vielen Stunden verlangsamen sich die Reflexe und Bosskämpfe werden zur Qual." Lorenzos Tipp für angehende Marathon-Rekordjäger: „Bereitet euch gut vor, trinkt viel Wasser und vermeidet Kaffee. Am wichtigsten ist allerdings, dass ihr immer dranbleibt!"

> „Ich entschied mich für *Resident Evil*, weil es gruselig genug ist, um mich wachzuhalten!"

LORENZO RAMONDETTI

ACTION-ADVENTURE

ADVENTURE

Wer nach Abenteuern sucht und seinem langweiligen Alltag entfliehen möchte, ist hier genau richtig. Action-Adventures versetzen ihre Spieler in Szenarien, die man sonst nur aus Hollywood-Blockbustern kennt. Nur dass dieses Mal *ihr* mitten im Gefahrengebiet landet.

GEWALTIGSTER KOLOSS IN *SHADOW OF THE COLOSSUS*

Als das bewegende und atmosphärische Adventure *Shadow of the Colossus* (Sony) 2005 auf der PS2 erschien, wurde es von allen Seiten hoch gelobt. 13 Jahre später erscheint nun eine Neuauflage des Klassikers auf der PS4. Die Handlung blieb dabei unangetastet, lediglich Grafik und Steuerelemente wurden überarbeitet.

Nun kann man den prachtvollen 13. Koloss Phalanx, der das größte Biest im Spiel ist, in deutlich verbesserter Optik bestaunen. Und wie man im Hintergrund dieser Seite sieht, ist er beeindruckender denn je. Phalanx ist eine gigantische gepanzerte fliegende Schlange, deren Körperlänge auf etwa 200 m geschätzt wird. Er ist eine der größten Herausforderungen für den Spielhelden Wander, der den Giganten erlegen muss, um seine Liebste wieder zurück ins Leben zu holen.

9,95 MIO.

Sonys *Uncharted*-Serie vom US-Entwicklerstudio Naughty Dog ist schon seit 2007 auf Erfolgskurs. Der fünfte Teil der Serie, *Uncharted 4: A Thief's End* (2016), ist das **meistverkaufte PS4-Exklusivspiel.** Laut *VGChartz* wurde es bis zum 20. März 2018 ganze 9,95 Mio. Mal verkauft. Es steht damit auf Platz sechs der meistverkauften PS4-Spiele, hinter den Multiplattform-Blockbustern *GTA V* (17,43 Mio.), *Call of Duty: Black Ops III* (15 Mio.), *Call of Duty: WWII* (11,86 Mio.), *FIFA 17* (10,89 Mio.) und *FIFA 18* (10,58 Mio.).

SCHNELLSTES DURCHSPIELEN VON *THE LAST GUARDIAN*

Speedrunner „satsu" (J) hatte keine Zeit für die Schönheit und rührende Geschichte von *The Last Guardian* (Sony, 2016). Am 25. Nov. 2017 führte er die gefiederte Hunde-Kreatur Trico in nur 3:18:02 h durch das Spiel.

30 MINUTEN 32 SEKUNDEN

„bjurnie"(NL) schaffte am 11. Aug. 2017 den **schnellsten Run ohne Kräfte durch *Dishonored 2*** (Bethesda, 2016). Ohne die besonderen Fähigkeiten von Emily Kaldwin auszunutzen, raste der Gamer in nur 30:32 min durch die Einzelspieler-Kampagne. Nur zwei Tage später schaffte „cearadeth" (FIN) die gleiche Zeit.

Schnellstes Durchspielen von *Batman: Arkham Knight*
Am 24. Febr. 2018 erreichte „Feanorus" (RUS) in 2:41:37 h die Spitze der *Arkham Knight*-Rangliste im Schwierigkeitsgrad „Leicht" (verifiziert von *Speedrun*). „Insgesamt ein durchschnittlicher Run, aber ohne große Fehler", kommentierte er.

Das **schnellste Durchspielen von *Batman: Arkham Knight* im „Nightmare"-Modus** schaffte „Psychotik", alias Ricardo Cardenas (CDN). Er kämpfte sich am 3. Sept. 2017 in nur 2:48:40 h durch das Spiel.

Meiste leise getötete Gegner in *Rise of the Tomb Raider*
Xbox-One-Gamer „shadowmarrba" war auf leisen Sohlen unterwegs und brachte in *Rise of the Tomb Raider* (Square Enix, 2015) mit Lara Croft 39.275 Gegner um die Ecke, ohne dabei einen einzigen Alarm auszulösen (verifiziert von *TrueAchievements* am 24. April 2018).

Langlebigstes konstantes Spiel-Universum
Die ikonische Stealth-Spieleserie *Metal Gear* von Hideo Kojima begeistert Gamer seit 30 Jahren 222 Tagen. Die eng verbundenen Handlungsstränge der Spiele erzählen eine Geschichte, die sich über 50 Jahre erstreckt. Ihr Debüt feierte die Serie am 13. Juli 1987 auf dem MSX2-Computer; das aktuelle *Metal Gear Survive* erschien am 20. Febr. 2018. Es füllt die Lücke zwischen den *Metal Gear Solid V*-Spielen *Ground Zeroes* (2014) und *The Phantom Pain* (2015).

Schnellstes Freestyle-Rennen II in *Gravity Rush 2*
Kat, die Protagonistin in Sonys Abenteuer von 2017, kann sich wieselflink durch Neu Hiraleon bewegen. PS4-Gamer „mute101416" nutzte ihre Beweglichkeit geschickt aus und beendete das Freestyle-Rennen II am 4. Jan. 2018 in nur 16,23 sec.

EUER NEUES LIEBLINGS-SPIEL

THE LAST NIGHT
Plattformen: Xbox One, PC
Die Ästhetik des Sci-Fi-Cyberpunk-Adventures von Odd Tales ähnelt stark der von *Blade Runner*. Die Spieler übernehmen die Rolle von Charlie, der sich in einer von Technik dominierten Gesellschaft der Zukunft durchsetzen muss.

FAKT!
Zur Veröffentlichung des neuen *Tomb Raider*-Films (2018) stellte Square Enix exklusiv in Dave&Buster-Restaurants in Nordamerika Arcade-Automaten mit Laserpistolen als Controllern auf.

Beliebtestes Action-Adventure auf Steam
Der Neustart der Saga um Archäologin/Abenteurerin Lara Croft, *Tomb Raider* (Square Enix, 2013), bekam viel Beifall. Bis zum 20. März 2018 erhielt es von 77.285 PC-Spielern einen erhobenen Daumen auf Steam.

GAMING GOLD

Psycho-Logik
Die erste Begegnung mit Psycho Mantis in *Metal Gear Solid* (1998) ist unvergesslich. Der übersinnlich begabte Bösewicht wusste, welche Spiele installiert waren und konnte den Controller vibrieren lassen.

ERZÄHL-ADVENTURE

Egal ob es um die Geheimnisse antiker Welten, dramatische Geschichten aus Schulzeiten oder unheimliche Reisen ins Weltall geht, die Handlungsstränge sogenannter „narrativer" Adventures sind genauso spannend und lohnenswert wie gute Bücher …

SCHNELLSTER 100%-RUN DURCH *WHAT REMAINS OF EDITH FINCH*

Am 25. Dez. 2017 spielte PC-Gamer „Duders" (USA) das Adventure-Spiel von Giant Sparrow (2017) in nur 1:02:17 h komplett durch (verifiziert von *Speedrun*). Sein direkter Verfolger „Scuqualo" (I) schaffte am 16. Jan. 2018 eine Zeit von 1:03:50 h und landete damit immer noch 1:33 min hinter der Bestmarke von „Duders".

Für einen 100%-Run in *What Remains of Edith Finch* muss man jeden Winkel des labyrinthartigen Hauses erkunden und alles über die seltsame Familiengeschichte erfahren. Man muss durch alle Gucklöcher und Teleskope schauen, dem betrunkenen Seemann beim Singen zuhören, beide Wege zum Haus gehen, alle Kugeln auf dem Billardtisch versenken, alle Buchstaben in die Badewanne stoßen und viele weitere wundersame Dinge tun.

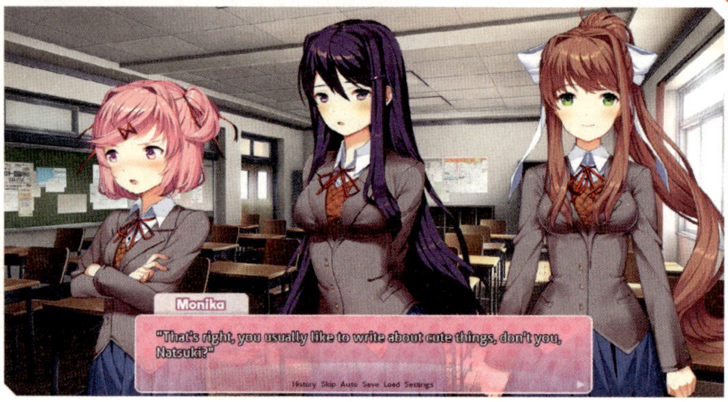

BESTBEWERTETES ERZÄHL-ADVENTURE AUF STEAM

Seine abgedrehte Geschichte rund um das Leben an einer japanischen Highschool machte *Doki Doki Literature Club!* (Team Salvato, 2017) zum Überraschungshit. Laut Steam-Datenbank hatte die Visual Novel bis zum 7. Febr. 2018 eine Nutzer-Bewertung von 95,63 % und damit mehr als alle anderen narrativen Adventures. Knapp dahinter lag *The Wolf Among Us* (Telltale Games, 2013) mit 95,21 %.

GAMING GOLD

Maniac Mansion
Das erste waschechte Point-and-Click-Adventure von LucasArts nutzte erstmals die SCUMM-Engine. Sie war die Basis für viele weitere Klassiker des Studios.

Bestbewertete Visual Novel (PS4)
Danganronpa V3: Killing Harmony (NIS America) erzählt die Geschichte mehrerer Teenager, die von dem bösen (aber niedlichen) Teddybären Monokuma (rechts) und seinem geheimnisvollen Meister entführt werden. Bis zum Febr. 2018 hatte es eine Bewertung von 82,10 %.

Meiste positive Bewertungen eines Adventure-Spiels auf Steam
Das fesselnde Episoden-Adventure *Life is Strange* (2015) hatte am 28. Febr. 2018 104.571 positive Bewertungen auf Steam. Seine Rätsel, die über Vor- und Zurückspulen der Zeit gelöst werden können, machten es zum Hit unter Gamern und hoben es auf Platz 12 der beliebtesten PC-Spiele auf Steam.

SCHNELLSTES DURCHSPIELEN VON *TACOMA*

Den Speedrun-Spezialisten „SirArthvr" (MEX) interessierte nicht, was mit der Besatzung der *Tacoma*-Raumstation passiert war. Er raste und schwebte durch Fullbrights Sci-Fi-Adventure von 2017, ohne auch nur einen Gedanken an die ausgetüftelte Story des Spiels zu verschwenden und beendete es in nur 13:41 min (verifiziert von *Speedrun* am 4. Aug. 2017).

IN THE VALLEY OF GODS

Plattform: PC
Nach dem ländlichen Amerika in *Firewatch* erweckt Campo Santo nun das Ägypten der 1920er-Jahre zum Leben. Freut euch auf Rätsel, Abenteuer und eine Chance auf unermessliche Reichtümer mit den Filmemachern Rashida und Zora.

FAKT!
Im ungewöhnlichen Kletterspiel *Getting Over It with Bennett Foddy* (2017) landen erfolgreiche Spieler am Ende zusammen mit anderen Spielern in einem Chatroom.

Meiste Full-Motion-Videos in einem Spiel
Im Indie-Mystery-Spiel *The Infectious Madness of Doctor Dekker* (D'Avekki Studios, 2017) müssen Spieler einen Mord aufklären, indem sie Patienten des getöteten Arztes verhören. Es enthält 7:11:58 h Full-Motion-Videomaterial (FMV).

Erstes „Ab 18"-Spiel in Großbritannien
Das Text-Adventure *Jack the Ripper* (CRL) basiert auf den ungelösten Morden des berüchtigten Londoner Serienmörders aus dem 19. Jahrhundert. Zur Veröffentlichung am 11. Dez. 1987 erhielt es eine „Ab 18"-Freigabe von der „British Board of Film Classification"-Behörde. Man spielt darin einen Verdächtigen, der seine Unschuld beweisen will. Wegen der blutigen Bilder verweigerten manche Händler die Auslage des Spiels komplett.

Am schnellsten verkauftes Limited-Run-Games-Spiel
Der spezialisierte Spielevertrieb verkündete am 7. Febr. 2018, dass alle 8.000 Exemplare des narrativen Adventures *Night Trap: 25th Anniversary Edition* für die PS4 (2017) in unter einer Minute ausverkauft waren. Die Neuauflage von *Night Trap* (Sega), 1992 auf der Sega Mega-CD veröffentlicht, ist ein interaktiver Film, in dem Gamer einen Geheimagenten spielen und gegen Vampire kämpfen.

Bestbewertetes Adventure (Konsole der achten Generation)
Die emotionale Handlung von *What Remains of Edith Finch* (Giant Sparrow, 2017) kam bei Kritikern gut an. Bis zum 1. März 2018 hatte es 89,52 % aus 43 Bewertungen auf *GameRankings* und lag damit auf Platz drei der bestbewerteten Adventure-Spiele aller Zeiten.

PLATTFORMSPIELE

Seit Mario sich 1981 erstmals Donkey Kong vorknöpfte, liefern uns Plattformspiele (engl. „platformers“) immer wieder neuen Nervenkitzel. Dazu bieten sie die perfekte Bühne für Speedrunner aller Art. Wir werfen einen Blick auf Gamer, die sogar Sonic hinter sich lassen …

GOLD GAMING

Frauenpower
Nintendo überraschte 1986 viele Gamer damit, dass der vermeintliche *Metroid*-Held Samus Aran tatsächlich eine Frau war.

SONIC MANIAS SCHNELLSTER RUN

Nach der Veröffentlichung von *Sonic Mania* (Sega, 2017) war der beliebte alte Renn-Igel plötzlich wieder in aller Munde. Die Spieler konnten wahlweise mit Sonic, Tails oder Knuckles (oder einer Kombination) durch die Gegend düsen, und es gab zahlreiche Gelegenheiten für neue Speedrun-Rekorde.

Am 6. Nov. 2017 schaffte „GamerYogi“ auf der PS4 das **schnellste Durchspielen von *Sonic Mania* mit Knuckles (alle Versionen).** Der US-Speedrunner flitzte in nur 1:08:39 h durch das Spiel (verifiziert von *Speedrun*).

Der Gamer „joeybaby69“ (USA) war sogar noch einen Zacken schneller. Am 22. Febr. 2018 schaffte er in nur 49:17 min das **schnellste Durchspielen von *Sonic Mania* mit Sonic und Tails (alle Versionen).** Sonic und der fliegende Fuchs bilden eine blitzschnelle Kombo.

SCHNELLSTES DURCHSPIELEN VON *METROID: SAMUS RETURNS*

„KazamidoriGanma" (J) schoss in 1:35:33 h durch Nintendos *Metroid*-3DS-Neuauflage von 2017 (verifiziert von Speedrun.com am 5. Jan. 2018). Kopfgeldjägerin Samus Aran hätte es nicht besser machen können.

EUER NEUES LIEBLINGS-SPIEL

YOSHI

Plattform: Switch

Der niedliche Nintendo-Dino wird schon bald in *Yoshi* auf der Switch auftauchen. Das Besondere an dem Spiel ist, dass die Mini-Welten (in einem fantastischen Leveldesign aus Karton und Papier) sich herumdrehen lassen.

FAKT!

Kirbys Aufstieg zum Nintendo-Superstar war nie so geplant. Sein Erfinder Masahiro Sakurai gab kürzlich zu, dass die rosafarbene Wolke nur ein Platzhalter war, der sehr gut ankam und blieb!

2 STUNDEN 28 MINUTEN 3 SEKUNDEN

Crash Bandicoot (1996), *CB 2: Cortex Strikes Back* (1997) und *CB 3: Warped* (1998) wurden überarbeitet und 2017 als *Crash Bandicoot N. Sane Trilogy* (Activision) wieder aufgelegt. Das Spiel wurde bald darauf von „gabriel-batista9" (BR) bezwungen, der mit 2:28:03 h das **schnellste Durchspielen der *Crash Bandicoot N. Sane Trilogy*** schaffte (verifiziert von Speedrun.com am 18. Jan. 2018).

SCHNELLSTES DURCHSPIELEN VON *STEAMWORLD DIG 2* AUF DEM PC

Mit einer Spitzhacke bewaffnet beendete „youpalaa" (F) am 12. Febr. 2018 *SteamWorld Dig 2* auf dem PC in 25:13 min (verifiziert von *Speedrun*). Das **schnellste Durchspielen von *Steamworld Dig 2* auf der Switch** (bzw. überhaupt einer Konsole) schaffte „GooberShadow" (USA) mit einem Any%-Run am 6. Okt. 2017 in nur 36:20 min.

Schnellster 100%-Run durch *Little Nightmares*
Twitch-Nutzerin „AlyssaMintChip" (USA) ließ sich auf ihrem Weg durch die PC-Version des gruseligen Plattformspiels von Bandai Namco (2017) nicht beirren und beendete es am 25. Mai 2017 in nur 52:57 min (verifiziert von *Speedrun*). Sie war dabei nur etwas langsamer als bei ihrem **schnellsten Any%-Run durch *Little Nightmares*** am 23. Jan. 2018 in 39:35,42 min.

Bestbewertetes Plattformspiel auf Steam
Bis zum 8. Jan. 2018 hatte *A Hat in Time* (Gears for Breakfast, 2017) eine Nutzerwertung von 95,09 % auf Steam. Insgesamt mochten 6.046 Spieler das 3D-Plattformspiel, nur bei 85 ging der Daumen nach unten. „Die Musik, Charaktere, Handlung und das ganze Design … alles verbindet sich zu einem liebenswerten Spiel", schwärmte ein glücklicher Käufer.

Weiteste gereiste Strecke in *Inside*
Durch die fallengespickten Gänge des Puzzle-Plattformspiels von Playdead (2016) zu manövrieren ist ziemlich gruselig. Das hielt Xbox-One-Gamer „Renanvsk" allerdings nicht davon ab, bis zum 23. Febr. 2018 insgesamt 4.002,5 km Wegstrecke im Spiel zurückzulegen. Der Rekord wurde von *TrueAchievements* bestätigt und konnte den vorherigen von „Lukizta" (2.200,7 km) fast verdoppeln.

Schnellster 100%-Run in *Super Mario Odyssey* (ohne Hilfen)
„hazeruin" (J) heizte am 23. Febr. 2018 in nur 11:50:40 h auf der Nintendo Switch durch das Blockbuster-Plattformspiel von 2017. Der japanische Raser musste dabei 999 Power-Monde und alle Mützen und Mario-Kostüme einsammeln. Außerdem musste er 52 Gegner „capern", jedes Lied freischalten und alle Souvenirs einsammeln. Puh!

SURVIVAL-HORROR

Geht NICHT alleine in den dunklen Keller. Geht NIEMALS davon aus, dass der Böse wirklich tot ist. Und macht AUF KEINEN FALL Urlaub an dem abgelegenen Ort, an dem „letzten Sommer sieben Leute verschwunden sind". Das sind nur einige der Horror-Regeln, die in jedem Spiel ignoriert werden …

SCHREIEND DURCH *RESIDENT EVIL VII*

Mehr Gegner, zähere Bosse, weniger Checkpoints, versteckte Hilfsgegenstände und zu guter Letzt noch Jack Baker, der euch in den schlimmsten Momenten erschreckt: Die „Madhouse"-Schwierigkeitsstufe in Capcoms schaurigem Survival-Horror-Spiel ist ein harter Brocken. Trotzdem schaffte „JigzawTwitch" (IRL) am 30. April 2017 das **schnellste Durchspielen von *Resident Evil VII: Biohazard* („Madhouse"-Schwierigkeitsstufe)** in nur 1:39:31 h (verifiziert von Speedrun.com).

„Psarthex" (F) wollte – nur mit einem Messer bewaffnet – nicht länger in der Gesellschaft von Mördern sein als unbedingt nötig. Am 14. Aug. 2017 beendete er das Spiel auf „Leicht" und schaffte mit 1:46:49 h den Rekord für das **schnellste Durchspielen von *Resident Evil VII* nur mit einem Messer bewaffnet** (verifiziert von *Speedrun*).

5.044

Meiste getötete Campbetreuer in *Friday the 13th: The Game*
Der als Bösewicht Jason Voorhees spielende „GLASSYBOWL 3D" konnte bis zum 28. Febr. 2018 5.044 Campbetreuer in der Xbox-One-Version des Multiplayer-Survival-Horror-Spiels abmurksen. Im Spiel müssen bis zu sieben Gamer als Campbetreuer den tödlichen, axtschwingenden Händen eines blutrünstigen Jason-Spielers entkommen.

GAMING GOLD

Grässliche Krähen?
Als Barry Burton in *Resident Evil* seinen Kollegen Forest Speyer (links) tot auffindet, scheint es, als ob ihn eine Krähe so zugerichtet hätte. Es war nur ein Vorgeschmack auf das, was noch folgte …

MEISTE GETÖTETE GEGNER IN *THE EVIL WITHIN 2*

Bis zum 1. Febr. 2018 konnte Xbox-One-Gamer Chris „sxy BEAST1974" Russo laut *TrueAchievements* 5.266 grauenhafte Mutanten in Bethesdas Survival-Shooter von 2017 erledigen. Der ebenfalls blutrünstige, aber etwas weniger erfolgreiche „DanielBent" erledigte 4.946 Mutanten.

EUER NEUES LIEBLINGS-SPIEL

MOONS OF MADNESS

Plattformen: PS4, Xbox One, PC

Der Unterschied zwischen Realität und Hirngespinst ist das zentrale Thema im Psycho-Horror-Spiel von Rock Pocket Games. Der Einfluss von H. P. Lovecrafts Buch *Berge des Wahnsinns* soll dem Spiel deutlich anzumerken sein.

Meistgesehenes Video auf Twitch

Am 25. Juli 2017 bestätigte Twitch, dass ein Video von „JurassicJunkieLive", alias Tom Wheldon (GB), in dem er während eines *Outlast 2*-Spiels von seiner Tochter zu Tode erschreckt wird, das meistgesehene Video aller Zeiten auf der Plattform war. Nur vier Tage nach der Liveübertragung am 21. Juli hatte das Video mit dem Titel „Streamer daughter walks in on him while playing a scary game" schon 1,5 Mio. Aufrufe, bis zum 15. März 2018 waren es bereits 2.549.675 Aufrufe. Zum Zeitpunkt der Übertragung hatte „JurassicJunkieLive" 100 Twitch-Follower – am 15. März 2018 waren es 4.921.

Schnellster „Wahnsinn"-Run durch *Outlast 2*

Am 17. Mai 2017 beendete „ItsJabo" (GB) das intensive Survival-Horror-Spiel von Red Barrels auf der höchsten Schwierigkeitsstufe, bei der es keine Checkpoints gibt, auf die man zurückgreifen kann. Trotz dieser Hürde flitzte der PC-Gamer in nur 1:58:45 h durch das furchterregende Spiel (verifiziert von *Speedrun*).

Meistgesehener YouTube-Kanal für Horrorspiele

Bis zum 28. Febr. 2018 hatte der YouTube-Kanal von „Markiplier", alias Mark Edward Fischbach (USA), 8.970.596.758 Aufrufe. Er ist bekannt für seine *Five Nights at Freddy's*-Videos und obwohl er auch andere Spielgenres bedient, dreht sich sein Kanal hauptsächlich um Horror-Games. Scott Cawthons Indie-Serie dominiert klar die Top 10 von Marks meistgesehenen Gaming-Videos; das „WARNING: SCARIEST GAME IN YEARS | Five Nights at Freddy's - Part 1"-Video hat 65.721.179 Aufrufe.

Am schlechtesten bewertetes Horrorspiel

Mit nur 25,81 % aus 26 Bewertungen auf *GameRankings* ist *Amy* (VectorCell, 2012) das am kritischsten bewertete Survival-Horror-Spiel überhaupt. „Kein Gimmick, kein einziges mechanisches oder technisches Element in *Amy* fühlt sich richtig an", heißt es in einer Bewertung.

161.590 SPIELER

Im Dez. 2013 hatte der Koop-Zombie-Shooter *Left 4 Dead 2* (Valve, 2009) 161.590 gleichzeitige Spieler – unübertroffen bis zum 28. Febr. 2018 und der neunthöchste Stand eines Videospiels auf Steam, außerdem die **meisten gleichzeitig Spielenden eines Survival-Horror-Spiels.**

ERWEITERTES FRANCHISE

Einschließlich *Resident Evil: The Final Chapter* (2016) spielte Milla Jovovich (USA) 14 Jahre lang und in sechs *Resident Evil*-Filmen Alice – sie ist damit der **produktivste Live-Action-Videospiel-Filmstar.**

FAKT!

Von allen Charakteren des *Resident Evil*-Franchise hatte Chris Redfield bis zum 5. März 2018 die meisten Auftritte: 14-mal war er dabei – der **am häufigsten spielbare Charakter der *Resident Evil*-Spielserie.**

THE LEGEND OF ZELDA

Das Erstaunlichste an Nintendos Fantasy-Adventure-Serie ist, wie abwechslungsreich die Spiele sind. Und auch jeder Link unterscheidet sich ein wenig von den anderen – mal spielt er Okarina, mal verwandelt er sich in einen Wolf. Nur eins ist immer gleich: Er ist und bleibt unser Held!

GAMING GOLD

Mit Zelda spielen
Zwar ist *Zelda: Der Zauberstab von Gamelon* (1993) für die Philips CD-i kein wirklicher Klassiker, aber man konnte darin erstmals mit Prinzessin Zelda spielen.

MEISTE AUSRÜSTBARE WAFFEN IN EINEM *LEGEND OF ZELDA*-SPIEL

Vom Chimären-Großschwert bis zum Königs-Zweihänder gibt es in *The Legend of Zelda: Breath of the Wild* (Nintendo, 2017) 153 ausrüstbare Waffen: 127 Handwaffen und 26 Bögen. Zudem gibt es sieben exklusive Gegenstände, die man nur durch *Zelda*-amiibos erhält. Aber natürlich hat Link nur Augen für sein legendäres Master-Schwert (oben).

SCHNELLSTES DURCHSPIELEN VON *THE WIND WAKER HD*

Spieler brauchen eher Tage statt Stunden, um bei ihrem Kampf gegen Ganondorf die Ozeane und tiefen Dungeons in *The Wind Waker HD* (2013) zu durchsuchen. Nicht so Gamer „Linkus7" (S), der den Nintendo-Wii-U-Titel in nur 1:03:18 h durchspielte und sogar Link in seinen Pegasus-Stiefeln Konkurrenz machen würde. Bei seinem Siegesrun am 9. März 2018 (verifiziert von *Speedrun*) war er tatsächlich nur 12 sec schneller als „gymnast86" (USA), der in 1:03:30 h durch das Spiel raste.

HÄUFIGSTER AMIIBO-NAME

Bis zum 1. Febr. 2018 hatte Nintendo 11 amiibo-Figuren mit dem Namen „Link" veröffentlicht. Darunter waren „Link (Reiter)" (oben links) aus *Breath of the Wild* (2017), eine Pixelversion von Link (Mitte) aus dem originalen *The Legend of Zelda* (1986) und „Toon-Link" (rechts) aus *The Wind Waker* (2002).

Höchste Begleitverkaufsrate eines Videospiels
Die Begleitverkaufsrate besagt, wie oft sich ein Spiel im Verhältnis zu der dazugehörigen Spielkonsole verkauft. Dass *The Legend of Zelda: Breath of the Wild* ein absolutes Muss für Nintendo-Switch-Gamer war, wurde im März 2017 anhand der hohen Begleitverkaufsrate klar: Sie lag bei +102 %, was bedeutet, dass das Spiel bei 906.000 Switch-Konsolen 925.000-mal verkauft wurde. Experten begründen diese Zahl mit zusätzlichen Käufen von Sammlereditionen, Käufen von Sammlern, die keine Switch besitzen, und privaten Masseneinkäufern, die mit einem hohen Wiederverkaufswert rechnen.

Schnellster 100%-Run durch *The Legend of Zelda: A Link Between Worlds*
Am 14. Juni 2017 beendete Speedrunner „romulostx" (BR) das 3DS-Adventure *A Link Between Worlds* in nur 3:04:59 h (verifiziert von *Speedrun*). Er sammelte alle Herzen, besaß das stärkste Master-Schwert und holte sich alle Gegenstände.

Schnellstes Wettrennen in *The Legend of Zelda: Breath of the Wild*
Bis zum 8. Sept. 2017 war Rodrigo Lopes (BR) der schnellste Wettläufer in *Breath of the Wild* (verifiziert von *Twin Galaxies*). In einem Video zeigte er, wie er das Wettrennen bei der Marathon-Anmeldung nördlich des Stalls der Tabanta-Brücke in nur 46,99 sec erledigte. Wenn man die Zielflagge auf der Spitze eines Berges schneller als sein Mitläufer Kordt erreicht, erhält man zur Belohnung 50 Rubine.

Am schlechtesten bewertetes *Zelda*-Spiel
Es sagt schon einiges über die Serie aus, wenn das am schlechtesten bewertete *Zelda*-Spiel mit mindestens 20 Bewertungen, *Tri Force Heroes* (2015) für die 3DS, trotzdem mit respektablen 72,01 % auf *Game Rankings* steht (Stand: 9. März 2018).

GRÖßTE NINTENDO-WELT

Reddit-Nutzer „EngineeringHyrule" nahm Links Größe als Orientierungswert, um die Fläche des Königreichs Hyrule in *The Legend of Zelda: Breath of the Wild* zu ermitteln. Laut seinen Berechnungen umfasst das Gebiet 62,1 km². 2016 verriet Nintendo, dass die Open-World-Karte 12-mal größer ist als das Hyrule von *The Legend of Zelda: Twilight Princess* für die Nintendo Wii (2006).

MEISTVERKAUFTES *ZELDA*-SPIEL

2018 feiert *The Legend of Zelda: Ocarina of Time* Jubiläum – 20 Jahre sind seit seiner Veröffentlichung am 21. Nov. 1998 auf der N64 bereits vergangen! Links 64-Bit-Debüt, das zum allerersten Mal Hyrule in 3D-Grafik zeigte, wurde nicht nur zum meistverkauften Spiel der *Zelda*-Serie, sondern auch das **meistverkaufte Action-Adventure-Spiel auf allen Nintendo-Plattformen** mit 7,6 Mio. Verkäufen bis zum 12. März 2018 laut *VGChartz*. Das Spiel wurde 2011 auf die Nintendo 3DS portiert und verkaufte sich dort dank seiner ungebrochenen Beliebtheit weitere 5,18 Mio. Mal.

FAKT!
The Legend of Zelda: Breath of the Wild hat wunderschöne Landschaften. Im Mai 2017 stellte Gamer NV//\/L (J) ein Fotobuch mit seinen schönsten Bildern aus Hyrule zusammen.

TOP 10

BELIEBTESTE TIERFIGUREN 2017

Was haben Sonic, Yoshi und Pikachu gemeinsam? Sie entstammen allesamt dem Tierreich, wenn auch recht vage. Von den im Jahr 2017 veröffentlichten Titeln sind dies die bestbewerteten Spiele mit tierischen Hauptdarstellern …

10
YOOKA-LAYLEE
72,22 %
Team17;
Xbox One (auch für PS4, Switch, PC)

9
POOCHY & YOSHI'S WOOLLY WORLD
77,04 %
Nintendo;
3DS

8
THE DISNEY AFTERNOON COLLECTION
78,96 %
Capcom;
PS4 (auch für Xbox One, PC)

7
MONSTER HUNTER STORIES
79,15 %
Capcom/Nintendo;
3DS (auch für iOS, Android – nur Japan)

6
POKÉMON TEKKEN DX
80,10 %
Nintendo;
Switch (auch für Wii U)

Stand: 9. März 2018. Basierend auf mindestens 20 Bewertungen, verifiziert von *GameRankings*.

Bis zum 6. Febr. 2018 war das **bestbewertete Spiel aller Zeiten mit Tierheld** das originale *Ōkami* (2006) für die PS2 mit einer Bewertung von 92,65 %.

5
CRASH BANDICOOT N. SANE TRILOGY
81,28 %
Activision; PS4

4
POKÉMON ULTRAMOND
83,07 %
Nintendo; 3DS

3
POKÉMON ULTRASONNE
84,59 %
Nintendo; 3DS

2
SONIC MANIA
87,02 %
Sega; PS4 (auch für Xbox One, Switch, PC)

1
ŌKAMI HD
88,15 %
Capcom; PS4 (auch für Xbox One, PC)

THE SOUND OF GAMING

FEATURE

Ende der 1980er-Jahre, als die Beliebtheit des Nintendo Entertainment Systems (NES) ihren Höhepunkt hatte, war Musik in Videospielen ebenso minimalistisch wie deren Grafik. Heute liegen Pixelkünste und Soundtracks vergangener Spiele wieder voll im Trend. Chiptune-Künstler sind talentierte Musiker, die mit cleveren Programmierkenntnissen neue Musikstücke aus Konsolen-Soundchips hervorzaubern – vor allem aus denen von Famicom- (der japanischen Version des NES) und Game-Boy-Spielen. Das Resultat: ein neuer Gaming-Soundtrack direkt aus der Vergangenheit.

MEISTGESEHENES CHIPTUNE-VIDEO AUF YOUTUBE

Der selbstgebaute „Chipophone"-8-Bit-Synthesizer von Linus Åkesson (S) wurde zur Internet-Sensation. In einem großartigen Video vom 21. Juli 2010 spielte Åkesson einige Gaming-Soundtrack-Klassiker, darunter *Super Mario Bros.* und *Tetris*. Bis zum 9. April 2018 hatte es 2,3 Mio. Aufrufe.

ERSTES SPIEL ZUR MUSIK EINES CHIPTUNE-KÜNSTLERS

Die Chiptune-Künstlerin „Chipzel", alias Niamh Houston (GB), hält einen einzigartigen Rekord: Es gibt ein Spiel, das auf ihrer Musik basiert. *Spectra* erschien im Mai 2015 für Xbox One und PC. In dem 3D-Rennspiel lenkt man einen Racer über eine leuchtende Rennstrecke.

MEISTE SONGS MIT BEZUG ZU EINER VIDEOSPIELSERIE

Q&A: MEGA RAN

Raheem „Mega Ran" Jarbo (USA) veröffentlichte 130 Songs rund um Capcoms Roboter-Superhelden Mega Man – und auch beim Künstlernamen ließ er sich von der Figur inspirieren.

Q Wieso hast du dir *Mega Man* als Vorlage ausgesucht?

A Es ist mein absolutes Lieblingsspiel. Erst waren es die bunten Farben, später die Soundtracks und das Gameplay, was mich reizte. Ich spiele es auch heute noch. Ich bekam die Musik einfach nicht aus meinem Kopf und habe sie daher als Inspiration genommen.

Q Was hat Capcom gesagt, als sie auf dich aufmerksam wurden?

A Ich habe mit dem Schlimmsten gerechnet, etwa einer Klage ... Aber sie mochten meine Musik und wollten sogar eine Zusammenarbeit. Sie luden mich für eine Autogrammstunde zu meiner ersten Comic Con ein und arbeiteten später mit mir an großartigen Projekten. Ich bin Capcom für ihre Aufgeschlossenheit unendlich dankbar.

Q Wie sehr freust du dich auf *Mega Man 11?* Bist du daran beteiligt?

A Ich freue mich riesig! Ich liebe den 2.5D-Stil und die kleinen Änderungen an Mega Mans Rüstung, wenn er eine neue Waffe bekommt. Wenn sie mich für die Musik bräuchten, wäre ich da! Hoffentlich sind die alten Komponisten mit dabei, für das originale *Mega Man*-Gefühl.

Q Wer ist dein Lieblingsbösewicht in *Mega Man?*

A Oh Mann, die sind alle echt cool und ich ändere auch ständig meine Meinung. Aber momentan ist es für mich der Guts Man (links) aus *Mega Man 2*. Der superstarke Bauarbeiter-Roboter wäre in der realen Welt auch sehr praktisch. Was würde ich dafür geben, einen Guts Man im Garten stehen zu haben, der mir bei der Arbeit hilft!

MEISTGESEHENE CHIPTUNE-COVERVERSION AUF YOUTUBE

Rakohus' (USA) Version von Imagine Dragons' „Radioactive" (2012) aus dem Jahr 2013 hatte bis zum 10. April 2018 1.758.331 Aufrufe. Im Video „Radioactive (8-Bit NES Remix)" bewegt sich ein 8-Bit-Tänzer zu den NES-Sounds des Liedes.

Der **meistgesehene Originalsong eines Chiptune-Künstlers auf YouTube** ist „Miku" (2016) von Anamanaguchi mit 2.971.086 Aufrufen.

MEISTGEHÖRTE CHIPTUNE-KÜNSTLER AUF SPOTIFY (2017)*

1. Anamanaguchi (USA, rechts)
2. Disasterpeace (USA)
3. she (PL)
4. I Fight Dragons (USA)
5. Dj Cutman (USA)
6. Sabrepulse (GB)
7. Stamp (T)
8. Dubmood (S)
9. Shirobon (GB)
10. Chipzel (GB)

* verifiziert von Spotify am 15. Jan. 2018

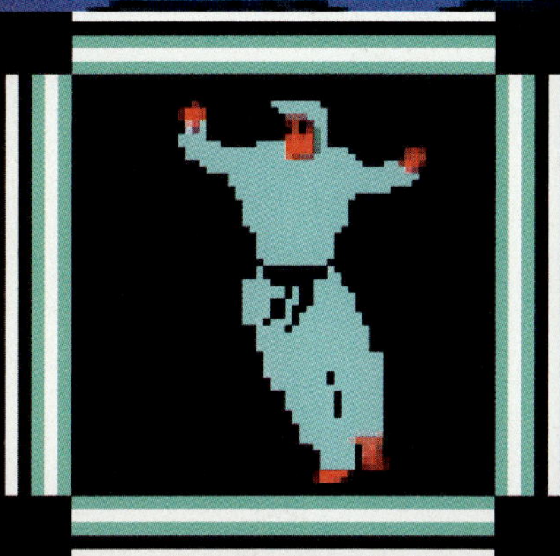

ROLLENSPIELE

Es gibt nur wenige Gaming-Genres, die uns so sehr in den Bann ihrer Geschichten ziehen wie RPGs. Vom unglaublich fantasievollen *Final Fantasy* bis zum Sci-Fi-Hit *Mass Effect* lassen uns RPGs in ihre lebendigen Welten eintauchen – und dabei jede Menge Rekorde brechen.

GRÖßTE *FINAL FANTASY*-FANARTIKELSAMMLUNG

Tai-Ting Tseng (RC) besitzt eine wahre Fundgrube an Spielen, Spielzeugen, Statuen, Schlüsselanhängern, Büchern, Soundtracks, Klamotten, Videos und vielem mehr rund um das RPG von Square Enix. Seine Sammlung besteht aus 3.782 Unikaten und besetzt „jede Ecke" seines Hauses in San Jose, Kalifornien (USA).

Das Chocobo-tastische Durcheinander beinhaltet 239 Videospiele aus der ganzen Welt, 130 Plüschtiere (23 Mogrys und 32 Chocobos) sowie vier Unterhosen!

„Ich bin seit 1992 Fan der Reihe", erzählt Tai-Ting. „*Final Fantasy* ist seitdem meine Leidenschaft."

„Mein liebstes Stück ist eine vom Komponisten signierte Schallplatte – von dem *Final Fantasy*-Konzert, bei dem ich meiner Frau den Antrag gemacht habe!"

Tai-Ting Tseng über seine Megasammlung

MMORPGs

Von düsteren Dungeons in Fantasy-Ländern bis zu den strahlenden Städten fremder Welten bieten MMORPGs abenteuerlustigen Gamern – und ihren Freunden – atemberaubende Umgebungen voller Schätze und Gegner, die es zu bezwingen gilt …

EUER NEUES LIEBLINGS-SPIEL

BLESS ONLINE

Plattform: PC

Eine Fantasy-Welt, riesige Bosse und Aufleveln. Kennt man alles? Vielleicht, aber das MMORPG von Neowiz verspricht dazu umfangreiche Charakterentwicklung und einen twistreichen Plot um den Krieg zwischen Hieron und Unión.

6.142 SCHIFFE

Normalerweise begnügen sich raumfahrende *EVE Online*-Piloten mit Entdeckungsreisen oder politischem Gerangel. Am 23. Jan. 2018 rauften sich allerdings 6.142 Piloten zur „Belagerung der Keepstar 9-4R" zusammen – die **meisten Spieler in einem Sonnensystem in *EVE Online*.** Experten erwarteten die bisher größte (und teuerste) Schlacht in der Geschichte des Spiels. Doch aufgrund von Serverproblemen konnten die Angreifer nicht genug Schaden an der Keepstar anrichten und das Gefecht musste abgebrochen werden, bevor es richtig begonnen hatte.

MEISTE EINZIGARTIGE HAUSTIERE IN *WOW*

Der europäische Gamer „Ryzølda" vom „Hyjal"-Realm besaß bis zum 8. Febr. 2018 954 der 963 einzigartigen Haustiere in *World of Warcraft* (934 davon auf Maximalstufe). Die **älteste *World of Warcraft*-Gamerin mit 850 einzigartigen Haustieren** ist Donna Glee Reim, alias „GrannyGlee" (USA). Sie war am 3. Sept. 2017, als sie die Marke knackte, 86 Jahre 198 Tage alt.

Lord British RIP
Der Mord an dem vermeintlich unverwundbaren Lord British (Richard Garriott) in *Ultima Online* 1997 ist einer der unvergesslichsten MMORPG-Momente.

BELIEBTESTES REITTIER IN *THE ELDER SCROLLS ONLINE*
Bis zum 6. Febr. 2018 war das schnelle Palomino-Pferd das Reittier der Wahl für 2.563.695 Charaktere, wie Entwickler ZeniMax bestätigte. Der Hoppler war das **beliebteste Haustier in *The Elder Scrolls Online*.** 1.604.757 Charaktere gaben dem putzigen Reptil ein Zuhause.

ERSTE GILDE MIT SIEG ÜBER ARGUS

Man ist entweder mutig oder verrückt, wenn man sich freiwillig Argus dem Zerrütter stellt. Er ist der letzte und schwierigste Boss im „Antorus, der Brennende Thron"-Schlachtzug in *World of Warcraft: Legion,* und man trifft ihn nur auf dem Schwierigkeitsgrad „Mythisch". Allerdings muss man zuvor alle anderen Bosse der Instanz erledigen.

Der Kampf ist äußert schwierig. Method (eine der berühmtesten *WoW*-Gilden) brauchte 320 Anläufe, bevor sie am 13. Dez. 2017 um 8:27 Uhr (GMT) ihren Sieg über Argus triumphal auf Twitter verkündeten. Sie konnten ihn erst bezwingen, nachdem sie erfolgreiche Überlebensstrategien gegen seine Sensenschwung-, Todesnebel- und Gequälter-Zorn-Attacken entwickelt hatten.

Meiste Erfolge in *Guild Wars 2*
Im Fantasy-RPG von NCSOFT (2012) werden in allen Spielmodi (PvE, PvP, WvW) für erfolgreich erledigte Aufgaben Erfolge vergeben. „Malediktus.9250" erreichte bis zum 8. Febr. 2018 37.288 Erfolge.

FAKT!
Das im April 2004 veröffentlichte *City of Heroes* (NCSOFT) war das **erste Superhelden-MMORPG.** Am 30. Nov. 2012 ging das Spiel mitsamt seinen unzähligen Helden offline.

Bestbewertete Welt in *Guild Wars 2*
Bis zum 8. Febr. 2018 hatte der „Schwarztor"-Server mit 1943,1328 Punkten gut 25 Punkte mehr als sein direkter Rivale „Meer des Leids" (verifiziert von NCSOFT). In *GW 2* (2012) wählen Spieler zu Beginn, auf welcher Welt sie spielen wollen. Es gibt 51 Welten/Server in Nordamerika und Europa („Schwarztor" ist ein nordamerikanischer Server). Die Serverbewertung ist abhängig von den durchschnittlichen Skill-Leveln der Spieler – zeigt also an, auf welcher Welt die besten Spieler sind.

Meiste Updates eines MMORPGs
Das im Jan. 2001 veröffentlichte *RuneScape* (Jagex) spielt im mittelalterlichen Gielinor und wurde durchschnittlich jede Woche aktualisiert. Bis zum 25. Juli 2017 waren es 1.014 Updates.

Höchste Wertung in *Star Wars: The Old Republic*
In BioWares Spiel von 2011 kämpfen Spieler auf Seiten der Sith oder der Republik in PvP-Kriegsgebieten – um einen Platz in den Ranglisten der Kriegsgebiet-Arenen. Bis zum 26. Jan. 2018 hatte der Sith-Hexer „Never Backdown" mit 4.247 Punkten in der achten Saison die höchste Wertung aller Saisons und Klassen.

Meiste Twitter-Follower eines MMOs
Bis zum 22. Febr. 2018 hatte der offizielle Twitter-Account von Blizzards *World of Warcraft* (@Warcraft) 1.451.464 Follower – die meisten Follower eines MMOs auf der Social-Media-Plattform. Hinter *WoW* folgen *The Elder Scrolls Online* mit 848.758 Followern, *Guild Wars 2* mit 335.656 Followern und *Star Wars: The Old Republic* mit 291.224 Followern.

JRPGs

Japanische Role-Playing Games (JRPGs) bilden eine wesentliche Säule der Gaming-Kultur, und ihre Bedeutung für Videospiele ist nicht geringer als die von Super Mario oder *DOOM*. Egal für welches Spiel ihr euch entscheidet, macht euch auf eine epische Achterbahnfahrt der Gefühle gefasst …

PERSONA-FIZIERTE PERFEKTION

Am 28. März 2018 war das PS4-Spiel *Persona 5* (Atlus, 2016) das **bestbewertete RPG für eine Heimkonsole der achten Generation.** Mit 93,36 % basierend auf 57 Bewertungen auf *GameRankings* übertrifft das JRPG alle anderen Rollenspiele für aktuelle Konsolen (PS4, Xbox One, Switch), darunter *The Witcher III: Wild Hunt* (92,23 %) und *Diablo III: Ultimate Evil Edition* (91,25 %). „Erstaunlich", schrieb ein Rezensent, „ein von Beginn an perfekt umgesetztes Erlebnis."

Das **bestbewertete RPG für eine Handheld-Konsole der achten Generation** war ein weiterer Atlus-Titel: *Persona 4 Golden* (2012). Das PS-Vita-Spiel ist ein Re-Release des PS2-Spiels *Shin Megami Tensei: Persona 4* (2008) und hatte 94,16 % bei 43 Bewertungen.

Erster Stufe-99-Charakter in *Final Fantasy VII* ohne Bosskampf
Am 8. April 2017 veröffentlichte „CirclMastr" ein 56 min langes YouTube-Video, das zeigt, wie er nach 500 h in *Final Fantasy VII* (Square Enix, 1997) mit den Charakteren Cloud und Barret Level 99 erreicht – ohne seit seinem Spielbeginn im Jan. 2015 den ersten Reaktor verlassen zu haben.

GAMING GOLD

Gesang in *FFVI*
In einem der berühmtesten *Final Fantasy*-Momente mussten Spieler mit Celes (links) ein Opernlied fehlerfrei „vorsingen", um den zukünftigen Helden Setzer zu rekrutieren.

LANGLEBIGSTE JRPG-SERIE

Zum Zeitpunkt der Veröffentlichung von *Dragon Quest XI: Echoes of an Elusive Age* (Square Enix) in Japan für die PS4 und 3DS am 29. Juli 2017 war die *Dragon Quest*-Serie 31 Jahre 63 Tage alt. Alles begann am 27. Mai 1986 mit *Dragon Quest* für die NES in Japan.

Die Serie erfreut sich ungebrochener Beliebtheit in Japan. *Dragon Quest XI* wurde allein in den ersten Tagen knapp 2 Mio. Mal verkauft. Der weltweite Release war für den 4. Sept. 2018 geplant.

EUER NEUES LIEBLINGS-SPIEL

KINGDOM HEARTS III

Plattformen: PS4, Xbox One

Square Enix' und Disneys Crossover kehrt zurück, mit Sora, Donald Duck, Goofy und all ihren Freunden. Die Helden tragen ihre Kämpfe erneut in ikonischen Disney-Welten aus, diesmal unter anderem denen von *Monsters, Inc.* und *Toy Story*.

FAKT!

Twitch-Streamer „Elbody" (E) versucht, drei *Final Fantasy*-Spiele (*VII*, *VIII* und *IX*) gleichzeitig durchzuspielen! Bei seinem ersten „Tri-Fantasy"-Run am 20. Dez. 2017 erwischte es ihn nach 7:09:35 h.

880.000

Meistverkauftes RPG für die Nintendo Switch

Bis zum 20. März 2018 wurde *Xenoblade Chronicles 2* für die Nintendo Switch laut *VGChartz* 880.000-mal verkauft. Das ambitionierte Spiel von Monolith Soft aus dem Jahr 2017 ist die Fortsetzung des Originaltitels von 2010 und übertrifft seinen Vorgänger um Längen.

LÄNGSTE JRPG-BASIERTE WAFFENREPLIK

Im Febr. 2017 stellte „Killer 927" (J) sein 2,5 m langes Modell des Aquamatik-„Langschuss"-Scharfschützengewehrs fertig. Der *Monster Hunter*-Enthusiast baute zwei Monate lang an der Waffe und verwendete PVC-Rohre, Holz und Metallbeschläge. Er nutzte seine Körpergröße von 1,80 m als Orientierung, um die Waffe maßstabsgetreu nachzubilden.

Meiste veröffentlichte JRPGs für eine Konsole

Seit dem Launch der PlayStation 2 im Jahr 2000 erschienen 118 JRPGs für die Konsole, darunter auch Spiele zu Erfolgsserien wie *Final Fantasy*, *Kingdom Hearts* und *Persona*. Das aktuellste JRPG für die PS2 ist *Sakura Wars: So Long, My Love* (2009). Knapp dahinter liegt die Nintendo DS mit 114 JRPGs, mit Spielen wie *Pokémon* und *Dragon Quest*.

Größtes JRPG-Modul

Das JRPG-Modul mit der größten Datenmenge ist *Xenoblade Chronicles 2* (Monolith Soft, 2017) für die Nintendo-Switch-Konsole. Switch-Module gibt es aktuell in den Größen 1 GB, 2 GB, 4 GB, 8 GB, 16 GB und 32 GB. Laut dem offiziellen Nintendo eShop verbraucht *Xenoblade Chronicles 2* 13 GB und benötigt daher ein 16-GB-Modul. Zum Vergleich: 3DS-Module hatten eine maximale Kapazität von 8 GB.

Mächtigster Boss in *Persona 5*

Die Hauptfigur des beliebten JRPGs von 2016, Joker, muss aufgrund falscher Anschuldigungen auf die Shujin-Schule nach Tokio wechseln. Dort trifft er auf die Wächter. Obwohl die Zwillinge Caroline und Justine recht unschuldig wirken, sind sie die mächtigen Hüterinnen des Velvet Rooms und beide auf Stufe 99, dem höchsten Level des Spiels.

Späteste Lokalisierung eines JRPGs

Romancing SaGa 2 (Square) erzählt die Geschichte mehrerer Herrschergenerationen. Es erschien am 10. Dez. 1993 für die Super Famicom (die japanische Version des Super NES) und war in Japan ganz erfolgreich. Erst am 26. Mai 2016 kam das JRPG in englischer Sprache auch für Android und iOS heraus. Das ist eine Verspätung von 22 Jahren 168 Tagen!

ACTION-RPGs

Wer will schon warten? Action-RPGs verzichten auf rundenbasierte Handlungen und legen mehr Wert auf flüssige Kämpfe als auf die Zahlenspiele traditioneller RPGs. Obwohl Schadens- und Trefferpunkte weiterhin eine wichtige Rolle spielen, stehen sie der Action nicht im Weg.

TÖDLICHSTER *MONSTER HUNTER: WORLD*-JÄGER

Paolumus zu verprügeln und mit Groß-Jagras zu rangeln gehört fast schon zum Arbeitsalltag der Helden in *Monster Hunter: World* (Capcom, 2018). Der größte Monsterjäger von allen war Xbox-One-Spieler „Sleepfuture" (USA). Bis zum 11. April 2018 verfolgte und erlegte der Gamer nicht weniger als 5.734 der größten, hässlichsten und tödlichsten Biester des Spiels. Es waren die **meisten gejagten großen Monster in *Monster Hunter: World.*** *TrueAchievements* bestätigte außerdem, dass der zweiterfolgreichste Jäger „Kisialos" (F) mit 2.997 Kills einiges aufzuholen hatte. Zeit, die Waffen zu schärfen und wieder auf die Pirsch zu gehen!

3 STUNDEN 19 MINUTEN 17 SEKUNDEN

Der „Wahnsinn"-Modus der *Mass Effect*-Serie stellt die Belastbarkeit der entschlossensten Spectres und Pathfinder auf die Probe, und *Mass Effect: Andromeda* (2017) macht es nicht anders. „Besrodio" (USA) stellte sich am PC den Herausforderungen in EAs RPG und schaffte am 10. April 2017 in 3:19:17 h den **schnellsten Any%-Run in *Mass Effect: Andromeda* auf „Wahnsinn"** (verifiziert von *Speedrun*). „Das schaffe ich noch unter 3 Stunden", sagte er.

EUER NEUES LIEBLINGS-SPIEL

CODE VEIN

Plattformen: PS4, Xbox One, PC

Die vampirähnlichen Protagonisten des apokalyptischen Action-RPGs sollen nicht die Menschheit, sondern vor allem sich selbst retten. Bandai Namcos Werbeslogan für *Code Vein*, „Prepare to dine", ist eine Anspielung auf die *Dark Souls*-Spiele.

Erstes Kopfüber-Durchspielen von *Dark Souls*
„LobosJr" (USA), alias Mike Villalobos, betrachtete das Spiel von FromSoftware (2011) von einer ganz anderen Seite und drehte es dank einer Mod einfach auf den Kopf. Er brauchte drei Tage, um seinen Kopfüber-Run am 9. Juli 2015 erfolgreich zu beenden.

13 JAHRE

Das Samurai-Epos *Nioh* (Team Ninja) hatte die **längste Entwicklungsphase eines Action-RPGs** hinter sich, als es am 7. Febr. 2017 auf der PS4 erschien. Der ursprünglich für die PS3 geplante Titel erschien 13 Jahre nach Beginn seiner Entwicklung 2004. Gut Ding will Weile haben – trotz der langen Wartezeit wurde es ein Hit.

FAKT!

Am 24. Jan. 2018 stellte Capcom *Monster Hunter: World* bei einer riesigen *Monster Hunter*-Grillparty in London (GB) vor. Innerhalb von vier Tagen wurden Berge an Fleisch und 50 kg Käse verzehrt.

SELTENSTE NICHT-PLATIN-TROPHÄE IN *NIER: AUTOMATA*

Bis zum 13. März 2018 erreichten laut *PSNProfiles* nur 10,5 % der PS4-Spieler die seltene „Überlegene Hilfswaffen"-Trophäe. Wer seine Stärke im Action-RPG von Square Enix (2017) wirklich beweisen will, muss seine Roboterbegleiter bis auf die höchste Stufe verbessern.

Schnellster Any%-Run in *Nioh*
Am 8. März 2018 kämpfte sich „DenZve" (D) durch die Hauptmissionen in *Nioh* und bezwang das höllisch schwere Samurai-Survival-Spiel in genau 53 min. „Nervenaufreibend", lautete sein Urteil.

Erstes Action-RPG
Das für den ausschließlich in Japan erhältlichen NEC-Computer PC-88 veröffentlichte *Dragon Slayer* (1984) war das erste echte Action-RPG. Es enthielt alle Merkmale des Genres und legte viel Wert auf das Kampfgeschehen sowie den geschickten Umgang mit begrenztem Inventar.

Schnellster Level 70 in *Path of Exile*
Ganz im Alleingang levelte „Havoc616" (CDN) seinen Templer am 14. April 2017 in nur 5:53:40 h auf Stufe 70. Noch beeindruckender war es, dass er seinen Charakter in der Hardcore-Liga spielte, wo ein Tod das endgültige Aus für den Spielhelden bedeuten würde.

Beliebtester Beziehungspartner in *Mass Effect: Andromeda*
Im März 2017 stimmten mehr als 10.000 Spieler auf *GamesRadar* darüber ab, mit welchem Teammitglied sie als Erstes eine Romanze eingehen würden. Cora Harper, die biotische Elitesoldatin, landete mit 29 % auf Platz eins, gefolgt von der Asari-Gelehrten „Peebee" B'Sayle (28 %) und der umherziehenden Söldnerin Vetra Nyx (18 %). Schlusslicht war der Krisenspezialist Liam mit 6 % der Stimmen.

Meistgesehener Trailer für ein Action-RPG
Bis zum 13. März 2018 hatte der Trailer für *Fallout 4* (Bethesda) 21.628.206 Aufrufe auf YouTube und erntete 315.000 Daumen hoch.

ELDER SCROLLS ONLINE

In Tamriel lauern die Gefahren an jeder Ecke. Trolle, Vampire, Harpyien und viele andere grausame Kreaturen streifen dort durch die Wildnis und warten geduldig auf ihr nächstes ahnungsloses Opfer. Reisende sollten einen scharfen Verstand haben und eine ebenso scharfe Klinge dabei …

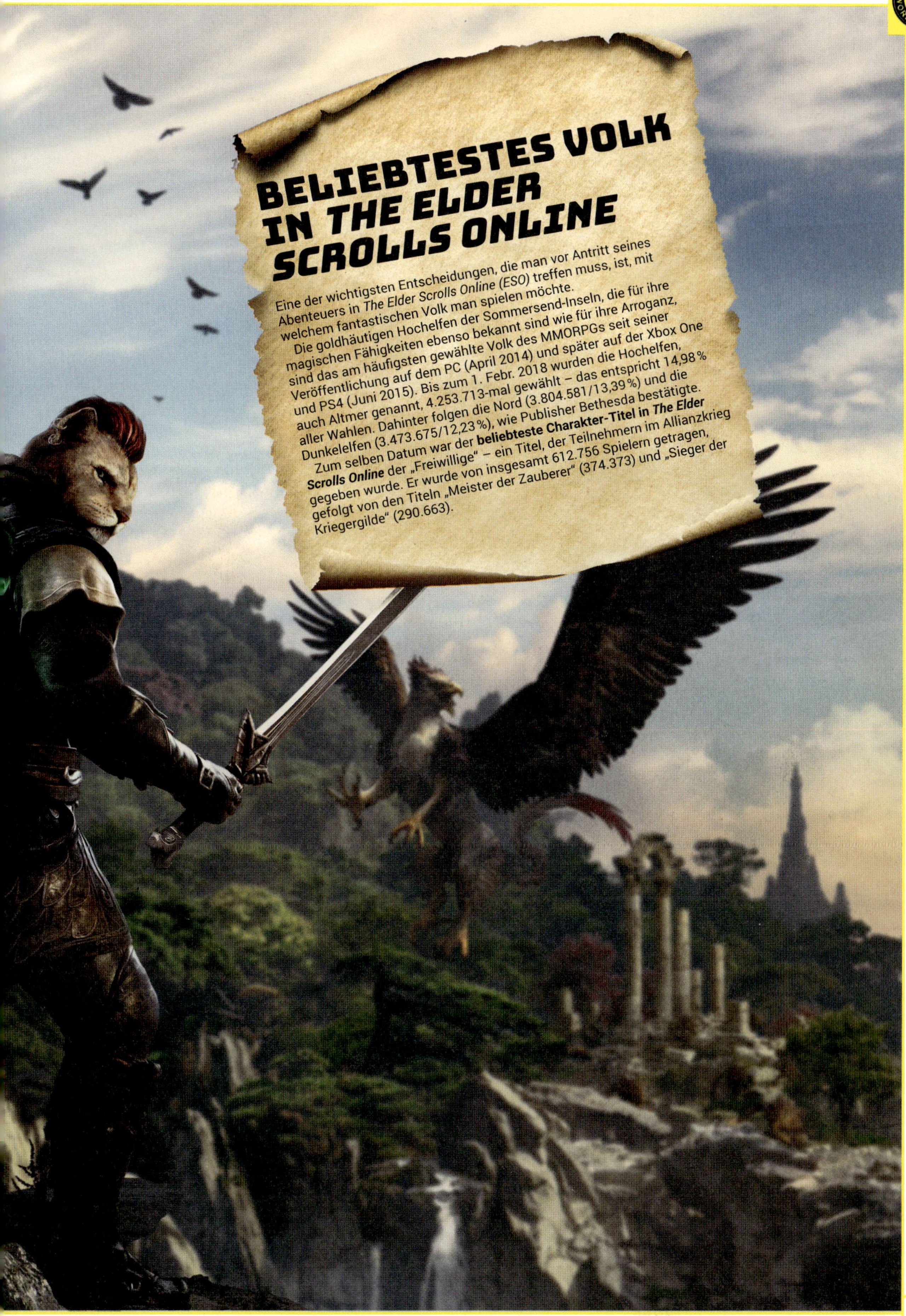

BELIEBTESTES VOLK IN *THE ELDER SCROLLS ONLINE*

Eine der wichtigsten Entscheidungen, die man vor Antritt seines Abenteuers in *The Elder Scrolls Online (ESO)* treffen muss, ist, mit welchem fantastischen Volk man spielen möchte.

Die goldhäutigen Hochelfen der Sommersend-Inseln, die für ihre magischen Fähigkeiten ebenso bekannt sind wie für ihre Arroganz, sind das am häufigsten gewählte Volk des MMORPGs seit seiner Veröffentlichung auf dem PC (April 2014) und später auf der Xbox One und PS4 (Juni 2015). Bis zum 1. Febr. 2018 wurden die Hochelfen, auch Altmer genannt, 4.253.713-mal gewählt – das entspricht 14,98 % aller Wahlen. Dahinter folgen die Nord (3.804.581/13,39 %) und die Dunkelelfen (3.473.675/12,23 %), wie Publisher Bethesda bestätigte.

Zum selben Datum war der **beliebteste Charakter-Titel in *The Elder Scrolls Online*** der „Freiwillige" – ein Titel, der Teilnehmern im Allianzkrieg gegeben wurde. Er wurde von insgesamt 612.756 Spielern getragen, gefolgt von den Titeln „Meister der Zauberer" (374.373) und „Sieger der Kriegergilde" (290.663).

POKÉMON

Ein Phänomen, eine Leidenschaft oder ein Lebensstil? Egal wie man es nennt oder was man davon hält, *Pokémon* ist nicht mehr nur ein Spiel, sondern Teil unserer Kultur. *Pokémon GO* macht immer noch Schlagzeilen, während Spielzeuge, Videospiele und Gamer weiterhin Rekorde brechen.

1.006 EPISODEN

Am 12. März 2018 war Ashs Pikachu das **Pokémon mit den meisten Auftritten in Animes.** Seit seinem Debüt im *Pokémon*-Anime am 1. April 1997 war es in allen 1.006 Episoden dabei. Rechnet man alle 21 *Pokémon*-Filme (inklusive des 2018 anstehenden neuen Films) dazu, steigt die Zahl seiner Auftritte auf 1.027.

Größte Besucherzahl eines Mobile-Game-Events
Etwa 20.000 Gamer pilgerten am 22. Juli 2017 zum ersten *Pokémon GO* Fest in den Grant Park in Chicago (USA). Tickets waren minutenschnell ausverkauft. Mehr dazu auf S. 8.

Erstes „Legendäres Pokémon" in *Pokémon GO*
Am 2. Aug. 2016 machte Entwickler Niantic Schlagzeilen, als *Pokémon GO*-Spielerin Kaitlyn Covey (USA) versehentlich einen Arktos erhielt.

Das erste offiziell einzufangende Legendäre Pokémon, Vogel-Monster Lugia, wurde auf dem *Pokémon GO* Fest am 22. Juli 2017 vorgestellt.

WELCHE IST DIE GRÖẞTE *POKÉMON*-NATION?

Die USA ist das **erfolgreichste Land bei den *Pokémon*-Weltmeisterschaften.** Zachary Bokhari (USA) gewann die Senior Division der *Pokémon*-Sammelkarten-Weltmeisterschaften 2017 und besiegelte damit den 15. Sieg der USA in diesem Turnier. Zusammen mit den 14 Siegen seiner amerikanischen Landsleute bei den *Pokémon*-Videospiel-Weltmeisterschaften hält die USA 29 Titel. Japan, das Heimatland von *Pokémon*, ist die zweiterfolgreichste *Pokémon*-Nation mit insgesamt 21 Siegen.

GOLD

GAMING

Feuer, Wasser, Pflanze?
Spieler in *Pokémon Rote* und *Blaue Edition* mussten sich für eins der von Professor Oak vorgeschlagenen Starter-Pokémon entscheiden: Schiggy, Glumanda oder Bisasam.

FAKT!
Im Juli 2017 beschlagnahmten südkoreanische Behörden 530.000 gefälschte Pokémon-Plüschtiere im Wert von 5,2 Mio. EUR. Eine etwas andere Form der Pokémon-Jagd ...

Erster Laden eines Videospiel-Franchises
Nachdem das *Pokémon*-Franchise 1996 erstmals der Welt vorgestellt wurde, wurde es schnell so beliebt, dass 1998 das erste Ladengeschäft in Tokio (J) eröffnete. Die Pokémon Center verkaufen (ähnlich wie Disney Stores) sämtliche Artikel rund um *Pokémon*, inklusive limitierte Game-Boy-Sondereditionen, Plüschtiere, Figuren, Rucksäcke, Klamotten und Soundtracks. Mittlerweile gibt es weitere Pokémon Center in Großstädten in Japan und den USA.

Längste Gefängnisstrafe (auf Bewährung) für das Spielen eines Videospiels
Am 11. Mai 2017 wurde YouTuber Ruslan Sokolovsky (RUS) zu einer Haftstrafe von 3,5 Jahren verurteilt, weil er in einer Kirche in Russland *Pokémon GO* gespielt hatte. Das Gericht befand ihn „des Schürens von Hass, der Beleidigung religiöser Gefühle und des illegalen Besitzes technischer Geräte" (ein Stift mit Kamera) für schuldig. Zum Glück wurde die Freiheitsstrafe zur Bewährung ausgesetzt.

Meistverkauftes Game-Boy-Videospiel
Pokémon Rote und *Blaue Edition* (Nintendo, 1996) wurde laut *VGChartz* bis zum 9. März 2018 31,37 Mio. Mal verkauft. Unterteilt man die Verkaufszahlen nach einzelnen Ländern, wurde es in Nordamerika (11,27 Mio.) und Japan (10,22 Mio.) am häufigsten verkauft.

Häufigster Pokémon-Typ
Von den 807 aktuell bekannten Pokémon sind 65 als „Normal"-Typen eingestuft. Danach folgt der Typ „Wasser" mit 62 Einstufungen. Bei den kombinierten Typen liegt die „Normal"/„Flug"-Einstufung mit 26 Einträgen vorn.

TEUERSTE *POKÉMON*-SAMMELKARTE BEI EINER AUKTION

Am 18. Nov. 2016 wurde die „Pikachu Illustrator"-Trainer-Promo-Hologrammkarte (oben links) von 1998 bei einer Auktion in Kalifornien (USA) für 45.883 EUR verkauft. Die **teuerste im Handel erhältliche *Pokémon*-Karte** war eine limitierte Neuauflage der ersten Pikachu-Karte in Gold (oben rechts). Sie war anlässlich des 20. Jubiläums von *Pokémon* im Okt. 2016 für 1.600 EUR erhältlich.

MEISTE POKÉMON-EVOLUTIONEN

Hier sieht man die acht Evolutionen des wandelbaren Evoli (Mitte). Von links nach rechts sind es der Unlicht-Typ Nachtara, der Eis-Typ Glaziola, der Wasser-Typ Aquana, der Fee-Typ Feelinara, der Psycho-Typ Psiana, der Pflanze-Typ Folipurba, der Feuer-Typ Flamara und der Elektro-Typ Blitza. Zu seinen drei Evolutionen in *Pokémon Rote* und *Blaue Edition* kamen später noch fünf hinzu.

DIE BEST-BEWERTETEN SPIELE 2017

2017 war ein gutes Jahr Gaming-Jahr: Kritiker überschlugen sich mit Lobpreisungen für Spiele wie *Nioh*, *NieR*: *Automata* und *What Remains of Edith Finch*. Die Krone schnappte sich eine sehr bekannte Figur und verdrängte dabei sogar einen alten Nintendo-Kollegen …

Stand: 2. März 2018. Basierend auf mindestens 20 Bewertungen, verifiziert von *GameRankings*.

Bis zum 17. April 2018 war Sonys *God of War* das bestbewertete Spiel 2018 (94,84 % bei 46 Bewertungen) – aber kann irgendwas *Super Mario Odyssey* vom letzten Jahr toppen?
5
MARIO KART 8 DELUXE
92,39 %
Nintendo; Switch
4
DIVINITY: ORIGINAL SIN II
92,94 %
Larian Studios; PC
3
PERSONA 5
93,36 %
Atlus/Atlus USA/ Deep Silver; PS4
2
THE LEGEND OF ZELDA: BREATH OF THE WILD
97,28 %
Nintendo; Switch
1
SUPER MARIO ODYSSEY
97,38 %
Nintendo; Switch

BRETTSPIEL-ABLEGER

1 PAC-MAN (1982)

2–4 Spieler

Ziel des Spiels ist es, die meisten Steine einzusammeln. Zuerst würfelt man für seine Pac-Man-Figur und im Anschluss für einen Geist. Wenn man es schafft, einen Gegner mit einem Geist einzukesseln, erhält man zwei seiner Steinchen!

2 DONKEY KONG (1982)

2–4 Spieler

Das Brettspiel ahmt das Coin-Op-Gameplay des Originals nach. Ein weißer Würfel zeigt an, wie weit der Spieler gehen muss, und ein roter Würfel gibt an, wie weit Donkey Kongs Fässer rollen können. Das Spiel endet, sobald das oberste Feld erreicht wurde; der Spieler, der die meisten Punkte durch Fass-Sprünge sammeln konnte, gewinnt.

3 THE LEGEND OF ZELDA: THE HYRULE FANTASY (1986)

2–4 Spieler

Das *Zelda*-Brettspiel erschien in Japan fast zeitgleich mit dem *The Legend of Zelda*-Videospiel. Das Spielfeld ist eine genaue Abbildung der Oberwelt-Karte des Videospiels. Ziel des Spiels ist es, das Triforce zu vereinen und Ganon zu besiegen. Klingt vertraut?

4 SONIC THE HEDGEHOG GAME (1992)

2–4 Spieler

Um hier zu gewinnen, müsst ihr mehr Ringe als eure Gegenspieler einsammeln. Das Spielfeld ist in vier einzigartige Level aufgeteilt, die auf Zonen im Videospiel basieren. Zum Schluss trefft ihr sogar auf Dr. Robotnik!

5 POKÉMON MASTER TRAINER (1999)

2–6 Spieler

Alle Pokémon der ersten Generation (außer Mew) können hier gefangen werden. Ziel ist es, das Indigo Plateau zu erreichen und den amtierenden Champion mit euren bis dahin gefangenen Pokémon zu besiegen.

6 DOOM: DAS BRETTSPIEL (2004)

2–4 Spieler

Das *DOOM*-Brettspiel besticht durch seine taktischen Szenarien, in denen ein Spieler mit der Dämonen-Horde und alle anderen Spieler mit Space Marines spielen. Um zu gewinnen, müssen die Marines Aufgaben erledigen und die Höllenbande in Schach halten.

7 WORLD OF WARCRAFT: DAS BRETTSPIEL (2005)

2–6 Spieler

Mit einer durchschnittlichen Spielzeit von vier Stunden verlangt diese Adaption des beliebten MMORPGs den Spielern einiges ab. Nachdem man sich für einen Charakter und eine Fraktion (Horde oder Allianz) entschieden hat, gilt es, einen der Overlords – den Lich Kel'Thuzad, den Dämon Kazzak oder den Drachen Nefarian – zu besiegen.

8 STARCRAFT: DAS BRETTSPIEL (2007)

2–6 Spieler

Mit 180 Plastikfiguren ist es eines der kompliziertesten Spiele in unserer Auswahl. Im Kampf um die galaktische Vorherrschaft übernehmen Spieler die klassischen *StarCraft*-Rassen: Terraner, Zerg und Protoss. Die letzte überlebende Fraktion hat das Spiel gewonnen.

9 HALO INTERACTIVE STRATEGY GAME (2008)

2–10 Spieler

Das an die ersten drei *Halo*-Teile angelehnte, rundenbasierte Spiel lässt den Kampf zwischen der menschlichen UNSC-Armee und dem außerirdischen Allianz Imperium wieder auflodern.

Am Anfang waren es Brettspiele, die Videospielen als Vorlage dienten. Mittlerweile hat sich das Blatt gewendet und aus den erfolgreichsten Videospielen entstehen Brettspiele. Wir zeigen euch ein paar Adaptionen eurer Lieblingsspiele, die ihr ganz ohne Konsole zocken könnt.

10 SID MEIERS CIVILIZATION: DAS BRETTSPIEL (2010)

2–4 Spieler
Ganz wie in *Civilization IV* beginnen Spieler mit einer Stadt, einem Späher und einer Armee-Figur. Auf ihrem Weg durch die Zeitalter können Spieler friedlich oder durch Kriege eine der vier Siegvarianten erreichen.

11 GEARS OF WAR: DAS BRETTSPIEL (2011)

1–4 Spieler
Anstatt die Spieler in COG-Marines und Locust-Horde aufzuteilen, übernimmt ein Kartendeck die Handlungen der Locust-Soldaten. Die Spieler müssen geschickt in Deckung gehen, während sie sieben Missionen erfüllen.

12 BIOSHOCK INFINITE: THE SIEGE OF COLUMBIA (2013)

2 oder 4 Spieler
In diesem Spiel übernimmt ein Spieler (oder ein Team) die fiesen Gründer, während der Rest mit der Vox Populi spielt. Basierend auf der Story von *BioShock Infinite* aus demselben Jahr muss man eine Armee versammeln und die fliegende Stadt Columbia erobern.

13 ASSASSIN'S CREED: ARENA (2014)

2–4 Spieler
In dieser *Assassin's Creed*-Adaption kämpft man mittels Spielkarten ums Weiterkommen. Doch ihr müsst gut mit ihnen haushalten, denn bei Verlust aller Karten stirbt euer Charakter und ihr müsst zum Startpunkt zurückkehren.

14 THE WITCHER – ABENTEUERSPIEL (2014)

2–4 Spieler
Bis zu vier Spieler übernehmen die Rollen von Geralt von Riva, Triss Merigold, Yarpen Zigrin und Rittersporn. Wer beim Lösen von Aufgaben die meisten Punkte erreicht, gewinnt.

15 XCOM: DAS BRETTSPIEL (2015)

1–4 Spieler
Statt das dicke Regelwerk zu wälzen, kann man das Spiel mit der kostenlosen Companion-App spielen. Diese wählt einen von fünf Invasionsplänen der Aliens aus und bestimmt die Bewegungsabläufe der außerirdischen Gefahr auf dem Spielfeld. Wie im Videospiel muss die Abwehr der Invasoren gut geplant werden.

16 PORTAL: DAS NICHT KOOPERATIVE KUCHENERWERBSSPIEL (2015)

2–4 Spieler
Die Brettspiel-Variante der *Portal*-Serie von Valve muss sich natürlich vom Rest abheben. Ziel des Spiels ist es, so viel Kuchen wie möglich einzusammeln. Dabei spielt der clevere Einsatz der Portal-Kanone eine wichtige Rolle.

17 DARK SOULS: THE BOARD GAME (2017)

1–4 Spieler
Mit gesammelten 4.247.250 EUR hält das Spiel den Rekord für das **ertragreichste Kickstarter-Brettspiel basierend auf einem Videospiel.** Es enthält viele der finsteren Bosse der Serie, darunter Ornstein und Smough aus *Dark Souls*, den Verfolger aus *Dark Souls II* und die Tänzerin des Nordwindtals aus *Dark Souls III*.

18 RESIDENT EVIL 2: THE BOARD GAME (2018)

1–4 Spieler
Das kooperative Survival-Horror-Spiel schickt die Spieler auf die zombieverseuchten Straßen von Raccoon City. Ziel ist es, den T-Virus-Ausbruch zu überstehen und in einem Stück zu entkommen.

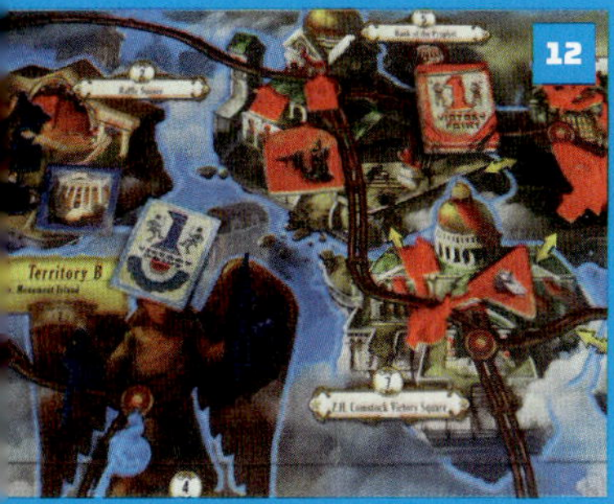

SHOOTER

In Shootern geht es nicht nur um Waffen und Munition. Sie klären jüngere Generationen über den Schrecken des Krieges auf, sie versetzen Spieler in Sci-Fi-Welten und sprengen die Grenzen des Genres, wenn sie ihnen überdimensionierte Farbwalzen in die Hand drücken …

„*HALO* IST MEIN ABSOLUTES LIEBLINGSFRANCHISE. ICH HABE ÜBER EIN JAHR LANG NUR *HALO 2*-MULTIPLAYER GESPIELT!“

RAYMOND „STALLION83“ COX

HÖCHSTER XBOX-GAMERSCORE

Für jeden freigeschalteten Erfolg in Xbox-360- und Xbox-One-Spielen (und manchen PC- und Mobile Games) erhalten Spieler Gamerscore-Punkte. Bis zum 26. Febr. 2018 konnte Raymond „Stallion83“ Cox (USA) unglaubliche 1.746.820 Punkte ansammeln (verifiziert von *TrueAchievements*).

Am 13. März 2014 wurde er der **erste Gamer mit einer Million Xbox-Gamerscore-Punkten.** Diesen Moment übertrug er während eines *Titanfall*-Spiels live auf Twitch, vor über 10.000 Zuschauern. „Auf meinem Weg zu einer Million Gamerscore-Punkten habe ich bis zu 16 Stunden am Tag gespielt“, berichtete er uns. „[Microsoft] lud mich nach New York ein und ich sprach vor laufender Kamera über meine Leistung. Außerdem schenkten sie mir eine Xbox-Live-Gold-Mitgliedschaft auf Lebenszeit und eine limitierte weiße Xbox-One-Konsole, die nur für Microsoft-Mitarbeiter produziert wurde. Das war so eine coole, unvergessliche Erfahrung!“

MILITÄR-SHOOTER

Vom Ersten Weltkrieg bis zum Vietnamkrieg war bereits fast jeder Konflikt der Moderne Schauplatz in First-Person-Shootern (FPS). Spieler werden in ein historisches Szenario katapultiert und müssen sich als Helden erweisen. Wir zeigen die besten Spiele und größten eSport-Stars.

MEIST-VERKAUFTE FPS-SERIE

Seit seinem Debüt 2003 steht *Call of Duty* (Activision) an der Spitze aller Verkaufszahlen-Charts weltweit. Laut *VGChartz* wurde die Serie bis zum 18. Jan. 2018 unglaubliche 276,25 Mio. Mal auf allen Plattformen verkauft.

Von den Top 10 der meistverkauften Shooter aller Zeiten sind sechs *Call of Duty*-Spiele. Davon ist *Modern Warfare 3* (2011) der **meistverkaufte FPS aller Zeiten,** mit 30,98 Mio. Verkäufen für die Xbox 360, PS3, Wii und den PC.

Laut Schätzungen von *VGChartz* wurde *Call of Duty: WWII* (2017) – der aktuellste Titel – bis zum 18. Jan. 2018 etwa 10,87 Mio. Mal verkauft. Damit ist es auf dem besten Weg, die 12,63 Mio. Verkäufe von *Infinite Warfare* (2016) noch zu toppen.

LANGLEBIGSTER FIRST-PERSON-SHOOTER

B. J. Blazkowicz bekämpft schon seit über 25 Jahren Nazis in den *Wolfenstein*-Shootern. Sein FPS-Debüt feierte er in *Wolfenstein 3D* (id Software), das am 5. Mai 1992 auf dem PC erschien. Den aktuellsten Auftritt hat er in *Wolfenstein II: The New Colossus* (Bethesda), welches am 27. Okt. 2017 veröffentlicht wurde.

Über die Jahre stand B. J. nicht nur gewöhnlichen Menschen gegenüber. Unter seinen Gegenspielern waren auch untote Super-Soldaten, Cyborgs (oben), Roboterkatzen und -hunde, laufende Panzer, schwarze Ritter und sogar die Geister aus *Pac-Man*.

EUER NEUES LIEBLINGS-SPIEL

BATTALION 1944

Plattform: PS4, Xbox One, PC

In den meisten FPS steht Arcade-Action vor Realismus. Nicht so in Bulkhead Interactives *Battalion 1944* (voraussichtlich Ende 2018). In den Fünf-gegen-Fünf-Matches siegen Teamwork und Taktik über draufgängerische Kampfeslust.

MEISTE „BEST PLAYER"-TAGS IN *BATTLEFIELD 1*

Bis zum 18. Jan. 2018 erhielt Supersoldat „FluMusic" (USA) 3.714-mal die „Bester Spieler"-Auszeichnung in *Battlefield 1*-Multiplayer-Matches auf der Xbox One (verifiziert von *TrueAchievements*). Für die Auszeichnung müssen Spieler am effektivsten die Ziele des Teams verfolgen, Kameraden wiederbeleben, Fahrzeuge reparieren und Befehle geben.

Erster Spieler mit Level 2.000 auf Steam
Anfang Juli 2017 erreichte der geheimnisvolle und eifrige *Counter-Strike: Global Offensive (CS:GO)*-Spieler „St4ck" als Erster den Meilenstein von Level 2.000 auf Steam. Der Steam-Level beruht auf Erfahrungspunkten (XP), die durch den Besitz von Abzeichen und Spielen sowie die Teilnahme an Steam-Events erlangt werden können. Mit diesem Wissen kaufte „St4ck" während des Steam-Summer-Sales 2017 große Mengen an Abzeichen, um damit seinen Level zu erhöhen. Er soll dafür mehrere Tausend US-Dollar ausgegeben haben.

Wertvollste *CS:GO* Waffen-Skin
Laut dem YouTuber und *CS:GO*-Experten „McSkillet" (USA) zahlte ein anonymer Fan von Valves taktischem Shooter im Juni 2016 über 81.400 EUR für ein unglaublich seltenes fabrikneues „Karambit Case Hardened Blue Gem"-Messer. Das blaugefärbte, sichelförmige Messer sieht vielleicht tödlich aus, der Waffen-Skin ist aber nur kosmetisch und bringt keinerlei Vorteile im Spiel.

Erstes *Call of Duty*-Spiel mit Soldatinnen
Call of Duty: Ghosts erschien am 5. Nov. 2013 und war nicht nur das erste *CoD* für die PS4- und Xbox-One-Konsolengeneration, sondern beinhaltete erstmals auch Soldatinnen. Eine Auswahl an Fußsoldatinnen stand im Multiplayer-Modus des Spiels zur Verfügung.

Meiste Twitter-Follower eines FPS
Am 18. Jan. 2018 hatte Activisions @CallofDuty Twitter-Account 3.464.991 Follower. Er lag damit auf Platz 12 der meistgefolgten Gaming-Accounts und auf Platz 1 der Shooter – noch vor *Overwatch* (2.729.419), *Destiny* (2.314.684) und *Battlefield* (1.523.065).

FAKT!
Die *Call of Duty*-Stiftung wurde 2009 von Activision Blizzard gegründet. Sie sammelte seitdem über 20 Mio. EUR und fand über 37.000 Arbeitsplätze für Veteranen aus GB und den USA.

€239,000

BESTVERDIENENDER *CALL OF DUTY: INFINITE WARFARE*-SPIELER
Bis zum 20. Okt. 2017 gewann Matthew „Formal" Piper (USA, Bild) laut eSportsearnings.com 239.000 EUR in Wettkämpfen von *Call of Duty: Infinite Warfare* (Activision, 2016). 2017 führte er sein OpTic-Gaming-Team bei den World League Championships zum Sieg und wurde zudem als „Console Player of the Year" bei den Esports Industry Awards ausgezeichnet.

MEISTE REGISTRIERTE SPIELER EINES FPS
Der taktische Shooter *CrossFire* (Smilegate) hatte im Okt. 2017 weltweit etwa 900 Mio. registrierte Spieler. Das Anfang 2007 in Südkorea veröffentlichte Spiel war das **umsatzstärkste Free2Play-Spiel 2013** – vor allem dank den Verkäufen von Waffen und Gegenständen für echtes Geld. Geringe Systemanforderungen und ein viel gelobtes Online-Gameplay brachten ihm zahlreiche Fans ein.

GAMING GOLD

D-Day-Landung
Call of Duty 2 (Activision, 2005) zeigte dank der Grafik-Power der Xbox 360 den D-Day des 2. Weltkriegs auf bis dahin ungesehene Weise.

SCI-FI-SHOOTER

Ach, all die armen Aliens, Roboter und üblen Diktatoren der Zukunft, die in Sci-Fi-Shootern ständig zum Kanonenfutter werden. Okay, vielleicht haben sie es auf die Weltherrschaft oder die Zerstörung des Universums abgesehen, aber sind sie deswegen gleich abgrundtief böse? Aber natürlich sind sie das!

14 SEKUNDEN

Kaum haben sich angehende *Titanfall 2* (2016)-Piloten ihr Jumpkit umgeschnallt, werden sie im Tutorial von EAs Sci-Fi-Shooter auf einen Parkour geschickt. Am 10. Febr. 2018 raste Xbox-One-Gamer „Rbrite" (USA) in nur 14 sec durch den Tutorialabschnitt und schaffte damit den **schnellsten Run durch den *Titanfall 2*-Gauntlet.**

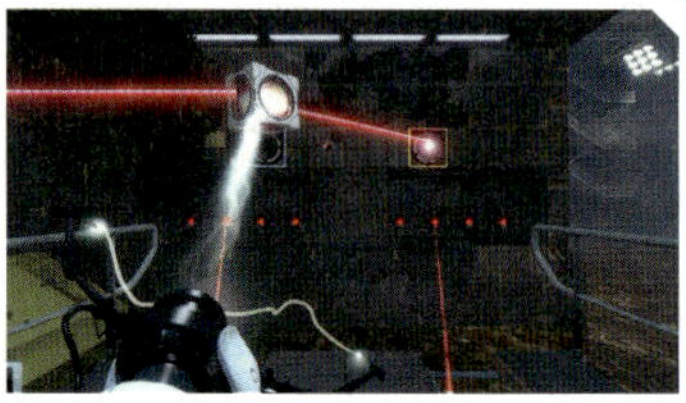

BESTBEWERTETES VIDEOSPIEL AUF STEAM

Bis zum 5. März 2018 hatte das kniffelige Rätselspiel *Portal 2* (Valve) einen Zustimmungswert von 97,27 %. Die Spieler verteilten 117.966 Daumen hoch und nur 1.540 nach unten. Es lag noch vor *Factorio* (96,55 %), *The Witcher III: Wild Hunt* (96,41 %) und *Counter-Strike* (96,22 %).

ERSTER *DESTINY 2*-RAID-ERFOLG

Das PS4-Team „The Legend Himself" war der erste Clan, der den „Leviathan"-Raid in *Destiny 2* (Activision, 2017) erfolgreich meisterte – keine sechs Stunden nach seiner Eröffnung. Die schnelle Eroberung wurde von Entwickler Bungie über Twitter am 13. Sept. 2017 um 23:47 Uhr verkündet. Zum Vergleich: Die leichtfüßigen Spieler vom Clan „PrimeGuard" benötigten für den originalen „Vault of Glass"-Raid in *Destiny* (2014) um die 10 h.

Am 8. Dez. 2017 gelang „rdJoe", „bran", „Meowlight", „MikeE", „Edwardc4" und „SpRoKiTs24" in nur 2 h der **erste erfolgreiche „Weltenverschlinger"-Raid in der *Destiny 2: Fluch des Osiris*-Erweiterung.**

330 ANGRIFF

Das am 5. Dez. 2017 mit dem *Destiny 2: Fluch des Osiris*-DLC hinzugefügte Spurgewehr „Prometheus-Linse" besaß den **höchsten Angriffswert einer *Destiny 2*-Waffe** (verifiziert von DestinyTracker.com). Mit einem Angriffswert von 330 und einer Feuerrate von 1.000 war die Waffe so übermächtig, dass sie kurz darauf angepasst wurde.

***Splatoon 2* hinterlässt Spuren**
Splatoon 2 (Nintendo) wurde bis zum 31. Dez. 2017 weltweit 4,13 Mio. Mal verkauft und war laut *VGChartz* der **meistverkaufte Switch-Shooter.** Die Begeisterung für das knallbunte Spiel zeigt sich auch in den vielen positiven Bewertungen. Bis zum 5. März 2018 war es der **bestbewertete Switch-Shooter,** mit einem *GameRankings*-Wert von 82,84 %, basierend auf 54 Bewertungen.

EUER NEUES LIEBLINGS-SPIEL

METRO EXODUS

Plattformen: PS4, Xbox One, PC
Nach *Metro: Last Light* und *Metro 2033* ist der postapokalyptische Shooter der neueste Teil der Sci-Fi-Serie von Deep Silver. Die Spieler übernehmen die Rolle von Artyom, der sein Leben ändern will. Gar nicht so leicht, bei all den tödlichen Mutanten …

MEISTE DOWNVOTES FÜR EINEN REDDIT-KOMMENTAR

Die Macht war nicht mit EA, als sie auf Spielerbeschwerden dazu eingingen, dass Luke Skywalker und weitere *Star Wars Battlefront II* (2017)-Helden erst nach stundenlangem Spielen oder gegen Bezahlung freigeschaltet werden konnten. Bis zum 5. März 2018 erhielt EAs Antwort 683.000 Downvotes.

Erster Shooter mit Deckung
Kill Switch (Namco, 2003) war das erste Spiel, in dem man auf Knopfdruck in Deckung gehen konnte. Dadurch entstanden völlig neue Spielelemente – beispielsweise das Blind-aus-der-Deckung-heraus-Feuern –, die man heute in Spielen wie *Uncharted 4* (Sony, 2016) und *Gears of War 4* (Microsoft, 2016) findet.

Erstes Team, das alle *Destiny*-Raid-Bosse ohne Waffen und ohne zu sterben besiegte
Am 14. Mai 2017 machte sich ein Raid-Team, angeführt von Reddit-Nutzer „GladHeAteHer182" (aka „Gladd"), nach „ausgiebiger Planung" und mit „durchdachten Strategien" an diesen 60-h-Marathon. Insgesamt nahmen 12 Spieler teil, die sich für Ruhepausen abwechselten. „Gladd" verkündete den Erfolg und ergänzte: „Wir hatten schon so oft kurz vorm Ziel aufgeben müssen. Aber unsere Beharrlichkeit zahlte sich aus und führte zum Sieg … ENDLICH!"

Längste Zeit für eine *Halo 3*-„Trick-Challenge"
Am 28. April 2017 demonstrierte das *Halo*-Kollektiv „Termacious Trickocity", wie sehr sich Geduld lohnen kann: Neun Jahre lang versuchten *Halo 3*-Spieler in einen abgeschlossenen, fast unmöglich zu erreichenden „Käfig" am Ende der „Sierra 117"-Mission einzudringen. Dank einer unglaublich ausgeklügelten Lösung war die Gruppe schließlich erfolgreich. Dafür mussten sie u. a. Gegner in einer bestimmten Reihenfolge ausschalten, Zwischensequenzen zu einem exakten Zeitpunkt aktivieren und ihre Spieler auf den Punkt genau positionieren. Angeblich verbrachten die Spieler der Gruppe dafür hunderte Stunden im Spiel.

Schnellstes Durchspielen von *Prey*
Am 23. Juni 2017 stellte sich PC-Gamer „seeker_" (F) den Typhons in *Prey* (Bethesda, 2017) und beendete das Spiel in nur 6:59 min (verifiziert von *Speedrun*).

FAKT!
Erst 2017 konnten deutsche Gamer erstmals eine unzensierte Version von *Half-Life* (1998) spielen. Der kostenlose Download verwandelte grünes Blut wieder in rotes und Robotergegner wieder in Menschen.

SHOOT-'EM-UPS

Blitzschnelle Reflexe und ein lockerer Abzugsfinger: Shoot-'em-ups – oder „Shmups" für Eingeweihte – sind der ultimative Geschicklichkeitstest und eine Geduldsprobe. Das Genre hat dabei eine Menge zu bieten, von futuristischen Settings bis hin zu klassischen Cartoon-Schmuckstücken wie *Cuphead*.

MEISTE HANDGEZEICHNETE ANIMATIONEN IN EINEM VIDEOSPIEL

Noch schwieriger als das eigentliche Spiel war wohl nur die Entwicklung von *Cuphead* – dem wunderschönen und notorisch schwierigen Shoot-'em-up von StudioMDHR (2017). Laut StudioMDHR zeichneten seine Künstler fast 45.000 einzelne Animationen per Hand und erschufen eine ganz besondere Optik, die an den Stil der klassischen Cartoons der 1930er-Jahre erinnert. Zum Vergleich: Die ebenfalls per Hand gezeichneten Arcade-Spiele *Dragon's Lair* (1983) und *Space Ace* (1984) von Cinematronics bestehen aus „nur" 31.431 bzw. 34.116 Bildern.

StudioMDHR schätzte, dass es etwa 25 min dauerte, ein Bild zu zeichnen, es einzuscannen, auszumalen und fertigzustellen. Für alle 45.000 Bilder wären das etwa 18.738 h – oder zwei Jahre und sieben Wochen!

Und als wäre das nicht schon genug Arbeit gewesen, gibt es noch 36 fiese Bosse – die **meisten Bossgegner in einem Run-and-Gun-Shoot-'em-up** – sowie 43 Formen, in die die Bosse sich verwandeln können, und damit die **meisten Boss-Verwandlungen in einem Run-and-Gun-Shoot-'em-up.**

Meistgespieltes Xbox-One-Shoot-'em-up
Der Top-Down-Shooter *Halo: Spartan Assault* (Microsoft, 2013) wurde laut *TrueAchievements* bis zum 2. Febr. 2018 von 94.055 schießwütigen Gamern gespielt. Angesiedelt zwischen *Halo 3* und *Halo 4*, lässt es die Spieler erneut im Großen Krieg gegen die Allianz kämpfen.

HOUSEMARQUE-HIGHSCORER

Am 7. Dez. 2017 bestätigte Housemarque aus Finnland, dass „tallamon" (I) am 31. Aug. 2017 mit 9.161.555.030 Punkten die **höchste Punktzahl in *Nex Machinas* „Hero"-Schwierigkeit** erreicht hatte.

Sein Landsmann „baudone" (I) hält die **höchste Punktzahl in *Resoguns* Arcade-Modus im „Hero"-Schwierigkeitsgrad.** Er schaffte am 2. Juli 2017 famose 21.328.589.030 Punkte.

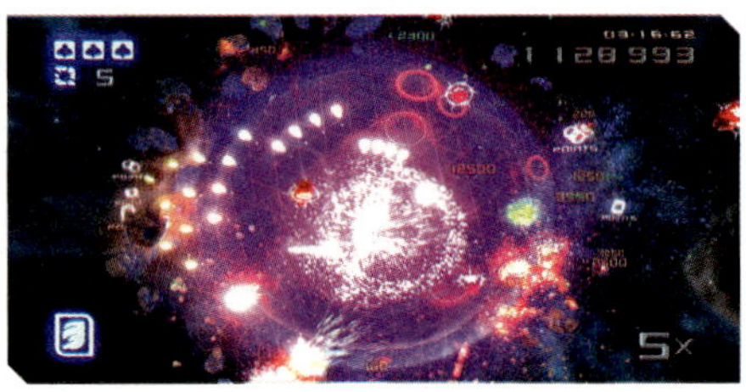

Außerdem verifizierte Housemarque die **höchste Punktzahl in *Super Stardust HD*** (2007) auf der PS3. Am 9. März 2017 erzielte „TLO-MEK" (FIN) 2.016.958.340 Punkte in dem zeitlosen Shoot-'em-up.

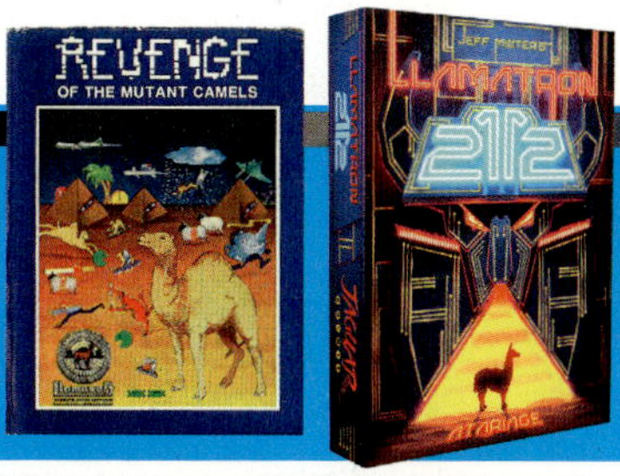

33 JAHRE

LÄNGSTE ZEIT BIS ZU EINER NEUAUFLAGE

Am 20. Okt. 2017, 33 Jahre nach seiner Erstveröffentlichung 1984, erhielt das Commodore-64-Shoot-'em-up *Revenge of the Mutant Camels* eine limitierte Neuauflage. Es kam zusammen mit *Llamatron: 2112* (Atari ST, 1991) auf einem Atari-Jaguar-Modul namens *Jeff Minter Classics* (AtariAge, 2017) und war u.a. auf der AtariAge-Website erhältlich.

SCHNELLSTES DURCHSPIELEN VON *ENTER THE GUNGEON*

Die Level dieses Top-Down-Blasters basieren auf dem Rogue-like-Format, sie verändern sich also bei jedem Durchspielen. Das störte „Wonderis_" (RUS) allerdings nicht. Am 13. Nov. 2017 zerstörte er mit seinem Spielcharakter alles in seinem Weg und beendete das Spiel in 13:01 min (verifiziert von Speedrun.com).

FAKT!

Der Fantasy-Shooter *Panzer Dragoon Orta* (Sega, 2002) steht am 5. Febr. 2018 mit 90,36 % auf *GameRankings* und ist damit der **bestbewertete Rail-Shooter.**

BESTBEWERTETER 2-SPIELER-SHOOT-'EM-UP (PS4)

Das Sci-Fi-Shoot-'em-up *Nex Machina: Death Machine* (Housemarque, 2017) hatte am 30. Nov. 2017 eine Bewertung von 88,62 % auf GameRankings.com. Es liegt auf dem dritten Platz der bestbewerteten Shmup-Spiele aller Zeiten, hinter *Panzer Dragoon Orta* (Sega, 2002) und *Geometry Wars: Retro Evolved 2* (Microsoft, 2008).

Erster Spieler mit einer Platin-Trophäe in *Helldivers*
Für die „Die Verkörperung der Über-Erde"-Platin-Trophäe muss man alle 30 Trophäen des Spiels freischalten. Klingt einfach, oder? Falsch! Bis zum 2. Febr. 2018 konnten sie nur 23 Spieler abstauben. Laut *PSNProfiles* war „Warlord0601" (CHN) am 11. Okt. 2016 der Erste, der diese teuflische Aufgabe erfüllen konnte.

Höchste Gesamtpunktzahl in *Battle Garegga Rev.2016*
Nach mehrmaligem Durchspielen des gefeierten Xbox-One-Bullet-Hell-Shooters hatte „SatoSato310" (J) laut *TrueAchievements* am 2. Febr. 2018 eine Gesamtpunktzahl von 4.596.305.940 Punkten. Doch das ist nicht alles: Auf seinem Weg an die Spitze sammelte er zudem noch 92.570 10.000-Punkte-Medaillen ein, besiegte 3.849 Bosse und „röstete" 2.126.363 Flamingos.

Höchste Story-Modus-Punktzahl in *Raiden V*
Am 2. Febr. 2018 hielt „dotk3" (J) den Rekord für die höchste Punktzahl im Top-Down-Space-Shooter *Raiden V* (Moss Co., 2016) auf der Xbox One. Mit insgesamt 110.324.300 Punkten nach einmaligem Durchspielen des Story-Modus lag er 907.800 Punkte vor „TAITOAPLAN" (J) mit 109.416.500 Punkten (verifiziert von *TrueAchievements*).

Schnellstes Bezwingen aller Bosse in *Cuphead* mit einer Tanzmatte
Für die meisten von uns ist das Besiegen der heimtückischen Bosse in *Cuphead* an sich schon schwer genug. Das Ganze mit zwei angeschlossenen *Dance Dance Revolution*-Tanzmatten zu machen, klingt unvorstellbar. Aber genau das schaffte Extrem-Gamer „PeekingBoo" (AUS) laut *TwinFinite* am 9. Okt. 2017 – und brauchte dafür nur 1:24:40 h. Funky!

SPLATOON 2

Wieder schmeißen sich Inklinge aus der ganzen Welt in ihre coolsten Klamotten und bewaffnen sich mit ihren Lieblings-Farbrollern für einen tintenvollen Kampf. Das „Paint-'em-up" von Nintendo ist vor allem online ein Hit, in dem Nintendo-Switch-Gamer splat-tastische Rekorde aufstellen …

MEISTE TINTE IN EINEM VIDEOSPIEL

Die winzigen Inklinge von *Splatoon 2* (Nintendo, 2017) haben nichts Besseres im Sinn, als den ganzen Tag Klamotten zu shoppen und das Revier gegnerischer Banden mit Tinte zu übermalen. Hätten Inklinge Menschengröße, dann hätten *Splatoon 2*-Spieler seit Veröffentlichung des Spiels am 21. Juli 2016 laut Nintendo bis zum 22. Jan. 2018 in Onlinekämpfen bereits 6,12 Mio. km² Fläche bekleckst. Das wäre genug Tinte, um zwei Drittel der USA zu bedecken oder dreimal Frankreich, Spanien, Deutschland, Italien und Großbritannien zusammen (und es wäre immer noch ein Rest Tinte übrig!). Das wäre vielleicht eine Saubermach-Aktion!

WER MÖCHTE FISCHEIER ZUM LACHS?

Im „Salmon Run"-Modus geht es noch viel chaotischer zur Sache (falls das überhaupt möglich ist). In den hektischen 100-sec-Matches müssen bis zu vier Spieler den Boss-Salmoniden ihre Gold-Fischeier abluchsen und in Sicherheit bringen, um so wertvolle Bärenpunkte zu sammeln. Nintendo zufolge sammelten *Splatoon 2*-Spieler seit Juli 2017 unglaubliche 3,3 Mrd. Gold-Fischeier.

OVERWATCH

SHOOTER

Blizzards Squad-Shooter mischte die Gaming-Szene 2016 gewaltig auf. Seitdem begeistern die farbenfrohen Charaktere und das Teamplay die stetig wachsende Community. Dazu hat es sich als wichtiger Teil der eSport-Szene etabliert, und die besten Spieler kämpfen um gewaltige Preisgelder.

WAS BISHER GESCHAH ...

Die *Overwatch*-Saisons rasen nur so vorbei; bis zum 20. Febr. 2018 waren es bereits sieben. Updates haben das Spiel zwischen den einzelnen Saisons leicht verändert, doch laut Blizzard bleiben einige Bereiche des Spielerkönnens nach wie vor vergleichbar, sodass sich definitiv sagen lässt, wer die besten Spieler aller Zeiten sind.

Da ist zum einen „Colton" (USA), der in der 4. Saison von *Overwatch* 4.509.948 Schadenspunkte austeilte und damit den **meisten Heldenschaden** verursachte. In der 5. Saison heilte „도도이" (ROK) – „Dodoji" ausgesprochen – insgesamt 22.390.446 Lebenspunkte seiner Teammitglieder und erreichte damit die **meiste Heilung insgesamt.** „BATMAN" (USA) versetzte in der 4. Saison seinen Gegnern die **meisten Todesstöße** mit 55.777, und in der 5. Saison schaffte er die **meisten Eliminierungen** mit 120.745.

MEISTVERDIENENDER *OVERWATCH*-SPIELER

Je-hong „Ryujehong" Ryu ist Mitglied von Lunatic-hai, dem besten eSport-Team in *Overwatch,* und spielt im überragenden südkoreanischen Weltmeister-Nationalteam. Bis zum 21. Febr. 2018 verdiente er mehr als alle anderen Spieler in *Overwatch:* 43.860 EUR konnte er laut *eSportsearnings* in 13 Wettkämpfen gewinnen. Sein nächster Rivale war sein Landsmann Jin-hyuk „Miro" Gong, der bis zum selben Datum 38.404 EUR erspielen konnte.

Erstes offizielles *Overwatch*-Ligaspiel
Am 10. Jan. 2018 fand das erste offizielle *Overwatch*-Ligaspiel zwischen San Francisco Shock (SFShock) und Los Angeles Valiant (LAValiant) in Kalifornien (USA) statt. LAValiant gewann mit 4:0. Dem Spiel vorausgegangen war das Qualifying der zwölf Eröffnungsteams. Den offiziellen Liga-Twitch-Kanal sahen am ersten Tag bis zu 415.000 Zuschauer gleichzeitig. Am 11. Febr. 2018 besiegte London Spitfire nach einem Rückstand von 0:2 New York Excelsior noch mit 3:2 und holte sich den Championtitel der Liga-Phase 1.

Erste *Overwatch*-Weltmeister
Das erste Turnier in Blizzards neuestem eSport-Spiel wurde während der BlizzCon 2017 vom 29. Okt bis zum 5. Nov. im Anaheim Convention Center (USA) ausgetragen. 16 Nationen nahmen teil, am Ende holte sich Südkorea den Titel. Sie verloren keine einzige Karte und überrollten Russland im Finale mit 4:0. Die Website *Mashable* beschrieb es als eine „vollständige Zerstörung" der Gegner. Mit dem Gewinn der zweiten *Overwatch*-Weltmeisterschaft hält Südkorea die **meisten *Overwatch*-Weltmeistertitel.** Das Team führte seinen tadellosen Siegeszug des Vorjahres fort und besiegte 2017 im Finale Kanada mit 4:1.

Längste Siegesserie bei Pro-*Overwatch*-Spielen
Laut *GosuGamers* gewann Team EnVyUs (USA) 59 Matches in Folge in Blizzards dynamischem Shooter. Die Siegesserie dauerte vom 13. Febr. bis zum 9. April 2016 und ist mit Stand vom 20. Febr. 2018 nach wie vor unübertroffen.

Die kurvigen Straßen und engen Gässchen der Eskorte-Karte Dorado bieten die perfekte Umgebung für tödliche Angriffe oder standhafte Defensivtaktiken. Dank ihrer Beliebtheit ist Dorado die **meistgespielte *Overwatch*-Karte in Turnieren** (verifiziert von GosuGamers.com). Bis zum 24. Jan. 2018 wurde sie 2.204-mal bei Pro-Events gespielt.

ERWEITERTES FRANCHISE

Overwatch ist berühmt für seine Animationsfilme im Pixar-Stil. Ende 2017 sagte Game Director Jeff Kaplan, dass er „sehr gerne" einen Film basierend auf Blizzards Shooter ins Kino bringen würde.

FAKT!

Overwatch-Game-Director Jeff Kaplan sagte, dass sie bei Bildrecherchen auf „genau die Version von Mexiko" gestoßen seien, die sie für Dorado haben wollten. Allerdings war es Manarola in Italien!

GRÖẞTES MOBILES GAME-COSPLAY

Während der New York Comic Con im Okt. 2016 sorgte ein Teilnehmer in seinem gigantischen 2,54 m großen Anzug für viel Aufsehen. Thomas DePetrillo (USA) von Extreme Costumes entwarf und baute einen Anzug des ritterlichen Kolosses Reinhardt aus *Overwatch*, der sämtliche Zuschauer staunen ließ. Seine Kreation wurde am 7. Dez. 2017 in seiner Werkstatt in den USA vermessen und ist wirklich ein beeindruckender Anblick – besonders wenn er seinen enormen Hammer schwingt!

SPOTIFY-SOUNDTRACKS

Die besten Soundtracks berühren die Seele, während sie zur Atmosphäre und Spannung im Spielgeschehen beitragen. Einige lohnen auch das Anhören außerhalb des Spiels. Hier sind die am häufigsten gehörten Soundtracks von 2017, basierend auf den Statistiken des Streaming-Dienstes.

1

THE WITCHER III: WILD HUNT
Komponisten: Percival, Marcin Przybyłowicz, Mikolai Stroinski
Release: 11. Mai 2015
Label: CD Projekt Red

2

3

HORIZON ZERO DAWN
Komponisten: The Flight, Niels van der Leest, Joris de Man, Jonathan Williams
Release: 10. März 2017
Label: Sony Interactive Entertainment Europe

THE ELDER SCROLLS V: SKYRIM
Komponist: Jeremy Soule
Release: 11. Nov. 2011
Label: Bethesda Softworks

4

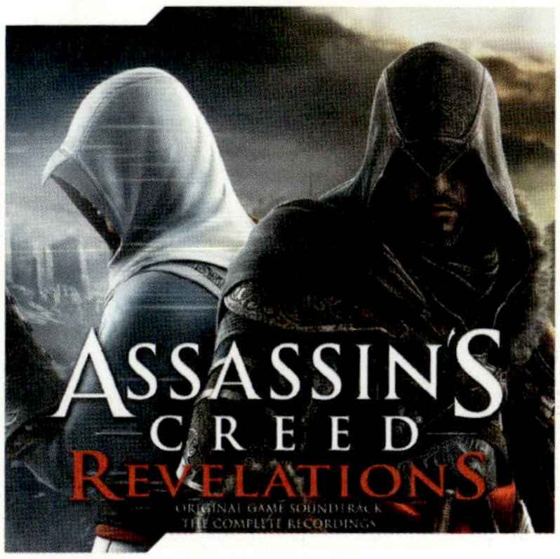

ASSASSIN'S CREED: REVELATIONS
Komponisten: Lorne Balfe, Jesper Kyd
Release: 15. Nov. 2011
Label: Ubisoft Music

5

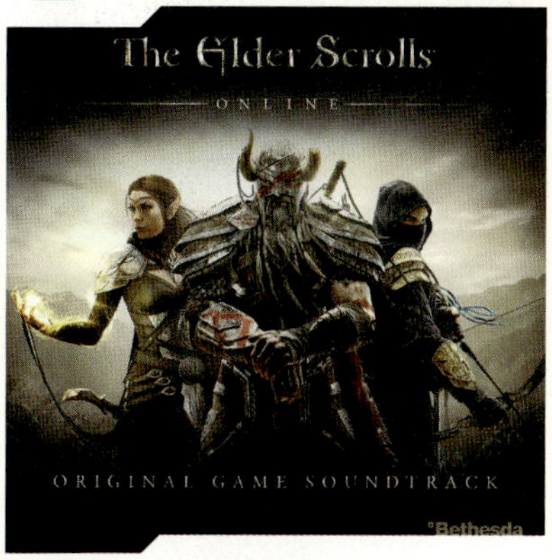

THE ELDER SCROLLS ONLINE
Komponisten: Brad Derrick, Malukah, Rik Schaffer, Jeremy Soule
Release: 4. April 2014
Label: Bethesda Softworks

6

FALLOUT 4
Komponist: Inon Zur
Release: 6. Nov. 2015
Label: Bethesda Softworks

7

THE LAST OF US
Komponist: Gustavo Santaolalla
Release: 7. Jun. 2013
Label: Sony Computer Entertainment America

8

BATTLEFIELD 1
Komponisten: Patrik Andrén, Johan Söderqvist
Release: 28. Okt. 2016
Label: Electronic Arts Music

9

DRAGON AGE: INQUISITION
Komponist: Trevor Morris
Release: 17. Nov. 2014
Label: Electronic Arts Music

10

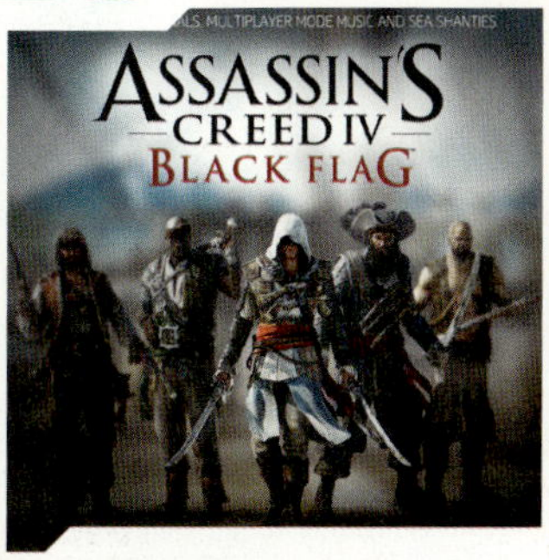

ASSASSIN'S CREED IV: BLACK FLAG
Komponist: Brian Tyler
Release: 14. Okt. 2013
Label: Ubisoft Music

COSPLAY-WELTEN

Beim Cosplay verkleidet man sich nicht nur als sein Lieblingscharakter aus Filmen, Büchern oder Videospielen – man verkörpert die Seele des Charakters. Viele Gamer fühlten sich davon direkt angesprochen und sind mittlerweile der bunte Mittelpunkt auf Gaming-Events in der ganzen Welt.

WORLD COSPLAY SUMMIT

Ort: Nagoya, Japan
Eröffnungsjahr: 2003
Besucher: 200.000

Der seit 2003 jährlich stattfindende World Cosplay Summit ist das **am längsten bestehende Cosplay-Event**. Teilnehmer aus der ganzen Welt kommen als Charaktere japanischer Videospiele, Mangas, Animes und Tokusatsus (Live-Action-Filme und -TV-Serien). Seit 2005 ist der Höhepunkt des Events die World Cosplay Championship, bei der die Cosplay-Teams verschiedener Länder um den Champion-Titel kämpfen. Bis 2017 feierten Italien und Brasilien mit jeweils drei Siegen die **meisten World-Cosplay-Championship-Siege**.

SAN DIEGO COMIC CON

Ort: San Diego, USA
Eröffnungsjahr: 1970
Besucher: 135.000

Die ursprünglich als Golden State Comic Book Convention bekannte San Diego Comic Con ist schon lange ein fester Termin für Film-, Comic-, und Videospiel-Fans. Das Event ist berühmt für seinen Kostüm-Schaulauf, bei dem Cosplayer ihre Charaktere darstellen – wahlweise mit Schauspielerei, Showkämpfen, Gesang oder vollständig pinkfarbenem Haarkleid wie Chewbacca und sein Tusken-Räuber-Freund aus *Star Wars* (siehe oben).

ANIME NORTH

Ort: Toronto, Kanada
Eröffnungsjahr: 1997
Besucher: 32.000

Dank des strikten Fokus auf japanischem Anime-Cosplay trifft man natürlich auf viele der Helden und Monster aus *Dragon Ball Z*, *Pokémon* und Konsorten. Schaut euch unbedingt das Cosplay-Battle-Chess an!

MCM COMIC CON

Ort: London, GB
Eröffnungsjahr: 2002
Besucher: 133.000

Die britische Popkultur-Convention ist die Heimat der Euro-Cosplay Championships. Hier zeigen die kreativsten Cosplayer der Welt ihre aktuellsten Kreationen, inspiriert durch Videospiele, Animes, Filme, TV-Serien und Comicbücher. Es kann durchaus passieren, dass man plötzlich vor Cordana Teufelsang aus *World of Warcraft* steht (oben).

GAMESTART ASIA

Ort: Singapur
Eröffnungsjahr: 2002
Besucher: 24.000

Der „Cosplay-Laufsteg" der GameStart Asia fühlt sich manchmal eher wie eine Modenschau als wie ein Cosplay-Event an. Teilnehmer können Geld- und Sachpreise gewinnen (oben) und natürlich auch die so wichtige Anerkennung. Neben dem Cosplay-Event ist es eine waschechte Gaming-Convention, die Indie-Entwickler, eSport-Champions und Spiele-Klassiker gleichermaßen feiert.

GAMESCOM

Ort: Köln, Deutschland
Eröffnungsjahr: 2009
Besucher: 350.000

Willkommen bei der weltweit größten Videospiel-Convention und dem direkten europäischen Rivalen der E3 (USA). Teilnehmende Cosplayer können im Cosplay Village in ihre Charaktere schlüpfen. Dort gibt es sogar eine Werkstatt für eventuelle Kostümpatzer – ideal um sich den Mario-Schnurrbart wieder ankleben zu lassen.

VIRTUAL REALITY

Wer den ganzen Wirbel um VR nicht versteht, sollte mal eine PS-VR-, Oculus-Rift- oder HTC-Vive-Brille aufsetzen und seine Sinne auf eine fantastische Reise schicken. VR schenkt Spielen eine völlig neue Dimension und lässt uns noch tiefer in ihre Welten eintauchen.

> „VR IST EIN ORT, AN DEM DU SEIN KANNST, WAS DU WILLST, UND PORTALE IN ANDERE WELTEN DURCHSCHREITEN KANNST."

NATHANIËL „NATHIE" DE JONG

MEISTE ABONNENTEN EINES AUF VR SPEZIALISIERTEN YOUTUBE-KANALS

Steven Spielbergs neuer Film *Ready Player One* (2018) rückte Virtual Reality wieder in den Fokus. Allerdings ist Nathaniël „Nathie" de Jong schon seit Jahren ein Verfechter der VR. „Als ich den Prototypen des Oculus Rift DK1 das erste Mal aufsetzte, war ich völlig überwältigt von der neuen Welt, die sich mir da auftat", verriet er uns.

Seine VR-Begeisterung war so groß, dass er den YouTube-Kanal „Nathie" startete, wo er Geschichten von virtuellen Welten erzählt. Sein erstes VR-Video „SledgeRift: Oculus Rift DK1 | OLYMPIC WINTER GAMES TROLOLO!" veröffentlichte er am 8. Febr. 2014. Seitdem dreht sich alles um Oculus Rift, PS VR und HTC Vive. Am 20. März 2018 hatte sein Kanal 345.389 Abonnenten.

Sein Erfolgsgeheimnis? „Man muss es ruhig angehen", verriet er uns. „VR-Spiele spielt man meist in der Egoperspektive, daher bewege ich mich langsam. Das macht es einfacher für die Zuschauer."

Für einen kurzen Moment trat „Nathie" aus der virtuellen Welt und posierte für uns mit einem echten DeLorean, dem Zeitmaschinen-Auto aus *Zurück in die Zukunft* (1985) und *Ready Player One*. Wobei er seine Vive natürlich trotzdem dabeihatte ...

VR-ZEITREISE

Dank der großen Aufmerksamkeit für HTC Vive, PS VR und Oculus könnte man meinen, dass VR ein völlig neuartiges Konzept ist, aber das stimmt nicht. Wissenschaft, Luftfahrt und Weltraumforschung hatten großen Einfluss auf die Entwicklung der Technologie, deren Anfänge schon über 50 Jahre zurückliegen.

1968

Informatiker Ivan Sutherland und Student Bob Sproull entwickeln das erste VR-Head-Mounted-Display. Es kann ein computergeneriertes Drahtmodell darstellen und wird von den beiden „Damoklesschwert" getauft.

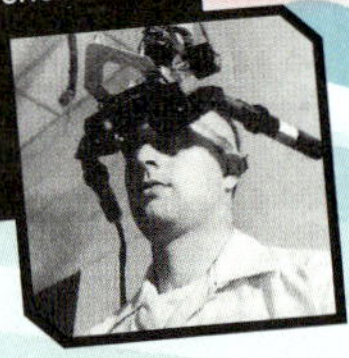

1975

Computerkünstler Myron Krueger (USA) eröffnet seine *Videoplace*-Ausstellung. Sie zeigt die Bedeutung, die er der Interaktivität als Teil des künstlerischen Ausdrucks beimisst – vor allem der zwischen Mensch und Maschine.

1982

Elektroingenieur Thomas Furness stellt seinen „Darth-Vader-Helm", genauer gesagt den Visually-Coupled-Airborne-Systems-Simulator-Pilotenhelm, vor. Er ist ein virtuelles Interface zur Flugkontrolle. Daraus entsteht das „3D Super Cockpit"-Programm für die US Air Force (1986–89).

2012

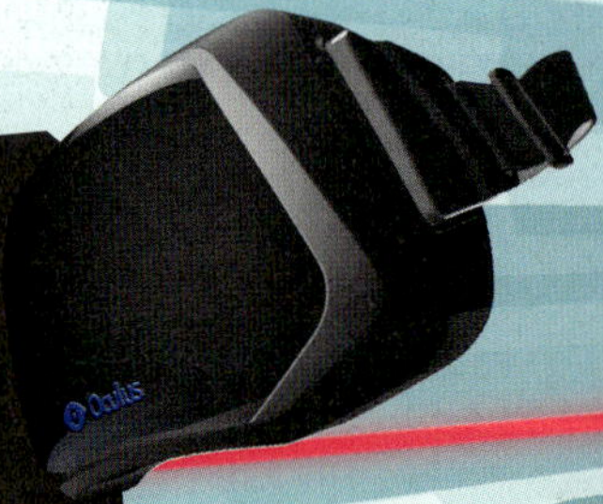

Nach langer VR-Pause lockt der Kickstarter von Oculus Rift mit „dem ersten wahrhaft immersiven VR-Headset für Videospiele" und sammelt von seinen Unterstützern 2.034.510 EUR ein. Es ist das **erfolgreichste Crowdfunding-VR-Projekt** (mittlerweile vom Pimax VR-Headset überholt).

1995

Nintendo bringt den Virtual Boy heraus. Aufgrund von Bedenken zu Kindersicherheit wurde das VR-Gerät allerdings nicht für den Kopf konzipiert, sondern wird auf dem Tisch aufgestellt. Trotz Spielen wie *Mario's Tennis* (unten) ist es ein kommerzielles Desaster und wird nach fünf Monaten auf dem japanischen Markt wieder eingestellt.

2014

Google Cardboard ist mit seinem faltbaren Pappgestell für Smartphones eine kostengünstige VR-Alternative auf dem Markt. Es entsteht aus einem Nebenprojekt der Ingenieure David Coz und Damien Henry, die beim Google Cultural Institute arbeiten.

2014

Facebooks Übernahme von Oculus VR für knapp 1,7 Mrd. EUR sorgt für Diskussionen zur Zukunft des Geräts im Gaming-Bereich. Es gibt Spekulationen über Facebook-CEO Mark Zuckerbergs Absichten hinsichtlich VR und Social Media.

2018

Am 27. März 2018 verkündet HTC das weltweite Erscheinen der Vive Focus (rechts). Das bisher nur in China erhältliche Headset funktioniert ohne Handy/PC und konkurriert mit der Oculus Go. Zudem kündigt HTC die Vive Pro an, die User mittels Sensoren über eine Fläche von 6 × 6 m im Blick behält.

2017

Die Hyper-Reality-Unterhaltungsfirma THE VOID kündigt mit *Star Wars: Secrets of the Empire* ein standortgebundenes Projekt an, in dem die Spieler als Rebellen-Kommando eine Basis des Imperiums auf dem Planeten Mustafar infiltrieren. Es wird gemeinsam mit Lucasfilm und ILMxLAB produziert.

1987
Informatiker, Künstler und Komponist Jaron Lanier (USA, oben) prägt den Begriff „Virtual Reality". Er entsteht bei Laniers Zusammenarbeit mit seinem ehemaligen Atari-Kollegen Thomas Zimmerman in ihrer gemeinsamen Firma VPL (Virtual Programming Language) Research.

1987
SegaScope erscheint auf der Sega-Master-System-Konsole. Die von Mark Cerny entwickelte 3D-Brille ist zwar kein echtes VR-System, erzeugt aber durch schnelle Linsenverschlusszeiten einen farbigen 3D-Effekt bei Videospielen.

1989
VPL Research stellt bei der Texpo-Telekommunikations-Konferenz in San Francisco (USA) sein EyePhone vor. Das System, mit dem man Objekte durch einen computergenerierten Raum bewegen kann, besteht aus einem Head-Mounted-Display und einem Datenhandschuh.

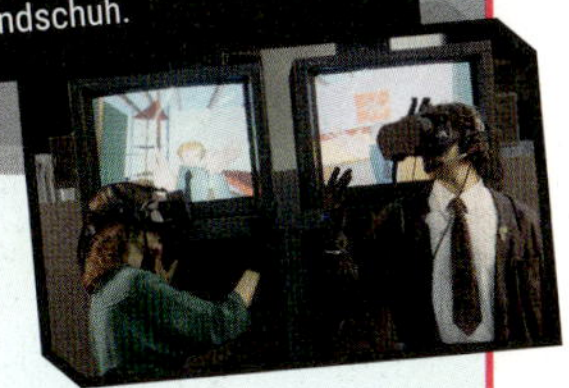

1991
Jonathan Walderns VR-Firma Virtuality (GB) stellt ihre 1000-Series-Pods vor (unten). Das VR-System verfügt über einen LCD-Bildschirm mit 276 × 372 Pixeln, vier Lautsprecher und ein Mikrofon. Sie werden in stehender und sitzender Ausführung verkauft.

1993
Sega stellt bei der Consumer Electronics Show (CES) in Las Vegas (USA) eine VR-Brille vor, die den natürlichen Augenabstand für die virtuelle Raumwahrnehmung geschickt ausnutzt. Sie erscheint allerdings nie auf dem Markt.

2015
Die Kickstarter-Kampagne für FOVE startet am 19. Mai und erreicht drei Tage später ihr Ziel. FOVE (was fast so klingt wie „love") wird als „das weltweit erste Eye-Tracking-VR-Headset" beschrieben. Benannt wurde es nach der Fovea centralis, dem Bereich des schärfsten Sehens im Auge.

2015
Microsoft enthüllt auf einer Pressekonferenz bei der Electronic Entertainment Expo (E3) in Los Angeles (USA) seine Augmented-Reality-Brille HoloLens. Über Handzeichen oder Stimmeingabe können virtuelle Objekte in der realen Umgebung manipuliert werden.

2016
Sony veröffentlicht PlayStation VR für die PS4. Die Brille verfügt über ein 14,4 cm großes OLED-Display mit einer Auflösung von 1080 p. Zum Start gibt es 40 eigens entwickelte oder zum Teil kompatible Spiele.

2016
Das HTC-Vive-Headset entsteht aus einer Zusammenarbeit der taiwanesischen Tech-Firma HTC und dem Spielentwickler/Videospiel-Vertrieb Valve (USA). Das hauptsächlich zum Spielen entwickelte Gerät enthält einen Raumsensor, der Hindernisse in der Umgebung erfasst.

NOCH MEHR VR

Wir haben euch die beliebtesten Virtual-Reality-YouTuber vorgestellt und euch auf eine Reise durch die Geschichte der VR mitgenommen. Jetzt ist es an der Zeit, das Headset aufzusetzen und einen Blick auf die größten und besten Errungenschaften in der virtuellen Realität zu werfen …

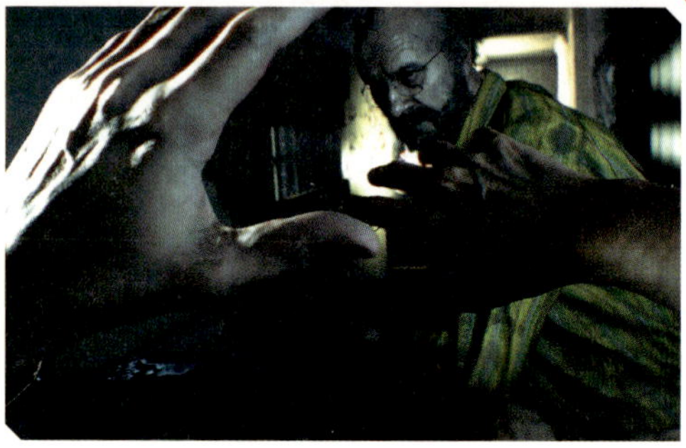

2,84 MIO.

Am 9. April 2018 war *Resident Evil VII: Biohazard* für die PS4 das **meistverkaufte vollständig in VR spielbare PS-VR-Spiel.** Mit einer beeindruckenden Programmierleistung ist es Capcom gelungen, das Survival-Horror-Spiel zu seiner Veröffentlichung am 24. Jan. 2017 komplett VR-fähig auszuliefern. Besitzer einer PS4 und des PlayStation-VR-Sets konnten sofort durch das noch gruseligere virtuelle Horror-Haus ziehen … wenn sie sich trauten!

ERSTES VR-SPIEL AN DER SPITZE DER STEAM-CHARTS

Das Gameplay von *Raw Data* war mit seinen zahlreichen Sci-Fi-Waffen und futuristischen Gegnern genau das Richtige für VR-Fans. Als es am 14. Juli 2016 als Early-Access-Spiel auf Steam an den Start ging, war es das erste VR-Spiel, das die Verkaufscharts der Plattform anführte. Valve, der Eigentümer der Steam-Plattform, gratulierte den Entwicklern in einem Tweet.

EUER NEUES LIEBLINGS-SPIEL

ACE COMBAT 7: SKIES UNKNOWN

Plattformen: PS4, Xbox One, PC

Kurvenkämpfe in luftigen Höhen werden in *Ace Combat 7* (Bandai Namco) noch härter. Piloten mit einem PS-VR-Set sind dank ihres Headsets und einer Serie exklusiver Missionen noch näher dran am Kampfgeschehen.

Erstes Gerät, das Alltagsgegenstände in VR erscheinen lässt
Mit dem im Dez. 2017 veröffentlichten HTC Vive Tracker können Entwickler gewöhnliche Gegenstände in der virtuellen Welt positionieren. Der 10 cm große Tracker kann an Tennis- oder Golfschlägern angebracht werden und so deren Bewegungsabläufe und Positionen durch das HTC-Lighthouse-Erfassungssystem in VR-Spielen wiedergeben.

Erste eSport-Turnierübertragung in VR
Die sechste Austragung von Valves *Dota 2*-Weltmeisterschaft The International, die vom 3.–13. Aug. 2016 in Seattle (USA) stattfand, war das erste in VR übertragene eSport-Turnier. VR-Zuschauer brauchten dazu ein SteamVR-fähiges Headset und mussten Steam und *Dota 2* installiert haben, damit sie dem *Dota 2*-VR-Hub beitreten konnten.

Höchste virtuelle Rutsche
Besucher des Wolkenkratzers „The Shard" in London (GB) konnten 2017 ihre Nerven in gleich zwei VR-Spielen auf die Probe stellen. Die VR-Games befanden sich auf dem Freiluftdeck des Gebäudes, was sehr gut zum Setting der Spiele passte.
In *The Slide* raste man in einem Rennschlitten eine virtuelle halsbrecherische Rutsche von 243 m Länge hinunter. In *Vertigo* balancierte man in schwindelerregender Höhe auf einem schmalen Steg über London.

Erstes komplettes Durchspielen von *RIGS: Mechanized Combat League*
Laut *PSNProfiles* war „norcalpville" (USA) der erste Spieler, der alle Erfolge des futuristischen PS-VR-Kampfsportspiels von Sony abräumte. Am 17. Okt. 2016 besaß er bereits alle 33 Trophäen im Spiel, nur vier Tage nach Veröffentlichung des Spiels.

Erster VR-Freizeitpark
THE VOID öffnete am 1. Juli 2016 in New York (USA) seine Tore. Besucher erleben die VR-Welten dank einer haptischen Feedback-Weste (die bei Treffern vibriert) und einem VR-Headset auf völlig neue Weise.
THE VOID kombiniert Kamera-Tracking mit echten Hindernissen im Raum und erzeugt dadurch die perfekte Illusion für VR-Spieler – egal ob man als Stormtrooper in *Star Wars: Secrets of the Empire* kämpft oder in *Ghostbusters: Dimension* auf Geisterjagd geht.

ERSTES CROSS-PLATTFORM-VR-SPIEL

Das am 26. Sept. 2017 veröffentlichte *EVE: Valkyrie – Warzone* ist ein Update des VR-Shooters *EVE: Valkyrie* (CCP Games, 2016). Spieler können mit unterschiedlichen VR-Headsets im selben Online-Match kämpfen – also mit Oculus-Rift-, PS-VR- und HTC-Vive-Brillen und sogar PC- und PS4-Spieler ohne VR-Brillen.

FAKT!
Die VR-„Pods" von Virtuality Group (GB) tauchten erstmals 1991 in Spielhallen und Stadtzentren auf. Mit ihnen konnte man einfache bunte Flug-, Renn-, Shooter- und Puzzle-Spiele spielen.

BESTBEWERTETES VR-SPIEL

Mit der Veröffentlichung des Rhythmus-Shooters *Rez* (Sega, 2001) entwickelte sich das Shoot-'em-up-Genre weiter. Dessen cleverer – und leicht psychedelisch-hypnotischer – Einsatz von Grafik und Musik wurde hoch gelobt. Im Okt. 2016 veröffentlichte Enhance Games eine VR-Überarbeitung des Spiels für Sonys PS VR. *Rez Infinite* erfüllte die hohen Erwartungen.

Am 9. April 2018 stand *Rez Infinite* mit 89 % bei 23 Bewertungen auf GameRankings. Besonderes Lob erhielt es für die VR-Umsetzung eines 360°-Blickfelds, das es in vorangegangenen *Rez*-Spielen noch nicht gegeben hatte. *Rez Infinite* wurde bei der The-Game-Awards-Zeremonie mit dem Preis für das beste VR-Spiel 2016 ausgezeichnet.

8 MINUTEN 1 SEKUNDE

Schnellstes Durchspielen von *SUPERHOT VR*
Am 22. Jan. 2018 sprintete HTC-Vive-Spieler „Qwhilla" (USA) geradezu in nur 8:01 min durch den Zeitlupen-Shooter von Superhot Team (2016, Rekord verifiziert von *Speedrun*).

ERSTES VR-PLATTFORMSPIEL

Am 27. Nov. 1995 bot *Virtual Boy Wario Land* – mit einem geldgierigen Wario in der Hauptrolle – einen ersten Vorgeschmack auf VR-Plattformer. Das (sehr rote) Side-Scroller-Adventure für die Nintendo-Virtual-Boy-Konsole nutzte die Möglichkeiten der Konsole für stereoskopisches 3D voll aus.

TOP 10

MEISTE FOLLOWER AUF TWITCH

„Ninja“ (unten) hat den **Gaming-Kanal mit den meisten Followern auf Twitch.** Nach einem All-Star-Stream mit dem Musiker Drake kamen in wenigen Wochen 2 Mio. neue Follower hinzu. Sein Erfolg beruht ebenso auf seinen exzellenten Gaming-Skills wie auf den speziellen Gästen.

Am 14. März 2018 startete „Ninja“ (USA), alias Richard Tyler Blevins, einen *Fortnite*-Twitch-Stream mit Rap-Superstar Drake (rechts). Der Stream hatte die **meisten gleichzeitigen Zuschauer eines Twitch-Streams einer Einzelperson.** Laut Twitch waren es etwa 628.000 gleichzeitige Zuschauer.

1 NINJA (USA)

5.144.968
FOLLOWER

Hauptspiel: *Fortnite*

2 SUMMIT1G (USA)

3.059.477
FOLLOWER
Hauptspiel: *Fortnite*

3 SHROUD (CDN)

2.933.291
FOLLOWER
Hauptspiel: *Fortnite*

4 SYNDICATE (GB)

2.577.535
FOLLOWER
Hauptspiel: *Fortnite*

5 IMAQTPIE (USA)

2.236.618
FOLLOWER
Hauptspiel: *League of Legends*

6 NIGHTBLUE3 (USA)

2.195.250
FOLLOWER
Hauptspiel: *Fortnite*

7 DRDISRESPECTLIVE (USA)

2.145.058
FOLLOWER
Hauptspiel: *Fortnite*

8 LIRIK (USA)

2.064.654
FOLLOWER
Hauptspiel: *Fortnite*

9 SODAPOPPIN (USA)

1.844.161
FOLLOWER
Hauptspiel: *World of Warcraft*

10 LOLTYLER1 (USA)

1.580.001
FOLLOWER
Hauptspiel: *League of Legends*

Alle Daten der Twitch-Accounts einzelner Spieler verifiziert von SocialBlade.com am 8. April 2018. „shroud" war früher bekannt als „mEclipse".

GAMER GEBEN WAS ZURÜCK

Von *Super Mario*-Marathons bis *World of Warcraft*-Rennen – Gamer finden kreative Wege, um ihr Hobby für wohltätige Zwecke zu nutzen. In den letzten Jahren wurden Millionenbeträge für Organisationen wie Child's Play gesammelt, die Spielzeuge und Games an Krankenhäuser spendet. Wir stellen euch ein paar Aktionen vor …

Q&A: MATT WIGGINS

„Desert Bus for Hope"-Mitgründer und Ehrengast-Koordinator.

Q Wie entstand das „Desert Bus for Hope"-Event?

A Mitglieder der Comedy-Gruppe LoadingReadyRun gründeten das Event 2007. Wir wollten die Organisation Child's Play unterstützen und bekamen *Desert Bus* in die Hände [ein Spiel des Magierduos Penn & Teller, das absichtlich extrem langweilig ist]. Wir starteten einen Spenden-Marathon, bei dem uns die Zuschauer durch ihre Spenden zum Weiterspielen zwangen. Der Erfolg überraschte uns selbst.

Q Wieso sind diese Gaming-Events so wichtig?

A Jeder spielt gerne. Spielen macht Freude und bringt Generationen zusammen. Es kann Schmerzen lindern und die Lebensqualität steigern.

Q Was ist das Besondere an eurer Spendenaktion?

A Viele Videospiel-Spendenaktionen zeigen unterhaltsame Spiele. Das ist *Desert Bus* definitiv nicht, also müssen wir selbst für den Spaß sorgen. Das Spiel ist der Angelpunkt, um den sich unsere Sketche, Kostüme und Gesangseinlagen drehen. Das macht „Desert Bus for Hope" so anders als andere Charity-Marathons.

Q Wie viel habt ihr bisher gesammelt?

A 3.730.070 EUR. 2007 sammelten wir 19.000 EUR, 2017 waren es schon über 545.900 EUR.

200

KRANKENHÄUSER AUF DER GANZEN WELT ERHALTEN ZUSCHÜSSE UND SPENDEN VON DER CHILD'S-PLAY-ORGANISATION

3,6 MIO. EUR

SPENDEN SAMMELTE CHILD'S PLAY 2017

MARIO-MARATHON

Das Team hinter dem Mario-Marathon (mariomarathon.com) bittet Nintendos Klempner jedes Jahr erneut zum Einsatz. In den letzten zehn Jahren haben die Streamer nahezu jeden *Super Mario*-Titel gespielt und insgesamt 525.900 EUR für die Child's-Play-Organisation gesammelt.

Die „Extra Life"-Gaming-Charity entstand im Jahr 2008. Ihr Gründer Jeromy Adams startete sie zum Andenken an seine Freundin Victoria Enmon, die an Krebs starb, und als Unterstützung für das Texas Children's Hospital, in dem sie behandelt worden war. In den ersten zwei Jahren sammelte sie 252.100 EUR, 2017 waren es bereits über 9 Mio. EUR. Der Leiter von Extra Life Mike Kinney sagt: „Die Leidenschaft und Hingabe unserer Teilnehmer inspiriert uns alle. Wir freuen uns auf viele weitere Extra-Life-Events."

50.000

GAMER SIND BEI EXTRA LIFE REGISTRIERT, UM MIT IHREM SPIELEN SPENDEN FÜR EIN NETZWERK VON KINDERKRANKENHÄUSER ZU SAMMELN.

GAMING FOR GOOD

GAMES DONE QUICK

Zweimal im Jahr bittet das „Games Done Quick"-Event (gamesdonequick.com) die besten Speedrunner an die Controller. Während des letzten „Awesome Games Done Quick"-Events vom 7.–14. Jan. 2018 in Herndon, Virginia (USA), wurden 1.915.790 EUR für die „Prevent Cancer Foundation" erspielt. In 17 Jahren sammelte das Event rund 11,7 Mio. EUR.

GAMERS FOR GIVING

Nachdem ein *Halo 2*-Event mit der Begründung abgesagt wurde, Gaming hätte zu viele negative Auswirkungen, starteten Schüler als positiven Gegenbeweis „Gamers for Giving". Mit Spiele-Turnieren und Marathons sammeln sie Geld für die Gamers Outreach Foundation (gamersoutreach.org), die Kindern in Krankenhäusern therapeutische Freizeitprogramme anbietet.

SMASH THE RECORD

Diese *Super Smash Bros.*- und Speedrunning-Marathon-Spendenaktion (smashtherecord.com) wurde 2014 von Studenten der University of Central Florida ins Leben gerufen. Es gibt keine Regeln, nur einzigartige Kämpfe, selbstbestimmte Richtlinien und Tanzpartys, bei denen Gelder für das St. Jude Children's Research Hospital gesammelt werden – bisher 125.200 EUR.

RUNNING OF THE GNOMES

Ashleigh Ayn Sult lud einst ihre *World of Warcraft*-Freunde zu einem In-Game-Benefiz-Lauf für Brustkrebsforschung ein – als pinkhaarige Gnome. 2017 unterstützte *WoW*-Entwickler Blizzard die Aktion durch das „Das große Rennen von Gnomeregan"-Mini-Event im Spiel. Insgesamt konnten bisher über 13.400 EUR gesammelt werden.

WELTENBAUER

Im diesjährigen *Guinness World Records*-Buch ist ein ganzes Kapitel den „Tüftlern" des Maker-Movements gewidmet, den Erfindern neuer Dinge. In der *Gamer's Edition* gehen wir einen Schritt weiter: Unsere „Tüftler" erschaffen nicht nur Dinge, sondern gleich ganze Welten!

SCHNELLSTER BURGBAU IN *MINECRAFTS* KREATIVMODUS

Während eines Besuchs des Guinness-World-Records-HQ in London (GB) am 21. März 2018 baute YouTuber und *Minecraft*-Fan „SeaPeeKay", alias Callum Knight (GB), in nur 4:20 min eine von GWR gestaltete Burg im Kreativmodus von *Minecraft* (schnellster von drei Versuchen).

Im Interview zu seinem Rekordversuch hatte der perfektionistische Gamer natürlich schon schnellere Lösungswege parat: „Ich war sehr vorsichtig beim Platzieren meiner Blöcke und daher etwas langsam", verriet er uns. „Wenn ich einen effektiveren Weg gefunden hätte, meine Blöcke zu platzieren, wäre ich noch schneller gewesen."

Im Bild seht ihr Callum als Herrscher in seiner Burg, aber ihr könnt ihn jederzeit vom Thron stürzen. Auf den Seiten 104–105 findet ihr die Bauanleitung zu Callums Burg. Zusätzlich gibt es noch drei *Minecraft*-Rekorde mit Raketenabschüssen, Iglu-Bauten und Pferde-Zäunen, die ihr selbst versuchen könnt!

„Die Möglichkeiten in *Minecraft* sind grenzenlos. Es gibt jedes Mal etwas Neues zu tun, wenn man das Spiel startet."

Callum „SeaPeeKay" Knight

LÄNGSTE REISE IN *MINECRAFT*

Seit Kurt J. Mac (USA) im März 2017 seine Reise in die Fernen Länder antrat, folgen wir seinem Abenteuer auf Schritt und Tritt. Wer es noch nicht weiß: Die Fernen Länder sind etwa 12.500 km vom anfänglichen Startpunkt der *Minecraft*-Spieler entfernt.

Kurt dokumentiert die Reise auf seinem YouTube-Kanal „Far Lands or Bust!" und sammelt damit Geld für wohltätige Zwecke. Am 6. März 2018 war er genau sieben Jahre lang unterwegs und 3.280.569 Blöcke (3.280 km) weit gewandert, etwa 26 % des Gesamtwegs.

Auf seiner Reise erlebt er seltsame Dinge: „Je weiter ich laufe, desto wackeliger werden die Bewegungen meines Charakters", sagte er. „Die Zahlenwerte meiner Koordinaten werden höher und ungenauer und es wirkt, als ob die Welt unter mir durchrutscht. Der Effekt löst bei manchen Zuschauern Schwindelgefühle aus – und wird noch schlimmer werden."

MINECRAFT

Auf sechs Seiten widmen wir uns dem beliebtesten Build-'em-up-Spiel der Welt! Wir zeigen euch die verrücktesten Wege, *Minecraft* zu spielen, die erstaunlichsten Bauwerke und was es mit dem speziellen Rekord von Stampy Cat auf sich hat …

Erste von Spielern gewählte *Minecraft*-Kreatur
Auf der MineCon Earth am 18. Nov. 2017 wurde unter anderem über eine neue Kreatur für *Minecraft* abgestimmt. Von den vier Kandidaten setzte sich die Phantom-Kreatur durch, die von Spielern mit Schlafdefizit angelockt wird. Sie wird als Teil des Update Aquatic erscheinen.

Erste Live-Aufführung eines Stücks in einem Videospiel
Playcraft Live ist eine etwas andere Theaterproduktion. Das ganze Bühnenstück wird während der Performance live in *Minecraft* nachgespielt. Das Projekt wurde am 14. Okt. 2017 im Playhouse Theatre in Derry (NI) uraufgeführt. Das erste Stück wurde von Alex Scarrow geschrieben und spielt im selben Universum wie seine *Time Riders*-Sci-Fi-Romane.

Schnellster No-Glitch-Run durch *Minecraft*
Am 28. März 2017 besiegte „TheeSizzler" (CDN) den mächtigen Enderdrachen (oben) und beendete *Minecraft* in nur 7:16,88 min. Damit schlug er seinen eigenen Rekord und verkündete auf Speedrun.com, dass er beim nächsten Run unter 7 min bleiben wolle.

Erster MineCon-Heiratsantrag
Am 18. Nov. 2011 machte Matt Dunn seiner Freundin Asia Ramirez einen Heiratsantrag. Wirklich wunderbar, aber warum berichten wir darüber? Weil Matt den Antrag auf der Hauptbühne der MineCon 2011 in Las Vegas vor 5.000 Besuchern und Millionen Online-Zuschauern machte! Für die *Minecraft*-Fans Matt und Asia wurde ein Traum wahr. Ihre Hochzeit feierten sie in Sacramento, Kalifornien (USA), natürlich ganz im *Minecraft*-Stil mit Dekorationen von Künstler Greg Aronowitz.

Erste *Minecraft*-HD-Überarbeitung
Am 11. Juni 2017 kündigte Microsoft während der E3 eine komplette Überarbeitung der *Minecraft*-Grafik an. Das „Super Duper Graphics Pack"-Update versprach Grafik in 4K-Auflösung, verbesserte Beleuchtung, Schatten, Wassereffekte und vieles mehr. Oben seht ihr Bilder der Vorher- (links) und Nachher-Version (rechts). Allerdings wurde das für 2017 geplante Update verschoben und soll erst 2018 erscheinen.

Erste *Minecraft*-Videospiel-Konsole
Die am 6. Dez. 2016 in Japan veröffentlichte „Minecraft Special Edition"-PS-Vita (links) war eine weiße, mit *Minecraft*-Grafiken verzierte Version von Sonys Handheld-Konsole. Sie kam mit dem Spiel, einer Schutzhülle und einem Custom-Design.

Microsoft legte im Aug. 2017 nach und enthüllte eine Xbox One S im Erde-, Grasblock- und Redstone-Design (rechts).

SCHNELLSTES BACKEN UND AUSSTELLEN VON 10 KUCHEN IN *MINECRAFTS* ÜBERLEBENSMODUS

Wer sich für *Minecraft* interessiert, hat bestimmt schon mal von „Stampy Cat“ gehört. YouTuber und *Minecraft*-Streamer Joseph Garrett (GB) hat eine Vorliebe für Kuchen – besonders für den aus seinem Lieblingsspiel.

Viele seiner Videos, darunter „The First Cake“ (2013) und „Cake Thief“ (2014), wurden millionenfach aufgerufen. Bei seiner Leidenschaft für Süßes und seiner Liebe zu *Minecraft* ist es kein Wunder, dass er beides in einem einzigartigen Rekord miteinander verbinden konnte!

Am 3. April 2018 machte „Stampy Cat“ im Guinness-World-Records-HQ in London (GB) kurzen Prozess beim Kuchenbacken und erschuf in der PC-Version von *Minecraft* in 3:51 min 10 Kuchen. Seine Leckerbissen seht ihr im Hintergrund. Für seinen Rekord fand er einen kreativen Weg, Weizen so schnell wie möglich wachsen zu lassen. Sein Geheimnis verraten wir nicht, nur so viel sei gesagt: Viele Skelette wurden geopfert!

„OBWOHL ICH SO VIEL *MINECRAFT* SPIELE, WAR ES BEIM WELTREKORD BESONDERS AUFREGEND!“

JOSEPH „STAMPY CAT“ GARRETT

WELTENBAUER

GRÖSSTE *MINECRAFT*-UNTERWASSERSTADT

Für den *Minecraft*-Baumeister und YouTuber „Jeracraft", alias Jeremy Sanchez (GBZ), war der 29. Juli 2017 ein besonderer Tag. Er feierte den Meilenstein von 300.000 YouTube-Abonnenten und veröffentlichte zeitgleich ein Video über den Bau seiner atemberaubenden Atlantis-Stadt.

Den Ozean baute er aus blauen Glasblöcken, was nach eigener Aussage „der schwierigste Teil des Projekts war". Danach baute er zwei Wochen lang an der Festungsstadt (Hauptbild), für die er fünf Millionen Blöcke benötigte!

Anschließend fügte er Statuen, Wohnhäuser, prunkvolle Brücken, emporragende Türme und Unterwasservegetation hinzu, um seine Vision der versunkenen Stadt zu verwirklichen. Als imposanten Abschluss seines „Unterwasser-Paradieses" baute „Jeracraft" noch die Statue von Atlas, der die Weltkugel trägt (im Bild rechts).

Erster Atari-2600-Emulator in *Minecraft*

Am 6. Dez. 2016 verblüffte YouTuber „SethBling" die Welt mit einem in *Minecraft* gebauten Atari-2600-Emulator. Um die klassische Gaming-Konsole von 1977 zu aktivieren, verbaute er „einige tausend Befehlsblöcke".

Allerdings liefen *Space Invaders* und *Donkey Kong* nur mit 60 Bildern pro Stunde und steuern konnte man die Spiele auch nicht!

3 MINUTEN 54 SEKUNDEN

Schnellster Hausbau in *Minecrafts* Überlebensmodus

„SeaPeeKay", alias Callum Knight (GB), baute diesmal keine Burg wie auf Seite 96, sondern ein ganz gewöhnliches Haus. Dafür benötigte er während des „GWR Gamer's: The Showdown"-Streams am 28. Nov. 2017 nur 3:54 min.

Erstes funktionierendes Handy in *Minecraft*

Am 1. Dez. 2015 stellte „Captain Sparklez" (USA) in einem Video ein von dem Telekommunikationsunternehmen Verizon entwickeltes funktionsfähiges Handy in *Minecraft* vor.

Das Handy konnte Nachrichten verschicken, im Internet surfen und erstaunlicherweise auch Videoanrufe auf echte Mobiltelefone durchführen. Eine spezielle Software verwandelte Bilder und Videos in Blöcke (s. oben).

Größtes LEGO®-*Minecraft*-Set

Das Mitte 2017 veröffentlichte Set „Die Berghöhle" enthält 2.863 Steine und überbietet das bisher größte Set „Das Dorf" (1.600 Steine) damit um Längen. Komplett aufgebaut ist das Modell 31 cm hoch, 53 cm breit und 29 cm tief.

Ein paar coole Features sind der rotierende Spinnen-Spawner und ein Loren-Schienenstrang.

Größtes in *Minecraft* gebautes MMORPG

Wynncraft ist ein in *Minecraft* gebautes Free2Play-MMORPG. Es wurde am 29. April 2013 veröffentlicht und hat eine Oberwelt, die sich über etwa 22 km² (ca. 4.000 × 5.500 Blöcke) erstreckt, ohne erkundbare Gegenden wie Dungeons dazuzurechnen. „Die Landschaft ist extra dafür konstruiert worden und jedes Gebäude und kleine Detail wurde komplett per Hand gebaut", sagte Francis Mailloux, einer der Spieldesigner.

Erstes *Minecraft*-Minispiel

Am 21. Juni 2017 wurde mit „Kampf" ein erstes *Minecraft*-Minispiel vorgestellt. Der von Mojang exklusiv für die Konsole entwickelte Modus ist ein Battle-Royal-Format, ähnlich wie in *Fortnite*. Statt der üblichen 100 Spieler gibt es allerdings nur acht. Sieger ist natürlich der letzte Überlebende – also derjenige, der am effektivsten mit diversen Waffen, Rüstungen und lebenserhaltenden Snacks umgehen kann.

LESER-CHALLENGES

Tretet selbst ins Rampenlicht und versucht euch an einem unserer vier ganz speziellen *Minecraft*-Rekorde! Wählt eine (oder alle!) der hier stehenden Herausforderungen aus und setzt euch an die PS4, Xbox One, Switch oder den PC. „SeaPeeKay" feuert euch kräftig von der Seitenlinie an!

SCHNELLSTER BAU EINER BURG IN *MINECRAFTS* KREATIVMODUS

FÜR KONSOLEN- UND PC-SPIELER

Um unsere Challenges zu starten, hat sich „SeaPeeKay" bereits an diesem Rekord versucht und eine Zeit von 4:20 min vorgelegt, wie ihr auf den Seiten 96–97 sehen könnt. Das schafft ihr doch schneller! Ihr müsst dafür die gleiche Burg wie im Hintergrundbild bauen. Sie soll vier Wände, vier Türme mit Zinnen, einen Eingang mit Fallgitter, einen Wassergraben und eine Holzbrücke haben. Die Zeit stoppt, sobald ihr zum Schluss ein Banner in beliebiger Farbe auf der Spitze eurer Burg platziert habt.

Schnellster Bau einer Rakete in *Minecrafts* Überlebensmodus

FÜR KONSOLEN- UND PC-SPIELER

Zur Vorbereitung müsst ihr eine flache Welt im Kreativmodus erstellen. Danach stapelt ihr Eisblöcke zu einem Turm, bis ihr die Koordinaten Y:50 erreicht. So hoch muss eure Rakete fliegen.

Zerstört alle Blöcke bis auf den letzten an Y:50, füllt eure Schnellzugriffsleiste nur mit Raketen-Baumaterialien und wechselt in den Überlebensmodus. Startet die Zeit und baut eine beliebige Rakete (links nur ein Beispiel). Wenn ihr fertig seid, steigt ein und fliegt los. Stoppt die Zeit, sobald ihr den Eisblock mit euren Fäusten zerstört habt.

Schnellstes Satteln und Einstellen von 10 Pferden in *Minecrafts* Überlebensmodus

FÜR KONSOLEN- UND PC-SPIELER

Howdy, Partner! Bevor ihr euren inneren Cowboy oder euer inneres Cowgirl loslasst, müsst ihr euch vorbereiten. Baut zunächst ein Gehege aus 50 × 20 Blöcken. Verwendet dazu vier Zaunblöcke an den Ecken und setzt an jedem 12. Block ein Zauntor ein (als Sprunghindernisse). Zum Schluss baut ihr an einem Ende des Geheges noch 10 Ställe (siehe oben). Nun stellt 10 Pferde auf und zähmt sie mit goldenen Äpfeln. Sobald das erledigt ist, räumt euer Inventar bis auf 10 Sättel aus und wechselt in den Überlebensmodus. Startet die Zeit, schnappt euch ein Pferd und springt über die drei Hindernisse auf eurem Weg in den Stall. Stoppt die Uhr, sobald ihr alle Pferde eingestellt habt.

EURE BEWERBUNG

Damit sich eure Bestzeit für einen offiziellen GWR-Versuch qualifiziert, müsst ihr das Spiel nach unseren genauen Vorgaben vorbereiten. Detaillierte Anleitungen und Videos zur Veranschaulichung findet ihr unter **www.guinnessworldrecords.com/minecraft.** Dort erklären wir auch, wo ihr die aktuellen Bestzeiten zu all den hier genannten Herausforderungen findet und wie ihr uns euren eigenen Videobeweis schicken könnt. Viel Glück!

Schnellster Bau eines Iglus in *Minecrafts* Überlebensmodus

NUR FÜR KONSOLENSPIELER

Bevor ihr loslegt, erschafft eine flache Welt aus Schichten folgender Baumaterialien: Schnee, Eichenholz, Bruchstein, Steinkohle, Weiße Wolle, Schwarze Wolle und Grundgestein. Haltet dabei die Reihenfolge genau ein. Ladet die Welt anschließend im Überlebensmodus. Startet die Zeit und baut die Materialien für euer Iglu ab, in dem ein Bett, eine Werkbank, ein Ofen und vier Fackeln stehen müssen.

Das Iglu muss 7 Blöcke breit, 5 tief und 4 hoch sein (siehe oben). Auf dem Boden verlegt ihr schwarzen Teppich und platziert zum Schluss Bett, Werkbank, Ofen und Fackeln.

ROBLOX

Warum nur im Spiel bauen, wenn man gleich das gesamte Spiel selbst bauen kann? 2006 wurde die Spielgestaltungs-Plattform *DynaBlocks* des Publishers Roblox Corporation in *Roblox* umbenannt – und der Rest ist, wie man so schön sagt, Geschichte …

34 MIO. EUR

Meistes Geld für Entwickler einer Spielgestaltungs-Plattform
Laut Roblox Corporation wurden bis zum 29. März 2018 rund 34 Mio. EUR an Nutzer ausgezahlt, die auf der Plattform Spiele gestalteten und teilten.

Meistgesehenes *Roblox*-Video
Das 14 min lange Video, in dem YouTuber „DanTDM", alias Daniel Middleton (GB, links), das *Roblox*-Spiel *The Normal Elevator* spielt, erschien am 27. Febr. 2016 und wurde bis 29. März 2018 19.282.228-mal angesehen. Dans Charakter landet darin mit einem Aufzug an den seltsamsten Orten, etwa in einer bizarren Höhle und auf einem gruseligen Zeltplatz.

Bestverdienendes *Roblox*-Spiel
Welcome to Bloxburg von „Coeptus" war bis zum 29. März 2018 das finanziell erfolgreichste *Roblox*-Spiel. In dem ertragreichen RPG können Spieler ihr Traumhaus bauen, arbeiten gehen, sich mit Freunden treffen und die Stadt Bloxburg erkunden.

Schnellstes Durchspielen des *Cleaning Simulator*
Am 20. Juli 2017 beendete der angehende Super-Hausmeister „videm" einen Solo-Run des *Cleaning Simulator* in *Roblox* (ohne Mondgravitation) in nur 22:45,96 min (verifiziert von *Speedrun*).

MEISTE GLEICHZEITIGE SPIELER EINER SPIELGESTALTUNGS-PLATTFORM

Bis zum 28. März 2018 wurde die MMO-Spielgestalter-Plattform *Roblox* ihrem Anspruch, eine „soziale Plattform für Spiele" zu sein, mehr als gerecht – zu Stoßzeiten spielte eine Rekordzahl von 1,7 Mio. Gamern gleichzeitig. Am 13. Aug. 2017 hatte *Jailbreak* von „badcc", alias Alex Balfanz, und „asimo3089" (beide USA) 103.000 gleichzeitige Spieler – die **meisten gleichzeitigen Gamer in einem in *Roblox* erstellten Spiel.** Was für eine riesige Partie Räuber und Gendarm! Mehr Infos zu *Jailbreak* findet ihr rechts unten.

Meistbesuchtes *Roblox*-Spiel
Bis zum 29. März 2018 öffnete *MeepCity* von „alexnewtron" seine Tore für 1.242.773.297 Besucher (verifiziert von der offiziellen *Roblox*-Website). Es lag nur knapp vor *Jailbreak* mit 1.149.021.912 Besuchern.

Meiste Likes für ein *Roblox*-Spiel
In *Jailbreak* haben Spieler die Wahl zwischen Kriminalität oder Gesetzestreue. Aber egal wie sie sich entscheiden, sie werden in jedem Fall von dem packenden Gameplay gefesselt sein. Bis zum 29. März 2018 hatte *Jailbreak* 1.574.303 Likes und wurde über 100 Mio. Mal gespielt. „MASSIV!" kommentierte *Jailbreak*-Miterschaffer Alex Balfanz diese unglaubliche Zahl.

WELTENBAUER

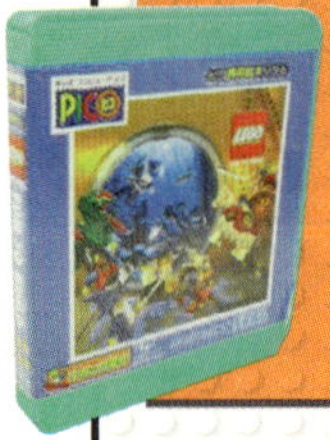

1995
LEGO Fun to Build ist eines der ersten Spiele für die Sega Pico, eine Lernkonsole vor allem für Kinder. Die vielen actionreichen Minispiele in *Fun to Build* finden in Schlössern, im Weltraum und unter Wasser statt.

1997
LEGO Island (Mindscape) ist ein Open-World-PC-Spiel, das schon viele Jahre vor dem Großwerden des Genres erscheint. Es beinhaltet verschiedene Bau- und Erkundungsmissionen und gibt bereits einen Vorgeschmack auf das Spielen zukünftiger LEGO-Spiele.

1998
LEGO gründet mit LEGO Media einen hauseigenen Spiele-Publisher. Unter dem neuen Label erscheinen *LEGO Loco* und *LEGO Chess* auf dem PC. Ersteres ist ein *Sims*-artiges Eisenbahnspiel, letzteres verbindet Fantasy-Elemente mit traditionellem Schachspiel.

2008
Warner Bros. Interactive Entertainment veröffentlicht *LEGO Batman: Das Videospiel.* Mit 13,54 Mio. Verkäufen bis zum 19. April 2018 ist es das **meistverkaufte Superhelden-Videospiel.** In *LEGO Indiana Jones: Die legendären Abenteuer* feiert Indy sein LEGO-Debüt.

2009
Der Schatzjäger kehrt in *LEGO Indiana Jones 2: Die neuen Abenteuer* zurück. An anderer Stelle wird *LEGO Rock Band* gefeiert, und *LEGO Battles* ist LEGOs Ausflug ins Echtzeit-Strategie-Genre.

2010
TT Games sorgt für die Veröffentlichung von *LEGO Harry Potter: Die Jahre 1–4*, welches auch auf Mobilgeräten erscheint. Das ebenfalls magiegeladene *LEGO Universe* (unten rechts) wird LEGOs erstes MMO-Spiel.

2011
Drei große Hits basierend auf erfolgreichen Filmreihen erscheinen: *LEGO Harry Potter: Die Jahre 5–7, LEGO Star Wars III: The Clone Wars* und *LEGO Pirates of the Caribbean: Das Videospiel.*

2012
Aus der Zusammenarbeit von Warner Bros. und TT Games entstehen weitere erfolgreiche Titel: *LEGO Batman 2: DC Super Heroes* und *LEGO Der Herr der Ringe* erscheinen auf jeder großen Gaming-Plattform. *Batman 2* bedeutet zugleich LEGOs Einstand auf der Nintendo Wii U.

2013
Ein bombastisches Jahr für LEGO-Games! Eigene Spiele feiern enorme Erfolge, darunter *LEGO City Undercover* (unten) für die Wii U und *LEGO City Undercover: The Chase Begins* für die brandneue Nintendo 3DS. Zwar erscheint nur ein Spiel mit Charakter-Lizenzen, aber dafür ist es umso größer: Mit *LEGO Marvel Super Heroes* sind nun auch die Marvel-Legenden dabei.

2014
Zum Film *The LEGO Movie* erscheint das *The LEGO Movie Videogame*-Spiel. Auch *LEGO Ninjago: Nindroids, LEGO Der Hobbit, LEGO Star Wars: Microfighters* und *LEGO Batman 3: Jenseits von Gotham* kommen auf den Markt. Für PC und Mobilgeräte gibt es zudem *LEGO Minifigures Online* (Funcom).

2015
Das ambitionierte Toys-to-Life-Spiel *LEGO Dimensions* (TT Games, oben) wird veröffentlicht. Das Konsolen-Exklusivspiel bringt über ein „magisches Portal" die reale mit der virtuellen Welt zusammen.

LEGO®-SPIELE-EVOLUTION

Technologische Fortschritte haben das spielerische und grafische Niveau von Lego-Spielen stetig verbessert. Mittlerweile kann man die Spiele des Unternehmens kaum noch von seinen Animationsfilmen unterscheiden. Die LEGO-Philosophie des Lernens und Verstehens durch Spielen zieht sich dabei wie ein roter Faden durch sämtliche Spiele. Wir gehen auf eine kleine Reise durch die Geschichte und zeigen euch unsere liebsten LEGO-Videospiele von 1995 bis 2018.

1999
LEGO Media macht mit *LEGO Rock Raiders* (oben) und *LEGO Racers* für die PS One erste Schritte auf dem Konsolenmarkt. Auf dem PC erscheint *LEGO Friends*, in dem es um die Girlband Tuff Stuff geht.

2000
Im neuen Jahrtausend verabschiedet sich LEGO Media mit einem großen Knall und veröffentlicht fünf PC-Spiele: *LEGO Alpha Team* (oben), *LEGO My Style: Preschool, LEGO My Style: Kindergarten, LEGOLAND* und *LEGO Stunt Rally.*

2001
LEGO Software ensteht aus LEGO Media und veröffentlicht *LEGO Insel 2: Der Steinbrecher kehrt zurück* und *LEGO Racers 2* (oben) für PC, PS2 und Game Boy Advance. *LEGO Creator: Harry Potter* ist LEGOs erstes Lizenzspiel.

2002
EA bringt gemeinsam mit LEGO das Fußballspiel *Soccer Mania* und das Autostunts-Spiel *Island Xtreme Stunts* raus. *LEGO Creator: Harry Potter und die Kammer des Schreckens* ist das nächste Spiel mit lizenzierten Charakteren.

2003
Argonaut, das britische Entwicklerstudio hinter *Star Fox*, entwickelt das *LEGO Bionicle*-Spiel basierend auf *Bionicle – Die Maske des Lichts: Der Film*. Es erscheint auf allen Konsolen, erregt jedoch wenig Aufsehen.

2004–05
THQ kommt hinzu und veröffentlicht zwei Game-Boy-Advance-Spiele: *LEGO Knights' Kingdom* (2004) und *LEGO Bionicle – Labyrinth der Schatten* (2005). Die größte Welle schlug allerdings *Lego Star Wars: Das Videospiel* von TT Games und Publisher Eidos. Das *Star Wars*-Spiel um Episoden 1–3 wird zur Grundformel für kommende LEGO-Spiele.

2006
Aus LEGOs fruchtbarer Beziehung mit TT Games entsteht das mit Spannung erwartete *LEGO Star Wars 2: Die klassische Trilogie* (LucasArts). Es verkauft sich über 7 Mio. Mal.

2007
LEGO Star Wars: Die komplette Saga erscheint und ist am 19. April 2018 mit 15,33 Mio. Verkäufen das **meistverkaufte *Star Wars*-Videospiel.** LEGO will mit weiteren Franchises an diesen Erfolg anknüpfen.

2016
Ein bedeutendes Jahr für Blockbuster-Franchises: *LEGO Star Wars: Das Erwachen der Macht* und *LEGO Marvel's Avengers* erscheinen. Mit Jewel/Jessica Jones (rechts) als Minifigur geht LEGO leicht über seine übliche Zielgruppe hinaus.

2017
Zu den Spielen *The LEGO Batman Movie Spiel* und *The LEGO Ninjago Movie Videogame* gesellt sich nun auch *LEGO Marvel Super Heroes 2* mit noch mehr packenden Missionen und Sprüche klopfenden Figuren.

2018
Pünktlich zur Premiere des Films *Die Unglaublichen 2* (15. Juni in den USA, 13. Juli in Europa) kündigt Warner Bros. die Veröffentlichung von *LEGO Die Unglaublichen* an. Es ist das 34. Spiel von TT Games, dem **Spielzeug-Videospiel-Entwickler mit den meisten Spielen.**

LEGO® WORLDS

Kein Spieltitel passt besser in unser Weltenbauer-Kapitel als *LEGO Worlds!* Das Build-'em-up-Spiel von Warner Bros. lässt das Herz eines jeden Baumeisters höher schlagen. Der Fantasie sind dank der weltberühmten Bausteine kaum Grenzen gesetzt ...

Erstes Durchspielen von *LEGO Worlds*
Als *LEGO Worlds* am 7. März 2017 für die PS4 erschien, gab es 62 Trophäen zu ergattern, angefangen mit der einfachen „Spielplatzpirat"-Trophäe bis hin zur „Meister-Meisterbauer!"-Platin-Trophäe. Laut *PSNProfiles* hatte „przondziono" (D) nur zwei Wochen nach Veröffentlichung des Spiels, kurz nach Mitternacht am 21. März 2017, als Erster alle Trophäen des Spiels. Er lag dabei knappe 8 min vor seinem Verfolger „leoxp2016" (BR).

Die Erweiterungen *Classic Space* und *Monster* fügten 10 weitere Trophäen hinzu und am 26. Okt. 2017 gelang „taku0123456789" (J) das **erste Durchspielen von *LEGO Worlds* (72 Trophäen)**.

Größter Baustein in *LEGO Worlds*
Am 28. Jan. 2018 wurden die LEGO-Steine 60 Jahre alt. *LEGO Worlds* feierte dies mit einem riesigen Nachbau des ikonischen 2 × 4-Bausteins. Im echten Leben würde man für den Nachbau etwa 133.000 Steine benötigen; er wäre 3,04 m hoch und 544,3 kg schwer. Der rote Baustein mit dem Codenamen „Showcase Model (62)" konnte von allen Spielern heruntergeladen werden.

GRÖSSTER NACHBAU EINES REALEN BAUWERKS IN *LEGO WORLDS*

Die Pyramiden von Gizeh sind eines der sieben Weltwunder und die imposanten letzten Ruhestätten altägyptischer Pharaonen. Im Jan. 2017 erreichten Edward Revill-Johnson (GB), Jonas Walter (D) und Ushio Tokura (J) von der Design-Firma Gazamo Ltd. (GB) neue virtuelle Höhen in *LEGO Worlds* mit ihrem Modell der Pyramiden aus unglaublichen 123.000 Bausteinen. Ihre Hommage an die Cheops-Pyramide, die **größte Pyramide der Welt,** war Berechnungen zufolge etwa 125 m groß und damit nur etwas kleiner als das Original mit 146 m.

Das gleiche Team baute aus 82.448 Bausteinen das Kolosseum in Rom nach und erschuf damit den **größten 1:1-Nachbau eines realen Bauwerks in *LEGO Worlds*** (189 × 156 × 48 m)!

Erster freier Fall aus der höchstmöglichen Distanz in *LEGO Worlds*

YouTuber „Sketch" grub sich mit einem Kollegen bis zum tiefsten Punkt in *LEGO Worlds* (0,256 Einheiten) und baute einen Turm bis zum höchsten Punkt (131,040 Einheiten). Am 25. März 2017 sprangen die beiden die höchstmögliche Distanz und veröffentlichten ihren freien Fall auf YouTube.

2 MINUTEN 36 SEKUNDEN

Am 2. Mai 2017 schaffte PC-Gamer „TehAwesomeGenius" (USA) die **schnellste Zeit zum Erreichen des „Entdeckender Bauer"-Rangs in *LEGO Worlds*.** Er beendete die ersten drei Aufgaben auf dem Piratenspielplatz in nur 2:36 min und sammelte so die drei goldenen Steine für die Steam-Errungenschaft ein.

Schnellstes Landfahrzeug in *LEGO Worlds*

Am 18. Juli 2015 baute Damien Fate (USA) eine Geschwindigkeits-Teststrecke für 13 Landfahrzeuge. Das Motorrad flitzte als schnellstes in nur 4,52 sec über die Bahn, Traktor, Dampfwalze und Rasenmäher waren am langsamsten.

4.839 SPIELER

MEISTE GLEICHZEITIGE *LEGO WORLDS*-SPIELER

Als *LEGO Worlds* am 1. Juni 2015 als Steam-Early-Access-Spiel erschien, hingen viele Gamer sofort vor ihren PCs. Laut den Steam-Statistiken spielten am ersten Tag der Veröffentlichung bis zu 4.839 Gamer gleichzeitig. Anschließend hatte *LEGO Worlds* im ersten Monat durchschnittlich etwa 1.522 gleichzeitige Spieler. Damit ist es eines der am meisten gespielten LEGO-Spiele auf Steam und wird bei der Spielerzahl nur von *LEGO Marvel Super Heroes* (2013) übertroffen.

ERFOLGREICHSTE VIDEOSPIELSERIE ZU EINEM SPIELZEUG

Mit der Veröffentlichung von *LEGO Marvel Super Heroes 2* (Warner Bros.) am 14. Nov. 2017 stieg die Zahl der LEGO-Videospiele auf 72. LEGO feierte 1995 sein Videospieldebüt mit *LEGO Fun to Build*, einem japanischen Bildungsspiel für die Sega Pico, einem Computer für Kinder aus dem Jahr 1993.

Zu den 72 Spielen zählen auch fünf *LEGO Bionicle*-Spiele, fünf Handy-Apps, diverse Titel basierend auf Film und Fernsehen (inklusive fünf *Ninjago*- und sechs *Star Wars*-Spielen), ein Fußballspiel (*LEGO Soccer Mania*, 2002) sowie *LEGO Rock Band* (2009).

NOCH MEHR LEGO®

Das 25-jährige Jubiläum des ersten LEGO-Spiels steht bevor, und so widmen wir uns den Spielen, die uns in die Welten einiger der größten Filme und TV-Serien eintauchen lassen – wobei man stets vom typischen Humor und Gameplay der LEGO-Serie umgeben ist.

MEISTE LIZENZEN IN EINEM VIDEOSPIEL

28

LEGO Dimensions (Warner Bros., 2015) beinhaltet 28 nicht-LEGO-Lizenzen: *2001: Odyssee im Weltraum, Das A-Team, Adventure Time, Zurück in die Zukunft, Beetlejuice, DC Comics, Doctor Who, E.T. – Der Außerirdische, Phantastische Tierwesen und wo sie zu finden sind, Familie Feuerstein, Ghostbusters, Die Goonies, Gremlins, Harry Potter, Die Jetsons, Jurassic World, Knight Rider, Der Herr der Ringe, Midway Arcade, Mission: Impossible, Portal, Powerpuff Girls, Red Dwarf, Scooby-Doo!, Die Simpsons, Sonic, Teen Titans Go!* und *Der Zauberer von Oz.*

Meistgesehenes LEGO-Spiel-Video
Bis zum 17. Jan. 2018 wurde das YouTube-Video von „Izuniy" mit dem Titel „LEGO Jurassic World & Jurassic Park All Cutscenes Movie" 61.138.438-mal aufgerufen. Es ist ein Zusammenschnitt der lustigen Cutscenes aus den LEGO-Adaptionen der *Jurassic Park*-Trilogie und *Jurassic World*.

Erstes LEGO-Spiel komplett aus Bausteinen
Von den virtuellen Gebäuden und Möbeln bis hin zu den Maschinen und Fahrzeugen besteht in *The LEGO Movie Videogame* (2014) alles aus LEGO-Bausteinen. „Wir forderten uns damit selbst heraus", sagte Tom Stone (Geschäftsführer von TT Games). „Und die Spieler haben so mehr Möglichkeiten, ihre Umwelt zu beeinflussen."

2 STUNDEN 56 MINUTEN 28 SEKUNDEN

Schnellstes Durchspielen von *LEGO Star Wars: DEdM*
Am 19. Jan. 2018 spielte „wRadion" (F) *LEGO Star Wars: Das Erwachen der Macht* (2016) in nur 2:56:28 h durch (verifiziert von Speedrun.com). Damit knackte er locker die bisherige 3:04:39-h-Marke von „smkurki" (FIN).

MEISTE IHRE ROLLE SPIELENDE SCHAUSPIELER

Am 23. Okt. 2017 wurde offiziell bekanntgegeben, dass es keine Erweiterungen mehr für *LEGO Dimensions* geben wird. Bis zu diesem Zeitpunkt schlüpften 52 Schauspieler wieder in ihre Rollen aus bekannten Filmen und TV-Serien.

Teil des starbesetzten Ensembles waren der 12. Doctor Who Peter Capaldi (links), der *Ghostbusters*-Star Dan Aykroyd (Mitte links) sowie Michael J. Fox (unten links) als Marty McFly aus *Zurück in die Zukunft*.

Weitere nennenswerte Charaktere waren Homer Simpson (Synchronsprecher Dan Castellaneta) und LEGO-Batman (Will Arnett).

Größtes bewegliches Superhelden-Cosplay-Kostüm
Der Hulkbuster-Anzug von Iron Man, wie er in *LEGO Marvel Super Heroes 2* vorkommt, wurde von Cosplay-Designer Thomas DePetrillo (USA) in Riesengröße zum Leben erweckt. Er ist 2,44 m hoch, wie am 6. Dez. 2017 in der Werkstatt gemessen wurde. Und dabei voll beweglich!

BAUSPIEL-HITS

Am Ende unseres Weltenbauer-Kapitels stapeln wir für euch noch mal die besten *Super Mario Maker*-Level, die tödlichsten Roboter in *Robocraft* und die schnellsten Spieler in *Terraria* zu einem perfekten Finale …

ERSTER GEWINNER DER *ROBOCRAFT*-SOLO-LEAGUE-COMPETITION

PC-Spieler „Biscuit03“ (J) bezwang alle roboterbauenden Mitstreiter in *Robocraft* (2013) und gewann die erste Solo League Competition. Als sich der Staub am 29. März 2018 wieder gelegt hatte, stand der Gamer mit einem Match-Making Rating (MMR) von 2.528 da. Das Rating wird aus Siegen und Niederlagen sowie den jeweiligen Fähigkeiten des Gegners in Freejams Online-Roboter-Kampfspiel berechnet. „Biscuit03“ lag 73 Punkte vor „E2P“ (CH), der ein MMR von 2.455 hatte.

42 MINUTEN 56 SEKUNDEN

Schnellstes Durchspielen von *Terraria*

Terraria hat neben seiner Weltenbauer- auch eine Speedrun-Community. Am 15. Nov. 2017 besiegte „BandsWithLegends“ (USA) in nur 42:56 min alle Pre-Hardmode-Bosse, inklusive der Zwillinge (oben, verifiziert von *Speedrun*).

Am meisten „geherztes“ *LittleBigPlanet*-Level

Im März 2010 erschuf „Ima_Taka“ das „Bora Bora Island Water Sports“-Level für *LittleBigPlanet*. Das Level wurde für seinen künstlerischen Wert hoch gelobt und erhielt bis zum 3. April 2018 beeindruckende 328.349 Herzen von den Spielern.

Meiste platzierte Blöcke in *Trove*
Wenn es ums Bauen geht, ist „Cocoooo“ (T) die Nummer Eins in *Trove* (2015). Laut Trion Worlds platzierte der Spieler bis zum 13. April 2018 10.821.344 Blöcke.
Die **längste Spielzeit in *Trove*** hatte „Ninah“ (USA) mit 10.403:30 h (oder 433 Tage) in dem MMORPG!

Meistverkauftes Open-World-2D-Plattformspiel
Terraria (2011) wurde laut der offiziellen Website bis Ende 2016 über 20 Mio. Mal verkauft. Da es sich dabei meist um digitale Downloads handelte, können die Verkaufszahlen des *Minecraft*-artigen 2D-Adventures von 505 Games leider nicht von Trackingseiten wie *VGChartz* verifiziert werden.
Die physikalischen Verkäufe von *Terraria* bis zum 3. April 2018 gibt *VGChartz* immerhin mit respektablen 1,64 Mio. an.

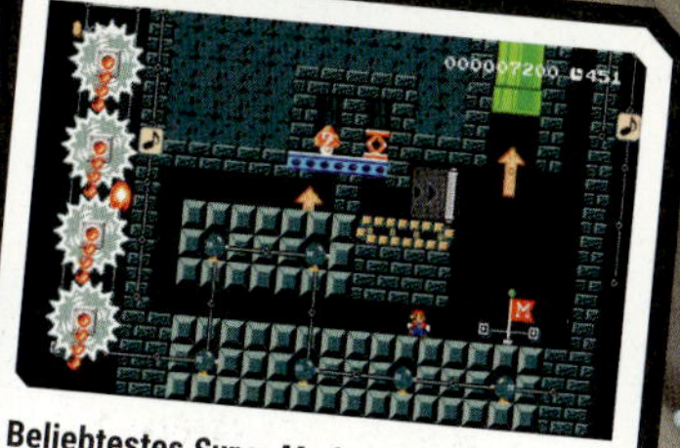

Beliebtestes *Super Mario Maker*-Level
In der *Super Mario Maker*-Community werden nutzergenerierte Level mit Sternen bewertet. Bis zum 22. Febr. 2018 war „Mission: Impossible“ von „MK8“ (USA) mit 326.921 Sternen das beliebteste Level. Offenbar gefällt es, wenn ein Level anspruchsvoll, aber nicht unmöglich ist. 22,70 % der Spieler beendeten das als „Normal“ eingestufte Level.

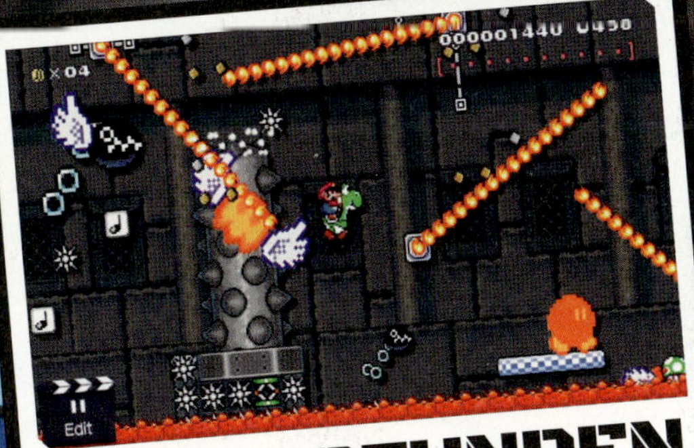

2.000 STUNDEN

Im Jan. 2016 erschuf Braden Moor (USA) das *Super Mario Maker*-Level „Trials of Death“. Am 3. April 2018 hatte er sein fieses Level auch nach 2.000 h Spielzeit noch nicht bewältigt – der **längste Versuch, ein *Super Mario Maker*-Level zu schaffen.** Es bedarf pixel-perfekter Präzision und eines auf die hundertstel Sekunde genauen Timings. Braden streamt seine Versuche auf seinem „ChainChompBraden“-Twitch-Kanal. Sobald – falls? – er den virtuellen Hindernislauf schafft, wird es ein offizielles *Super Mario Maker*-Level werden.

Meister Schaden in einem *Robocraft*-Match
Bis 29. März 2018 hatte PC-Gamer „Jiggyhound“ (als „Jiggyhound4“) 81.787 Schadenspunkte verursacht. Er zerstörte 41 gegnerische Roboter, erhielt 30.000 Punkte und führte die Statistiken seines Teams an (verifiziert von *Freejam*).

TOP 10

MONSTER HUNTERS GRÖßTE BIESTER

Wir zeigen euch anhand exklusiver Zahlen von Capcom die zehn größten Ungeheuer, die euch in *Monster Hunter: World* verputzen wollen. Wie Capcom es geschafft hat, die wilden Biester zu bändigen, um ihnen das Maßband anzulegen, bleibt wohl ihr Geheimnis!

1

ZORAH MAGDAROS

257,64 m

Habitat: nicht angegeben
Typ: Drachenältester

2

XENO'JIIVA

45,09 m

Habitat: Heimat der Ältesten
Typ: Drachenältester

3

DIABLOS

20,96 m

Habitat: Wildturm-Ödnis
Typ: Flugwyvern

4

VAAL HAZAK

20,95 m

Habitat: Tal der Verwesung
Typ: Drachenältester

5

DÄMONJHO

20,63 m

Habitat: überall
Typ: Kampfwyvern

6	7	8	9	10
URAGAAN	**BAZELGEUSE**	**KUSHALA DAORA**	**NERGIGANTE**	**RADOBAAN**
20,58 m	**19,28 m**	**19,13 m**	**18,48 m**	**18,03 m**
Habitat: Heimat der Ältesten	**Habitat:** überall	**Habitat:** Heimat der Ältesten	**Habitat:** Heimat der Ältesten	**Habitat:** Tal der Verwesung
Typ: Kampfwyvern	**Typ:** Flugwyvern	**Typ:** Drachenältester	**Typ:** Drachenältester	**Typ:** Kampfwyvern

EINE WELT DER VIDEOSPIELE

Museen, Restaurants, Bars und Freizeitparks zum Thema Videospiele öffnen überall auf der Welt ihre Pforten. Hier sind einige Orte, die jeder Videospiel-Tourist mal besucht haben sollte …

NATIONAL VIDEOGAME MUSEUM

Wo: Frisco, USA

Ursprünglich als Wanderausstellung gestartet, fand das Museum 2016 in Frisco (USA) ein festes Zuhause für seine über 100.000 Spiele und Gaming-Gegenstände. Unter den vielen Schätzen befindet sich ein goldenes *Punch-Out!!*-Modul von 1987.

THE NATIONAL VIDEOGAME ARCADE

Wo: Nottingham, GB

2016 rettete die Gaming-Community die Spielhalle vor ihrer Schließung. Auf drei Stockwerken gibt es über 70 spielbare Spiele, von Arcade-Klassikern der 70er-Jahre bis *Mission Control* (oben) – ein Spiel über Spielentwicklung.

LOADING

Wo: London, GB

An mehreren Standorten in London kann man Gaming-Cocktails genießen – wie wäre es mit einem alkoholfreien „*Deus Ex* on the beach"? –, während man Spiele unterschiedlicher Konsolen und Äras zockt. Bei warmem Wetter findet das Ganze auch im Garten statt.

CHUCK E. CHEESE'S

Wo: San Jose, USA

Das am 17. Mai 1977 von Atari-Mitgründer Nolan Bushnell eröffnete Chuck E. Cheese's Pizza Time Theatre war das **erste Restaurant mit Gaming-Thema.** Das Konzept, einen Ort für Kinder und ihre Eltern zu erschaffen, ging voll auf: Heute gibt es 600 Läden.

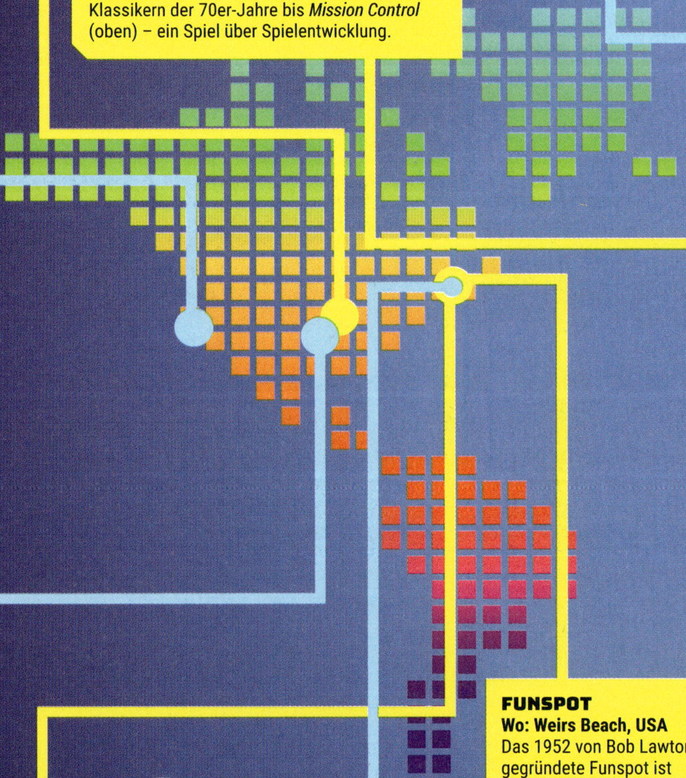

DAVE & BUSTER'S

Wo: Dallas, USA

1982 eröffneten James „Buster" Corley und David Corriveau ein revolutionäres Restaurant, das sich ebenso um Essens- wie Gaminggelüste kümmerte. Das erste Restaurant war in Dallas, mittlerweile gibt es 110 Standorte in ganz Nordamerika.

FUNSPOT

Wo: Weirs Beach, USA

Das 1952 von Bob Lawton gegründete Funspot ist aktuell die **größte Videospiel-Spielhalle.** Am 12. Jan. 2016 standen auf drei Stockwerken und 6.500 m² 581 neue und klassische Spielautomaten. Das Classic Arcade Museum beherbergt weitere 250 Arcade-Automaten aus den 70er- und 80er-Jahren mit Spielen wie *Wheels II* (1975, links) und *Space Invaders* (1978, rechts).

BARCADE

Wo: Brooklyn, USA

Das Barcade wurde 2004 von vier Freunden eröffnet, die sich an kühlem Bier und klassischen Arcade-Spielen erfreuten. Das Konzept begeisterte sofort viele gleichgesinnte Gamer. Im Febr. 2013 schaffte George Leutz (USA) den Rekord für die höchste Marathon-Punktzahl in Arcade-*Q*bert* (37.163.080), nachdem er stundenlang im Barcade geübt hatte.

THE STRONG NATIONAL MUSEUM OF PLAY

Wo: Rochester, USA

Das 1968 von Sammlerin Margaret Woodbury Strong eröffnete Museum beherbergt 20.000 Gaming-Artikel und ist die Heimat der World Video Game Hall of Fame. Die **ersten Hall-of-Fame-Spiele** waren *Pac-Man, DOOM, Pong, Super Mario Bros., Tetris* und *World of Warcraft* (alle 2015 aufgenommen).

COMPUTERSPIELE-MUSEUM BERLIN

Wo: Berlin, Deutschland

Das **erste permanente Videospiel-Museum** hat stürmische Zeiten hinter sich. Es entstand 1997, wurde 2000 geschlossen und 2011 wiedereröffnet. Der DDR-Arcade-Automat *Poly-Play* (1985, oben) ist einer der seltensten Gegenstände unter den 300 Ausstellungsstücken des Museums.

ANGRY BIRDS LAND

Wo: Tampere, Finnland

Das *Angry Birds Land* im Särkänniemi Freizeitpark (oben) öffnete am 28. April 2012. Seitdem wurden weltweit zehn weitere *Angry Birds*-Attraktionen eröffnet – die **meisten Freizeitparks zu einem Videospiel.**

DEMACIA

Wo: Chongqing, China

Das nach einer Region in *League of Legends* benannte Restaurant serviert vom Spiel inspirierte Gerichte und Getränke. Lust auf einen frittierten Skarner (Skorpion)?

POKÉPARK (ALIAS POKÉMON THE PARK)

Wo: Nagoya, Japan

Der **erste auf einem Spiel basierende offizielle Freizeitpark** war nur von März bis Sept. 2005 geöffnet. Im Juni 2006 zog er nach Taiwan um. Hauptattraktionen waren eine Hydropi-Wasserrutsche und die Pichu-Brüder-Eisenbahn.

8BIT CAFE

Wo: Tokio, Japan

Diese Retro-Gaming-Bar ist kaum ausgeschildert und liegt sehr versteckt im fünften Stock eines Gewerbegebäudes. Wer sie findet, wird mit einer kleinen, charmanten Bar sowie einer Sammlung nostalgischer Spiele belohnt.

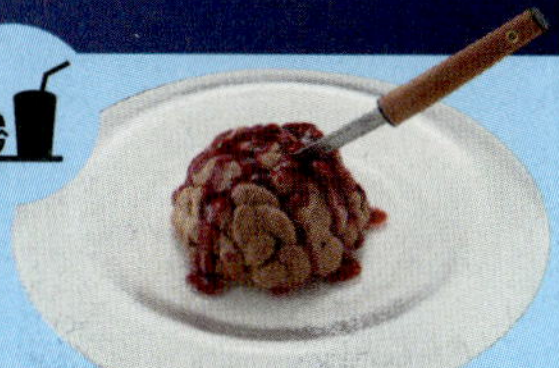

CAPCOM BAR

Wo: Tokio, Japan

Leider musste die Bar im Febr. 2018 schließen. Wirklich schade – zu den kulinarischen Highlights gehörte ein *Resident Evil*-Kuchen mit Messer (oben). Besucher konnten nebenbei unzählige Capcom-Spiele zocken.

MELTDOWN

Wo: Paris, Frankreich

Die erste Meltdown-Bar öffnete 2012 in Paris. Seitdem entstanden Ableger in Belgien, Kanada, Deutschland, Ungarn, Italien, Spanien und Großbritannien. Die eSport-Bars übertragen Live-Turniere und haben jeweils ihr eigenes eSport-Team.

THE NOSTALGIA BOX

Wo: Perth, Australien

Der Fokus des Museums liegt auf Heimkonsolen und Raritäten wie der Vectrex von 1982 (oben). Die Ausstellung ist chronologisch geordnet und beginnt in den 1970er-Jahren. Aber es geht nicht nur um den Erhalt der Vergangenheit, monatliche Spieletests für die Demos regionaler Entwickler werden ebenfalls veranstaltet.

SUPER NINTENDO WORLD

Wo: Osaka, Japan

Mario, Luigi, Prinzessin Peach und Bowser werden dabei sein bei dieser Zusammenarbeit von Nintendo und Universal Studios. 2020 soll Super Nintendo World in den Universal Studios in Osaka (J) seine Tore öffnen. Ähnliche Projekte sind auch in den Universal-Parks in Florida und Kalifornien geplant.

MUSEUM DER SOWJETISCHEN SPIELAUTOMATEN

Wo: Moskau, Russland

Über zwei Standorte verteilt (Moskau und St. Petersburg) enthält das Museum 40 Spiele aus der Sowjet-Ära, darunter den U-Boot-Simulator *Morskoi Boi* (*Sea Battle*, rechts). Besucher erhalten als Startgeld eine alte 15-Kopeken-Münze.

RETRO-GAMING

Die hohen Verkaufszahlen der Super NES Classic Mini von Nintendo deuten auf ein lebhaftes Interesse an den ikonischen Spielen der Vergangenheit hin. Ob Arcade-oder Konsolen-Klassiker, es gibt immer neue Rekorde, die geschlagen, und alte Geheimnisse, die gelüftet werden können ...

„DIE BESTE REAKTION KAM VON EINEM VATER. ER SCHAUTE GANZ EHRFÜRCHTIG DREIN UND SAGTE NUR: ‚ES IST WUNDERSCHÖN!'"

DR. THOMAS TILLEY

GRÖSSTE SPIELBARE GAME-&-WATCH-KONSOLE

Informatiker Dr. Thomas Tilley (AUS) kann sich noch gut an die Aufregung erinnern, die er verspürte, als ihm seine Tante in den 1980er-Jahren eine Nintendo Game & Watch schenkte. Diese Erinnerung brachte ihn dazu, eine übergroße Game-&-Watch-Konsole zu bauen – inklusive des *Octopus*-Spiels –, als er im Mai 2017 mit seinem Riesenkonsole-Bauprojekt begann.

Als Bildschirm verwendete er den Familienfernseher und für die goldene Vorderseite des Geräts die alten Vorhänge seiner Schwiegermutter. Außerdem musste er die polnische Bedienungsanleitung der verwendeten Emulationssoftware für seine Game & Watch übersetzen, damit sein Gerät überhaupt funktionierte.

„Als ich den Rahmen fertiggestellt hatte, trat ich einen Schritt zurück und dachte: ‚Wow! Ob das wohl groß genug ist für einen Weltrekord?'" Wie sich herausstellte, war es das. Die Game & Watch war 193 × 116 × 14 cm groß, wie am 21. Okt. 2017 von einem qualifizierten Gutachter verifiziert wurde.

RETRO-PLATTFORMSPIELE

Die Plattformspiele der 1980er- und 1990er-Jahre waren wie die Open-World-Games von heute: Vorzeigespiele, die die Grenzen des Gameplays ausreizten und ihre Spieler in neue Welten eintauchen ließen. Optisch mögen sie längst verblasst sein, aber ihr Gameplay strahlt bis heute …

SCHNELLSTES DURCHSPIELEN VON *SUPER METROID*

Am 4. Febr. 2018 machte Super-Nintendo-Gamer „zoast" (PAL) kurzen Prozess mit dem Mother Brain und ihren Weltraumpiraten und beendete den einzigartigen Action-Plattformer *Super Metroid* (Nintendo, 1994) in nur 41:23 min (verifiziert von *Speedrun*). Damit verdrängte er „Behemoth87" (GB) von der Spitzenposition, der am 13. Nov. 2017 eine Rekordzeit von 41:33 min schaffte.

Erstes Spiel mit Enterhaken
Da Nathan Spencer (unten) aus ***Bionic Commando*** (Capcom, 1987) nicht springen konnte, musste er sich mit dem Enterhaken seines mechanischen Arms an Plattformen festkrallen und daran hochziehen.

ERSTES *SONIC THE HEDGEHOG*-SPIEL FÜR NINTENDO-KONSOLE

Vor zwei Jahrzehnten wäre es aufgrund der Rivalität zwischen Sega und Nintendo noch undenkbar gewesen, dass Sonic jemals auf einer Nintendo-Konsole laufen würde. Doch am 20. Dez. 2001 geschah es: Der 3D-Plattformer *Sonic Adventure 2: Battle* (Sega) erschien für Nintendos GameCube.

ERWEITERTES FRANCHISE

Die im Juli 2017 veröffentlichte vierteilige Netflix-Serie *Castlevania* war am 8. März 2018 die **bestbewertete auf einem Spiel basierende Fernsehserie.** Auf imdb.com hatte sie 8/10 Punkten aus 13.184 Bewertungen.

24 JAHRE

Längste Wartezeit auf ein NES-Spiel
Am 8. April 2017 veröffentlichten The Oliver Twins ihren NES-Plattformer *Mystery World Dizzy* – ganze 24 Jahre später als ursprünglich geplant. Das britische Entwicklerduo hatte das Spiel bereits 1993 fertiggestellt, konnte es aber aufgrund finanzieller Schwierigkeiten nie veröffentlichen. Zur Feier des 30. Jubiläums der *Dizzy*-Serie stellten sie es schließlich als Flashspiel auf ihre Homepage.

2 STUNDEN 32 MINUTEN

In einem Video vom 8. Mai 2015 zeigt YouTuber „Aura Puffs", wie er *Mega Man X* und *Mega Man X2* mit nur einem Controller gleichzeitig durchspielt. Das **schnellste synchrone Durchspielen von *Mega Man X* und *X2*** dauerte 2:32 h und kam ohne Speedrun-Hilfsmittel aus. „AuraPuffs" verließ sich nur auf sein Multitasking-Talent. „Ich wollte unbedingt herausfinden, ob ich dieser intensiven Herausforderung gewachsen bin", sagte er über seinen Run.

Schnellstes Durchspielen von *Battletoads*
Der Action-Plattformer von Rare (1991) gilt als eines der schwierigsten Spiele aller Zeiten. Die wenigsten Gamer kamen auch nur in die Nähe der Endgegnerin, der bösen Dark Queen, und ihrer Mutanten-Armee. Am 10. Jan. 2018 besiegte „jc583" (USA) sie in unglaublichen 12:42,767 min (verifiziert von *Speedrun*). Bis auf wenige Abschnitte war er mit seinem Run zufrieden. Außerdem war er knapp 2 sec schneller als der bisherige Rekordhalter „TheMexicanRunner", alias Piotr Delgado Kusielczuk (MEX/PL).

Schnellstes Durchspielen von *Donkey Kong Country 2* mit Augenbinde
Am 29./30. Okt. 2016 schaffte „katun24" (NL) mit verbundenen Augen einen 102%-Run (entspricht einem 100%-Run) durch den Super-Nintendo-Plattformer in 16:03:16 h. Bis zum 8. März 2018 war es der schnellste Speedrun durch das Spiel mit Augenbinde. „katun24" sagte: „Es war extrem anstrengend, daher werde ich künftig nur noch Any%-Runs angehen!"

Erstes Disney-Plattformspiel
Der erste unter vielen von Disney inspirierten Plattformern war *Mickey Mousecapade* (1988) für die NES. In dem Sidescroller musste der großohrige Held ein Mädchen aus den Fängen berühmter Disney-Filmbösewichte befreien.

Erstes Videospiel mit „Doppelsprung"
Obwohl *Donkey Kong* das Plattformspringen 1981 offiziell einführte, wurde es erst von *Dragon Buster* (Namco) 1985 mit der Kunst des „Doppelsprungs" perfektioniert. Clovis war der erste digitale Held, der das physikalisch unmögliche Manöver ausführte und Gamer auf völlig neue Ebenen transportierte.

FAKT!
Yoshi ist nur der Spitzname des grünen Dinos. Laut eines 2014 aufgetauchten Dokuments von Nintendo hieß er ursprünglich „T. Yoshisaur Munchakoopas". Leider weiß niemand, wofür das „T." steht ...

ARCADE-SPIELE

Vor nicht allzu langer Zeit musste man für seine Lieblingsspiele unzählige Münzen in Arcade-Automaten stecken. Zwar bieten Heimkonsolen heutzutage jegliche Art von Unterhaltung, aber für manche Gamer ist die Spielhallen-Atmosphäre immer noch sehr verlockend …

MEISTGESAMMELTER ARCADE-AUTOMAT

Fans ikonischer Spiele pflegen eine alles überdauernde Liebe zu *Ms. Pac-Man*. Laut den Statistiken der Vintage Arcade Preservation Society (VAPS) waren bis zum 10. April 2018 1.544 Besitzer eines originalen *Ms. Pac-Man*-Arcade-Automaten registriert. Das sind mehr Automaten als von allen anderen Spielen der goldenen Ära wie beispielsweise *Donkey Kong* (1.270), *Centipede* (1.233) und *Pac-Man* (1.084).

Glaubt man Erfinder Toru Iwatani, sollte *Pac-Man* (1980) gewaltfrei sein, um auch Frauen in die Spielhallen zu locken. Am 13. Jan. 1982 wurde dieses Konzept auch für *Ms. Pac-Man* in den USA angewandt – und die kleine gelbe Heldin mit Haarschleife wurde der **erste spielbare weibliche Charakter in einem Videospiel.**

1.247.700 PUNKTE

Als ein Freund Robbie Lakeman (USA) dazu herausforderte, so hoch wie möglich in der *Donkey Kong*-Bestenliste zu klettern, zeigte er beispiellosen Einsatz: Er widmete sich intensiven Übungseinheiten und stieg langsam bis an die Spitze. Seinen ersten Rekord schaffte er 2014. Seitdem gewinnt und verliert er immer wieder den heißumkämpften Rekord der **höchsten Punktzahl in *Donkey Kong*.** Am 2. Febr. 2018 holte er sich den Rekord mit unglaublichen 1.247.700 Punkten zurück (verifiziert von *Twin Galaxies* am 23. März).

Längster Marathon in einem Arcade-Klassiker
George Leutz (rechts) spielte in einer Spielhalle in New Jersey (USA) 84:48 h lang das Puzzle-Spiel *Q*bert* (Gottlieb, 1982). Er startete den mehrtägigen Marathon am 14. Febr. 2013 und endete vier Tage später, am 18. Febr.

Langlebigste Arcade-Automaten-Spielserie
Fast 39 Jahre nach der Veröffentlichung des originalen *Space Invaders* im Juni 1978 erschien im Jan. 2017 (nach mehreren Fortsetzungen) *Space Invaders Frenzy* (oben). Den neuesten Arcade-Automaten entwickelten Taito und Raw Thrills.

ERWEITERTES FRANCHISE

Pac-Man inspirierte das erste Videospielcharakter-Merchandise. Nach ersten ausgewählten *Pac-Man*-Produkten 1981 gab es 1982 bereits knapp 200 verschiedene Artikel. Links seht ihr eine kleine Auswahl ...

Größter *Pac-Man*-Arcade-Automat
Der *World's Largest Pac-Man*-Arcade-Automat entstand 2016 aus einer Zusammenarbeit von Bandai Namco und Raw Thrills. Sein Bildschirm ist 2,67 m hoch und 1,71 m breit.

FAKT!

1984 standen im „Grand Prix Race-O-Rama" in Fort Lauderdale (USA) 844 Arcade-Automaten. Nach einem Umzug wuchs die Zahl auf 1.200 an und es wurde zur **größten Videospiel-Spielhalle aller Zeiten.**

Langlebigstes Flipper-Event
Die Pinball Expo findet seit 32 Jahren ununterbrochen statt, zuletzt vom 11.–15. Okt. 2017 in Chicago (USA). Laut *Twin Galaxies*-Gründer Walter Day ist das Event „ein Vorreiter der Flipper-Industrie und für den weltweiten Erfolg des Hobbys mitverantwortlich". Trotz kürzlicher Unstimmigkeiten zwischen den Veranstaltern soll die Expo vom 17.–21. Okt. 2018 wieder am gewohnten Ort ausgetragen werden.

Langlebigster Arcade-Automaten-Hersteller
Im Juli 1973 veröffentlichte Taito seinen ersten Arcade-Automaten mit dem schwarzweißen Ping-Pong-Spiel *Elepong*. Da Sega im selben Monat *Pong-Tron* veröffentlichte, teilen sich beide Hersteller eine 45-jährige Arcade-Automaten-Geschichte.

Erste TV-Quizshow mit Videospielen
Starcade war eine amerikanische Quizshow des Senders TBS, in der die Teilnehmer in Arcade-Spielen gegeneinander antraten. Die von 1982 bis 1984 ausgestrahlte Sendung überlebte sogar den wirtschaftlichen Zusammenbruch der Videospielindustrie 1983. Die 130 Episoden aus drei Staffeln haben ihren Reiz bis heute nicht verloren. Das Medienunternehmen Shout! Factory kaufte 2017 die Rechte an *Starcade*, was auf eine mögliche Rückkehr der Show hindeutet.

Größter Arcade-Automat
Die größte Arcade-Maschine ist 4,4 m hoch, 1,93 m breit und 1,06 m tief. Damit ist sie etwa dreimal so groß wie ein herkömmlicher Arcade-Automat. Kein Wunder, dass sie von ihrem Erfinder Jason Camberis (USA) liebevoll „Arcade Deluxe" genannt wird. Kurz vor Redaktionsschluss teilte Jason uns mit, dass er mittlerweile eine noch größere Maschine gebaut hat! Wir erwarten sie in der nächsten *Gamer's Edition* ...

SELTENSTES *SONIC THE HEDGEHOG*-SPIEL

Waku Waku Sonic Patrol Car (1991) war ein Japan-exklusives Spiel, das in ein buntes Kinderauto verbaut wurde. Sonic muss darin als Polizist die Straßen vor Dr. Robotnik schützen. Später veröffentlichte ein Besitzer des Arcade-Automaten eine Online-Version des Spiels.

SUPER MARIO BROS.

RETRO-GAMING

Jeder kennt und liebt Mario! Seien es die Videospieler, die in den 1980er-Jahren mit seinen klassischen Arcade-Titeln und NES-Adventures aufwuchsen, oder die neuen Generationen von Gamern, die er mit seinen Plattform-, Sport- und RPG-Spielreihen für sich gewinnen konnte ...

Schnellstes Durchspielen von *Super Mario Bros.*
Am 16. Febr. 2018 stellte „Kosmicd12" (USA) diesen Rekord in 4:56,462 min auf (verifiziert von Speedrun.com). Damit gelang es ihm endlich, den Rekord von „darbian" um 0,066 sec zu unterbieten.

Schnellster 120-Sterne-Run durch *Super Mario 64*
Alle Sterne in *Super Mario 64* einzusammeln ist eine heißumkämpfte Speedrun-Kategorie. Am 8. Febr. 2018 schaffte Allan „cheese05" Alvarez (E) diesen Run in 1:39:19 h.

Schnellstes Durchspielen von *Super Mario Sunshine* (120 Insignien)
Am 26. Jan. 2018 war „AverageTrey" (USA) der erste Gamer, der alle Insignien der Sonne in *Super Mario Sunshine* in weniger als drei Stunden einsammeln konnte (2:59:58 h).

Schnellstes Durchspielen von *Super Mario Odyssey*
Den schnellsten Run ohne Hilfemodus durch Marios neuestes Adventure schaffte „Nicroveda" (CDN) am 6. März 2018 in nur 1:03:33 h. Der Kanadier war 14 sec schneller als der vorherige Rekordhalter.

ERWEITERTES FRANCHISE

Ein neuer Mario-Film? Nintendo verriet, dass man mit Universal Pictures und Illumination Entertainment im Gespräch ist, den für die *Minions*-Filme verantwortlichen Studios. Gemeinsam wollen sie Marios animierte Abenteuer ins Kino bringen. Nimm dich in Acht, Bowser!

Teuerstes Outfit in *Super Mario Odyssey*
Bis zum 17. Jan. 2018 musste man im Crazy-Cap-Shop des Switch-Spiels für das Skelett-Outfit ganze 9.999 Goldmünzen hinblättern. Mehr Goldmünzen kann Mario im neuen Plattformhit von Nintendo auch gar nicht mit sich herumtragen.

LÄNGSTE WARTEZEIT EINES CHARAKTERS AUF EIN *SUPER MARIO*-DEBÜT

Obwohl sie von Anfang an dabei war – und sogar Marios erste große Liebe in *Donkey Kong* (1981)! –, tauchte Pauline erst 36 Jahre später in einem richtigen *Super Mario*-Spiel auf: als Bürgermeisterin von New Donk City in *Super Mario Odyssey* (2017). Wie man an den Schnappschüssen von 1981 und 2017 (Bild) sehen kann, hat der Figur die Wartezeit rein äußerlich sehr gutgetan.

215 SPIELE

Meiste Auftritte eines Spielcharakters
Ein guter Charakter ist eben nicht kleinzukriegen: Bis zum 27. Febr. 2018 trat Mario in 215 Spielen auf (ohne Neuauflagen oder Neuveröffentlichungen). Wie viele Mario-Spiele erkennt ihr anhand der Bilder unten? Auflösung auf S. 215.

FAKT!

Im Nov. 2017 landete das „Super Mario Cereal" von Nintendo und Kellogg's auf amerikanischen Frühstückstischen. Es enthielt pilzförmige Marshmallows und die Verpackung fungierte als amiibo.

MARIOS BEST-BEWERTETER TITEL

Das erste *Super Mario*-Spiel, das den italienischen Klempner ins Weltall schoss, erhielt passend dazu galaktisch gute Bewertungen. *Super Mario Galaxy* (2007) für die Nintendo Wii kommt laut *GameRankings* auf 97,64 % bei 78 Bewertungen. Damit ist *Super Mario Galaxy* nicht nur das **bestbewertete Mario-Spiel,** sondern mit Stand vom 27. Febr. 2018 auch das **bestbewertete Videospiel aller Zeiten.**

Seine Bewertung ist vor allem durch die Zahl der abgegebenen Stimmen so beeindruckend. Ein Kritiker schwärmte: „Die kräftigen Farben, die Lebendigkeit und der in jedem Winkel des Spiels spürbare Ideenreichtum sind einfach etwas Wunderbares."

Erste perfekte Punktzahl in *Arcade Archives Mario Bros.*
Die *Arcade Archives*-Serie von Hamster Corporation frischt ikonische alte Spiele wieder auf. Die *Mario Bros.* Neuauflage (2017) für die Switch wurde von Isaiah Triforce Johnson (USA) perfektioniert, der am 16. Okt. 2017 als Erster die Höchstpunktzahl von 999.990 Punkten erreichte.

Meiste Fanspiele basierend auf einem Spieluniversum
Bis zum 28. Febr. 2018 gab es auf der „Mario Fan Games Galaxy"-Website insgesamt 632 von Fans erschaffene Spiele im Mario-Universum. Das Archiv umfasst neben Rätsel- und Plattformspielen eine Vielzahl an Genres und bietet Spiele wie *Mario Pong, Luigi and the Quest for Nothing, First Person Mario* und das Kampfspiel *Mario vs. Luigi.*

Schnellstes Durchspielen von *Super Mario World* mit Augenbinde
Obwohl er nichts sehen konnte, raste „katun24" (NL) am 24. Mai 2017 in nur 13:31 min durch den SNES-Klassiker von 1990. Der Gamer, der behauptet, aus „Nordwest Quackistan" zu stammen (sein Twitter-Konto ziert passend dazu eine Ente mit Augenbinde als Avatar), überträgt seine Runs häufig auf Twitch.

Seltenstes *Super Mario*-Spiel
1991 zog Nintendo mit dem *Nintendo Campus Challenge*-Spiel auf einer Videospieltour durch die Universitäten Nordamerikas. Nach dem Turnier wurden die speziell für dieses Event produzierten Spielmodule zerstört – bis auf eines. Das letzte Modul wurde 2006 von einem Nintendo-Angestellten an den Sammler Rob Walters (USA) verkauft. Am 8. Okt. 2009 wurde das Spiel auf eBay für 16.777 EUR weiterverkauft.

RETROSPIELE

Genau wie vergangene Geschichtsereignisse Einfluss auf die Zukunft hatten, waren auch Retrospiele maßgeblich für die Games von heute verantwortlich. Hier feiern wir die umwerfendsten Spiele von damals und blicken auf ihre Bedeutung für die Lieblingsspiele von heute.

LÄNGSTE WARTEZEIT AUF EIN SUPER-NINTENDO-SPIEL

1995 wurden Besucher einer Fachmesse in Tokio (J) mit einer spielbaren Demo des Weltraum-Shooters *Star Fox 2* überrascht. Der heißersehnte Titel erschien allerdings nicht, wie damals angekündigt, ein Jahr später, sondern verschwand in Nintendos Schubladen. Erst am 29. Sept. 2017, ganze 22 Jahre später, wurde er in einem Spielepaket für die Nintendo Super NES Classic Mini veröffentlicht. Obwohl der Vorgänger, der in Europa als *Starwing* (1993) veröffentlicht wurde, gute Kritiken erhielt und ein kommerzieller Erfolg war, wurde das Spiel damals von Nintendo eingestampft. Sie begründeten es damit, dass die Grafik in *Star Fox 2* von der kommenden N64-Konsole überschattet werden würde.

Fleißigste 8-Bit-Spieleentwickler
Von 1984 bis 1992 entwickelten Philip und Andrew Oliver (aka The Oliver Twins) 26 kommerziell veröffentlichte 8-Bit-Spiele für Computer und Konsolen. Berücksichtigt man die verschiedenen Plattformen von damals, waren es sogar 49 8-Bit-Spiele, von denen einige allerdings unveröffentlicht blieben. Mehr dazu auf S. 123.

MEISTE FILM-ZU-VIDEOSPIEL-AUFTRITTE

Bis zum 26. Sept. 2017 wurden 13 Filmcharaktere von Arnold Schwarzenegger in lizenzierte Spiele übertragen: *Conan der Zerstörer* (1984, lose Verbindung zum Spiel *Conan: Hall of Volta* von 1984), *Terminator* (1984), *Predator* (1987), *Running Man* (1987), *Red Heat* (1988), *Total Recall* (1990), *Terminator 2 – Tag der Abrechnung* (1991), *Last Action Hero* (1993), *True Lies* (1994), *Batman & Robin* (1997), *Terminator 3 – Rebellion der Maschinen* (2003), *The Expendables 2* (2012) und *Terminator: Genesis* (2015). Arnie meint es wirklich ernst, wenn er sagt: „Ich komme wieder"!

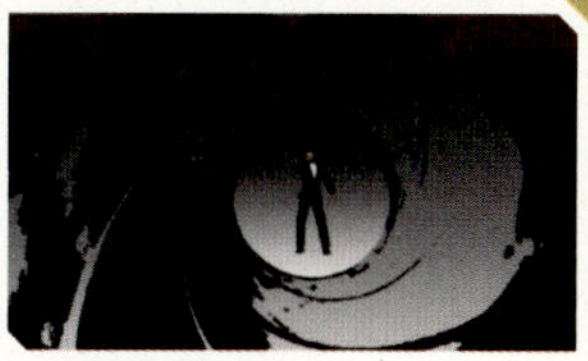

Schnellstes Durchspielen des Staudamms in *GoldenEye 007* (Agent)
Am 27. Sept. 2002 beendete Bryan Bosshardt (USA) den Staudamm-Level in *GoldenEye 007* (1997) in nur 53 sec. Sein Rekord galt als unschlagbar und war jahrelang unangefochten, bis ihn Karl Jobst (AUS) am 2. Dez. 2017 mit 52 sec brach (verifiziert von *Speedrun*). „Wahnsinn, ich zittere am ganzen Körper", kommentierte er seinen Erfolg.

752.668

Höchste Punktzahl in *Tetris* auf dem Game Boy
Alex Holbrook (GB) erreichte 752.668 Punkte in dem berühmten Spieleklassiker (verifiziert von *Twin Galaxies* am 25. Juni 2017). „Etwas chaotisch, aber ich hab's ein paarmal gut gerettet", sagte er, als er die 600.000-Punkte-Marke knackte. Und er ist noch lange nicht fertig: „Ich will bald eine noch höhere Punktzahl erreichen."

Schnellstes Doppel-Durchspielen von *Tetris: The Absolute – The Grand Master 2 PLUS*
Am 1. Mai 2017 puzzelte sich das Duo „aperturegrillz" und „KevinDDR" (beide USA) in nur 3:17,6 min durch die verbesserte Version des im Jahr 2000 von Arika veröffentlichten *Tetris*-Spiels (verifiziert von *Speedrun*).

Höchster Score in *Nintendo Campus Challenge*
Paul J. Tesi (USA), alias „Megaretroman", erreichte 18.748.000 Punkte in einer Wiederauflage des seltenen NES-Spiels (verifiziert von *Twin Galaxies* am 8. Nov. 2017). Das Originalspiel wurde 1991 von Nintendo für einen Gaming-Wettkampf in den USA entwickelt.

Meistverkauftes Super-NES-Spiel eines Second-Party-Entwicklers
Entwicklerstudio Rare steht heute für Xbox-One-Spiele wie *Sea of Thieves*. Vor ihrer Übernahme durch Microsoft am 24. Sept. 2002 waren sie eng mit Nintendo verbunden. Als Second-Party-Entwickler veröffentlichten sie Spiele exklusiv für Nintendo. Ihr Super-NES-Spiel *Donkey Kong Country* (1994) wurde bis zum 22. Jan. 2018 9,3 Mio. Mal verkauft (verifiziert von *VGChartz*).

Teuerste Spielkonsole
Berücksichtigt man die Inflationsrate, dann war die 3DO die teuerste Konsole aller Zeiten. Bei ihrer Veröffentlichung 1993 kostete sie 580 EUR. Passt man den Preis auf den heutigen Stand an, würde sie 1.000 EUR kosten! (Stand: 8. März 2018) Kein Wunder, dass sie 1996 eingestellt wurde.

Erstes *Star Wars*-Spiel
Das Imperium schlägt zurück (Parker Brothers) basiert auf dem gleichnamigen 2. Teil der Weltraumsaga und erschien 1982 (zwei Jahre nach dem Film) für den Atari 2600 und Intellivision.

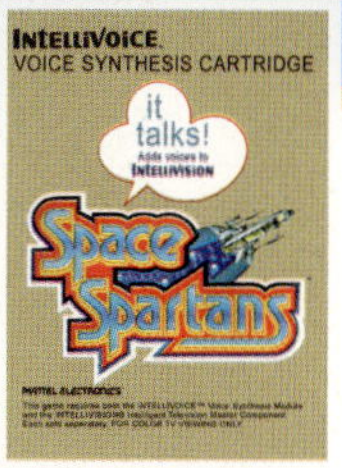

ERSTES SPIEL MIT ECHTZEIT-SPRACHAUSGABE

„Es spricht!" stand auf der Verpackung der Weltraum-Kampf-Sim *Space Spartans* (Mattel, 1982). Das Spiel verwendete das ca. 85 EUR teure Intellivoice-Sprachmodul für Mattels Intellivision-Konsole, wodurch der Bordcomputer im Spiel lautstark vor Gegnern warnen konnte.

FAKT!
Die **erste Videospiel-Beigabe auf einem Magazincover** klebte auf der *Your Computer*-Ausgabe von Juni 1982. Die Flexidisc mit dem Spiel *Othello* musste über einen Plattenspieler abgespielt werden.

TOP 10

MEISTVERKAUFTE SPIELE 2017

2017 wurden Gamer regelrecht verwöhnt von einer riesigen Auswahl an Topspielen. Es gab gleich zwei der besten Nintendo-Spiele aller Zeiten, ein brillantes Fußball-Spiel, ein ergreifendes *Call of Duty*-Kapitel und noch mehr Pokémon zum Sammeln. Was will man mehr?

10
STAR WARS BATTLEFRONT II
4,90 MIO.
EA;
PS4, Xbox One, PC

9
ASSASSIN'S CREED ORIGINS
5,22 MIO.
Ubisoft;
PS4, Xbox One, PC

8
POKÉMON ULTRASONNE UND ULTRAMOND
5,30 MIO.
Nintendo;
3DS

7
DESTINY 2
5,35 MIO.
Activision;
PS4, Xbox One, PC

6
GRAND THEFT AUTO V
5,41 MIO.
Rockstar;
PS4, Xbox One, PC, PS3, Xbox 360

Nur physische Veröffentlichungen, alle Plattformen. Verifiziert von *VGChartz*.

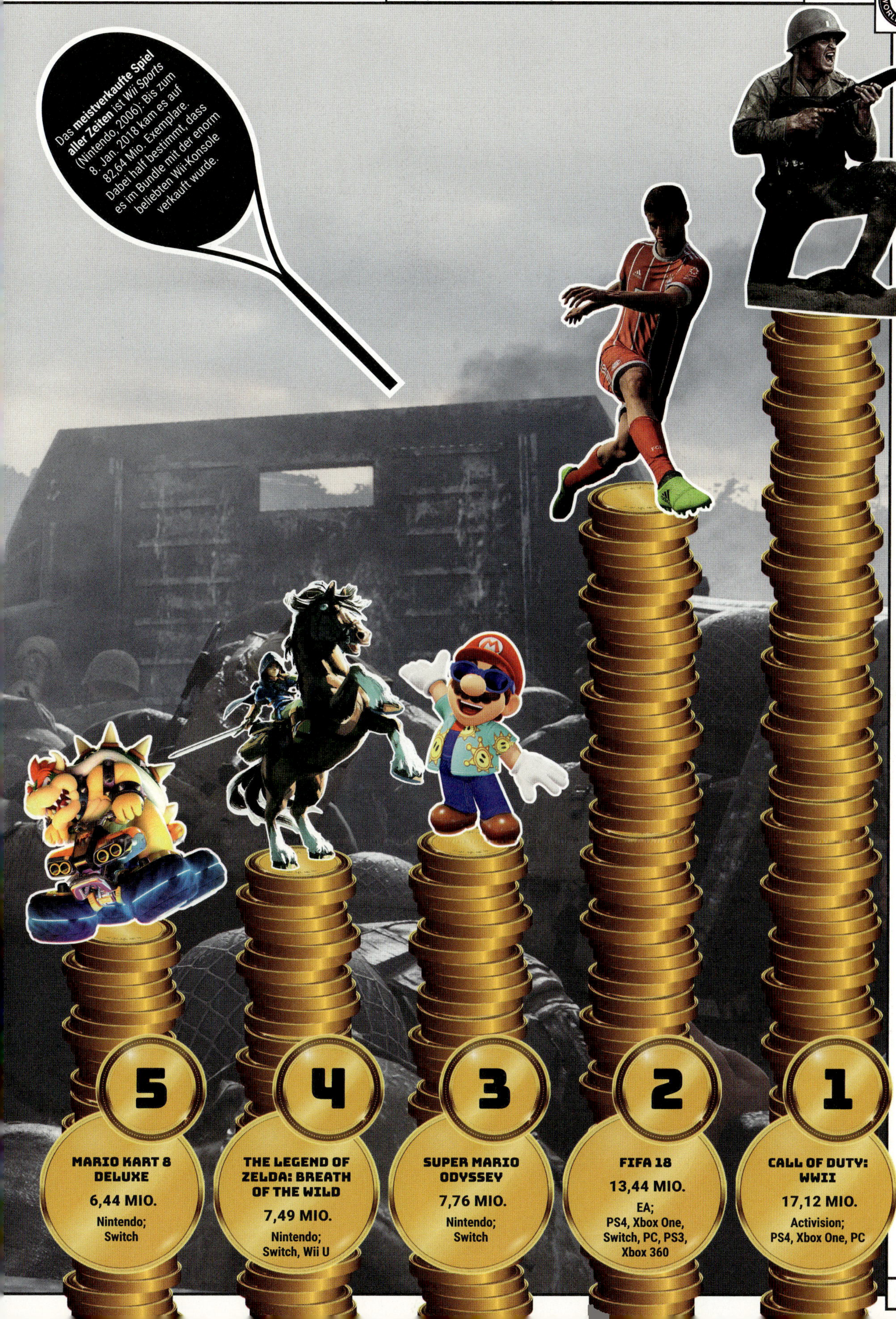

GAME-BOY-GESCHICHTE

Am 21. April 2019 feiert Nintendos bahnbrechende tragbare Konsole ihren 30. Geburtstag. Der zunächst nur in Japan auf den Markt gebrachte Game Boy wurde ein Phänomen – mit fantastischen Spielen, innovativen Peripheriegeräten und brillanten Nachfolgern, wie unser Zeitstrahl zeigt …

1989

Die Veröffentlichung des Game Boys am 21. April veränderte die Gaming-Industrie für immer. Die tragbare 8-Bit-Konsole kann auf dem 160 × 144 Pixel großen Bildschirm vier Grüntöne darstellen.

1989

Der Puzzle-Knüller *Tetris* erscheint am 31. Juli zum Launch des Game Boys in Nordamerika. Dank des Game Link Cables können zwei Spieler gleichzeitig spielen.

1994

Der Super Game Boy erscheint im Juni. Dank dieses Adapters für die Super-Nintendo-Konsole können Game-Boy-Spiele erstmals auf größeren Fernsehbildschirmen gespielt werden.

1999

Das Transfer Pak ermöglicht den Datenaustausch zwischen Game Boy und N64. Es wird primär für den Pokémon-Transfer zwischen *Pokémon Rot* und *Blau* und *Pokémon Stadium* genutzt.

1999

Das letzte Spiel für den Game Boy in Nordamerika und Europa ist die *Pokémon Gelbe Edition*. Es ist eine Version von *Pokémon Rot* und *Blau*, in der man von Anfang an mit Pikachu spielen kann.

1999

Pokémon Gold und *Silber* ist die sehnlichst erwartete, hoch gelobte Bestseller-Fortsetzung von *Pokémon Rot* und *Blau*. Es verkauft sich 23,1 Mio. Mal für den Game Boy Color.

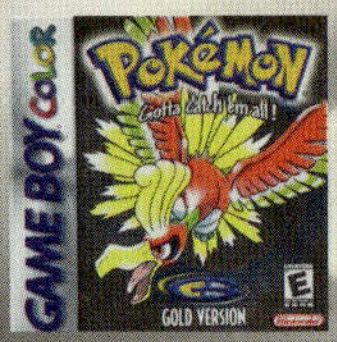

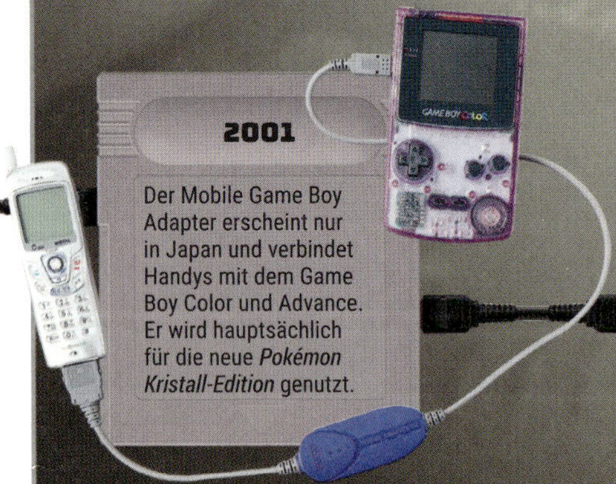

2001

Der Mobile Game Boy Adapter erscheint nur in Japan und verbindet Handys mit dem Game Boy Color und Advance. Er wird hauptsächlich für die neue *Pokémon Kristall-Edition* genutzt.

2001

Der Game Boy Advance (GBA) läutet Nintendos 32-Bit-Handheld-Ära ein. Er verkauft sich über 81 Mio. Mal und ist eine der meistverkauften Konsolen aller Zeiten (siehe S. 16–17).

2001

Am 21. Juli erscheint das GBA-Spiel *Mario Kart: Super Circuit* und wird mit weltweit fast 5,5 Mio. Verkäufen schnell zu einem der meistverkauften Nicht-*Pokémon*-Spiele für ein Game-Boy-System.

2005

Endstation. Der Game Boy Micro ist die letzte Game-Boy-Konsole von Nintendo. Mit vielen auswechselbaren Abdeckungen kann man sein Aussehen beliebig gestalten.

2011

Am 26. Febr. öffnen sich Nintendos Handheld-Geräte mit der 3DS-Konsole der dritten Dimension. Im Online-Shop der 3DS sind auch Game-Boy- und Game-Boy-Color-Spiele erhältlich.

2017

Am 3. März erscheint die revolutionäre Nintendo Switch. Sie vereint die bisher getrennt voneinander existierenden Heim- und Handheld-Konsolen in einem Gerät.

GAME BOYS: GRÖßTER VS. KLEINSTER

Der **größte Game Boy** wurde von Ingenieurstudent Ilhan Ünal (B, rechts) gebaut und misst 1,01 × 0,62 × 0,2 m. Der **kleinste Game Boy** wurde von Jeroen Domburg (NL) entworfen und ist nur 54 mm klein (ganz rechts).

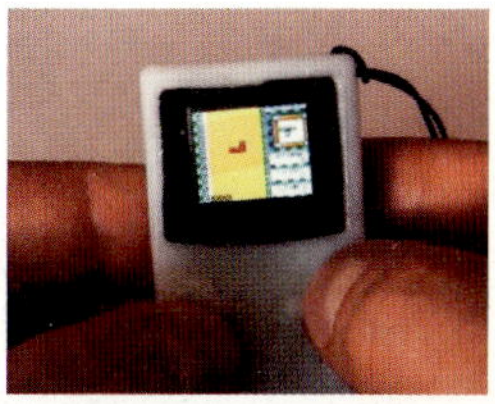

1996

In seinem siebten Jahr gibt es mit *Pokémon Rote* und *Blaue Edition* (in Japan: *Rot* und *Grün*) einen Riesenhit für den Game Boy. Das Spiel wird zum **meistverkauften Game-Boy-Spiel.**

1996

Der kleine Game Boy Pocket erscheint. Er wird mit zwei AAA- anstatt der üblichen vier AA-Batterien betrieben und behebt die „verschwommene" Grafik des Originals.

1998

Der nur in Japan veröffentlichte Game Boy Light kann dank Hintergrundbeleuchtung im Dunkeln gespielt werden. Das „Astro Boy"-Modell hat ein durchsichtiges Kunststoffgehäuse.

1998

Die Game Boy Camera kann Schwarzweißbilder mit einer Auflösung von 128 × 112 Pixel aufnehmen. Mit dem Game Boy Printer kann man die Bilder auf Thermopapier ausdrucken.

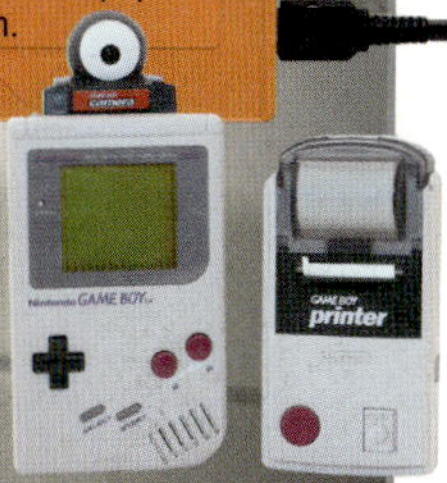

1998

Der Game Boy Color ist die **erste abwärtskompatible Handheld-Konsole** (in diesem Fall zum Game Boy). Er kann bis zu 56 Farben gleichzeitig darstellen.

1998

Der Super Game Boy 2 erscheint nur in Japan. Er korrigiert einen kaum wahrnehmbaren Fehler des ersten Super Game Boys (1994), durch den Spiele 2,4 % schneller als vorgesehen liefen.

2001

Der Nintendo e-Reader ist ein Kartenlesegerät für den GBA, mit dem man alte NES-Spiele zocken oder neue Gegner in *Pokémon Rubin* und *Saphir* (2002) finden kann.

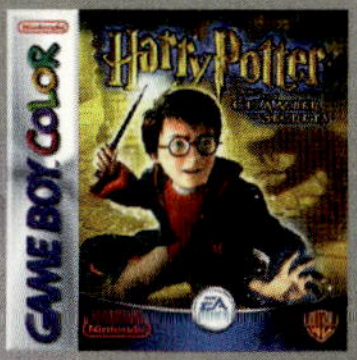

2002

Harry Potter und die Kammer des Schreckens ist das letzte Game-Boy-Color-Spiel für Nordamerika. Anstatt „Muggel" werden die Menschen im Spiel „nichtmagische Leute" genannt.

2002

Die *Pokémon Rubin*- und *Saphir-Edition* erobert die Welt im Sturm und wird das **meistverkaufte GBA-Spiel.** Bis zum 4. April 2018 wurden 15,85 Mio. Exemplare verkauft.

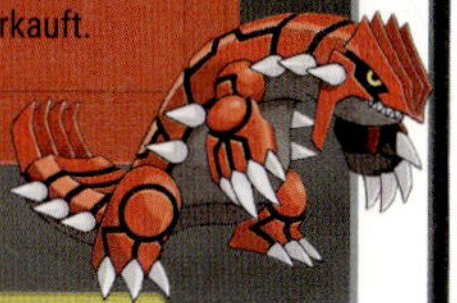

2003

Der weltweit veröffentlichte GBA SP ist eine überarbeitete Version des GBA. Sein Bildschirm kann umgeklappt werden und er ist die **erste Handheld-Konsole mit wiederaufladbaren Akkus.**

2003

Mit dem Game Boy Player kann man Game-Boy-, Game-Boy-Color- und GBA-Spiele auf dem Nintendo GameCube zocken. Er wird an die Unterseite der Konsole gesteckt.

2004

Die Nintendo DS erscheint am 21. Nov. Es ist die erste Nintendo-Handheld-Konsole ohne den Game-Boy-Markennamen und wird der langfristige Nachfolger des GBA.

SPORT

Egal was eure Lieblingssportart ist, wir haben was für euch. Ihr mögt Fußball? Bitteschön! Basketball? Oh ja! American Football, Baseball oder Eishockey? Ja, ja und ja! Abgefahrene, todesmutige Stuntbikes, die sich von einer Klippe stürzen? Aber hallo!

MEISTE PS4-TROPHÄEN

Unter den Millionen von PS4-Spielern war „DEOSS77" (RUS) bis zum 3. April 2018 der erfolgreichste. Er kämpfte, plante, spielte, rannte, sprang, fuhr und schoss besser als alle seine Rivalen und verdiente sich so 22.578 PS4-Trophäen – mehr als jeder andere Spieler.

Wie *PSNProfiles* bestätigte, besteht seine Sammlung aus 12.680 Bronze-, 6.113 Silber- und 3.248 Gold-Trophäen. Außerdem erhielt er 537 Platin-Trophäen, die nur vergeben werden, wenn man alle Trophäen eines Spiels eingesammelt hat.

Im Durchschnitt schaffte „DEOSS77" 18,39 Trophäen am Tag und hatte 971 seiner 972 Spiele komplett durchgespielt. Nur das Point-and-Click-Adventure *Ken Follett Die Säulen der Erde* (Daedalic Entertainment, 2017) musste er noch beenden.

Die seltenste Nicht-Platin-Trophäe seiner Kollektion war die „Kannst du wirklich alles?"-Silber-Trophäe aus *Trials Fusion* (Hauptbild). Für sie muss man alle Streckenherausforderungen des Motorradstunt-Spiels von Ubisoft (2014) absolvieren. Bis zum 3. April 2018 gelang das nur 0,1 % der PS4-Spieler.

AMERICAN FOOTBALL

Wer in einer gewinnbringenden Mischung pure Kraft mit cleveren Strategien vereint, schafft es auch bis an die Spitze des Sports – zum Superbowl! Geht es allerdings um NFL-Videospiele, gibt es nur einen Sieger: die megaerfolgreiche *Madden*-Serie von EA.

MEISTVERKAUFTE US-SPORT-SPIELSERIE

Dank der knallharten Action in *Madden NFL* verkaufte sich EAs American-Football-Franchise laut *VGChartz* bis zum 6. März 2018 weltweit 133,12 Mio. Mal. Nur EAs *FIFA*-Franchise läuft ihm den Rang ab, wenn es um die meistverkaufte Sportspielserie geht. Dafür ist es die **langlebigste Sportspielserie.** Seit der Veröffentlichung von *John Madden Football* für den Apple II PC am 1. Juni 1988 bis zum aktuellsten Titel *Madden NFL 18* (25. Aug. 2017) läuft sie schon seit 29 Jahren 85 Tagen.

Das **meistverkaufte American-Sports-Spiel** war *Madden NFL 07* (2006). Bis zum 6. März 2018 wurde das Spiel sagenhafte 10,03 Mio. Mal auf zehn Plattformen verkauft. *Madden NFL 07* punktete mit seinen neuen Finten und Drehmanövern bei den Fans. Geschickte Spieler konnten sich realitätsgetreu aus Tackles herausdrehen und der Defense ausweichen.

Erster Arcade-Automat zu EAs *Madden NFL*-Franchise
Im Aug. 2004 konnte man mit bis zu vier Spielern an ausgewählten Standorten *Madden NFL Football* mit den Teams der Saison 2004/05 spielen, die online aktualisiert wurden.

€ 308.800 GEWINN

Der professionelle *Madden*-Spieler Eric „Problem" Wright (USA) war bis zum 6. März 2018 mit 308.800 EUR Preisgeld der **bestverdienende Sportspiel-Gamer** (verifiziert von eSportsearnings.com). Den ertragreichsten Sieg schaffte er bei der Virgin Gaming MADDEN Challenge 2013, bei der er mit 116.800 EUR Preisgeld nach Hause ging.

Erste TV-Serie basierend auf einem Sportspiel
Madden Nation war eine TV-Show, bei der *Madden NFL*-Gamer in K.-o.-Runden um 100.000 USD Preisgeld (83.400 EUR) kämpften. Manchmal traten sogar richtige NFL-Spieler dabei an. Die Show wurde ab dem 6. Dez. 2005 auf dem US-Kabelkanal ESPN 2 ausgestrahlt und nach vier Staffeln im Jahr 2008 wieder eingestellt.

Meiste Onlinespiel-Siege in *Madden NFL 18*
Bis zum 6. März 2018 konnte Xbox-One-Spieler „Crippled x Dave" laut *TrueAchievements* 428 Online-Matches in EAs American-Football-Sim gewinnen.

Erstes American-Football-Videospiel
Atari veröffentlichte 1978 zwei Spiele, die jeweils Anspruch auf den Titel des ersten American-Football-Spiels haben. *Atari Football* war ein münzbetriebenes Arcade-Spiel mit Trackball und Spielern, die mit „X" und „O" gekennzeichnet waren. Die Spieler in *Football* für den Atari 2600 wurden von *Gamesport* damals als „waschmaschinenartig" beschrieben. Beide Spiele erschienen knapp ein Jahr vor Mattels *NFL Football* für die Intellivision-Konsole, in dem fünf gegen fünf Spieler auf dem pixeligen Grün um den Sieg kämpften.

Meiste Abonnenten eines YouTube-Kanals für US-Sportarten
Der hauptsächlich auf *Madden NFL* spezialisierte Gaming-Kanal von Chris Smoove (USA) hatte bis zum 6. März 2018 3.963.251 Abonnenten. Er kommt den Stars der amerikanischen Sportszene ganz nah und drehte Videos mit Basketballspielern wie Tony Parker von den San Antonio Spurs und dem früheren Boston-Red-Sox-Baseballhelden David Ortiz.

FAKT!
Madden NFL 16 erhielt eine längst überfällige Ergänzung abseits des Spielfelds: Es war das **erste *Madden NFL*-Spiel mit weiblichen Zuschauern** auf der Tribüne.

LÄNGSTE SIEGESSERIE IM *MADDEN NFL 18* „GAUNTLET"-MODUS
Der „Gauntlet"-Modus wurde erstmals in *Madden NFL 15* (2014) eingeführt. Darin müssen Spieler endlose Offensiv- und Defensiv-Szenarien durchspielen, um zu sehen, wie weit sie kommen. Allerdings hat man nur vier Versuche, danach muss man von vorne beginnen. Bis zum 14. Febr. 2018 schaffte es Xbox-One-Gamer „KID KUDI WZRD96" durch 54 Level im „Gauntlet"-Modus von *Madden NFL 18* (verifiziert von *TrueAchievements*).

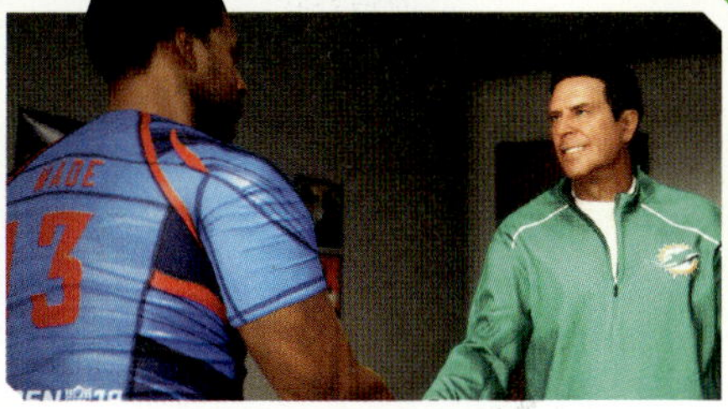

MEISTE SYNCHRONSPRECHER IN EINEM FOOTBALL-SPIEL
In der *Madden NFL 18*-Storykampagne „Longshot" spielen 23 Schauspieler mit. Spieler übernehmen die Rolle des Quarterbacks Devin Wade auf seinem Weg in die NFL. Wade wird von J. R. Lemon gesprochen. Auch der ehemalige Miami Dolphins Quarterback Dan Marino (USA) hat einen Auftritt. Es ist das erste *Madden*-Spiel mit diesem Modus, den man aus *FIFA 17* (EA) „The Journey" kennt.

GAMING GOLD

Takedown
Kurz nach der Veröffentlichung von *ESPN NFL 2K5* (2004) konnte sich EA die Exklusivrechte der NFL für ihre *Madden*-Spiele sichern – Touchdown!

Seltenste *Madden NFL 18*-Trophäe
Bis zum 14. Febr. 2018 erspielten laut *PSNProfiles* nur 0,6 % der PS4-Spieler die „Tom Brady Legacy Trophy", für die man mit einem selbsterstellten Spieler, Coach oder Besitzer einen „Legacy Score" von 27.000 erreichen muss.

FANTASY-SPORT

Wieso sollte man sich von Gesundheits- und Sicherheitsbedenken, physikalischen Gesetzen oder Technologien in seinen Sportarten zurückhalten lassen? Auf den Spielfeldern des Fantasy-Sports gibt es keine Beschränkungen – vor allem nicht beim Quidditch …

SCHNELLSTE ZEIT FÜR DREI KÖRBE MIT EINEM PUCK IN *ROCKET LEAGUE*

Dank der gnadenlosen Spielphysik und den unhandlichen Autos ist ein einziger Korb im Hoops-Modus von *Rocket League* schon eine Leistung. Doch YouTuber und *Rocket League*-Meister Ross „TommyT999" Thompson hatte 16 sec nach Anpfiff eines PS4-Matches schon drei Körbe erzielt. Noch eindrucksvoller ist, dass er es mit einem übergroßen Eishockey-Puck anstelle des Standard-Basketballs schaffte. Sein Versuch wurde am 5. Febr. 2018 von *Twin Galaxies* verifiziert.

BELIEBTESTES *ROCKET LEAGUE* …

Battle-Car
Der Octane (oben) war in den ersten beiden Jahren das meistgenutzte Battle-Car in *Rocket League*. Das gab Entwickler Psyonix während der Feier zum 2. Geburtstag im Juli 2017 bekannt.

DLC-Battle-Car
Der Dominus (oben) war laut Psyonix das beliebteste DLC-Battle-Car in den ersten beiden Jahren des Spiels. Das übertriebene Muscle-Car wurde im Aug. 2015 veröffentlicht.

Import-Battle-Car
Import-Karosserien können in Kisten gefunden oder mit anderen Spielern gehandelt werden. Laut Psyonix war der Octane ZSR (oben) das meistgenutzte Import-Battle-Car zwischen Juli 2015 und Juli 2017.

MEISTE VERLETZUNGEN IN *BLOOD BOWL II*

Im Fantasy-Football-Spiel *Blood Bowl II* gehört es zur Tagesordnung, seine Gegner plattzumachen. Für Teams wie die Zwerge, Orks und Untote (oben) lohnt es sich daher, mehr Muskel- als Gehirnmasse mit aufs Feld zu nehmen.

Der Trainer mit den meisten verursachten Verletzungen ist der Xbox-One-Spieler „Hero Jones9" (USA). Bis zum 5. Febr. 2018 verteilte er laut der Xbox-Statistikseite *TrueAchievements* 2.095 Verletzungen.

EUER NEUES LIEBLINGS-SPIEL

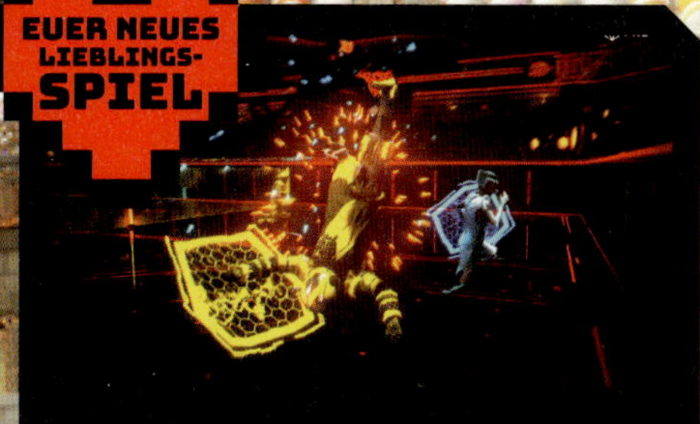

LASER LEAGUE

Plattformen: PS4, Xbox One, PC

In *Laser League* (Roll7) trifft *Speedball* auf *Tron*. In dem schnellen Arena-Sport versucht man, seine Gegner mit tödlichen Lichtmauern fertigzumachen. Zum Sieg führen die richtige Charakterklassen-Auswahl und das Einsetzen von Power-Ups.

FAKT!

Rocket League ist eigentlich eine Fortsetzung des etwas umständlich benannten *Supersonic Acrobatic Rocket-Powered Battle-Cars* von Psyonix, einem PS3-Exklusivspiel, das 2008 herauskam.

Schnellster Gewinn der Quidditch-Weltmeisterschaft
„NoBallzNoCookie" (F) konnte jubelnd den Quidditch-WM-Pokal, den ultimativen Preis für alle angehenden Hogwarts-Zauberer heben: Nach nur 34:19 min hatte er alle 18 Teams der PC-Version von *Harry Potter: Quidditch-Weltmeisterschaft* (EA) abserviert (verifiziert von Speedrun.com am 7. Okt. 2017). Eine magische Zeit!

Erstes Durchspielen von *Disc Jam* (PS4)
Virtual-Frisbee-Phänomen „Dan-Allen-Gaming" sammelte als Erster alle 12 Trophäen in *Disc Jam* (High Horse Entertainment) ein. Die futuristische Mischung aus Tennis und Frisbee meisterte er am 7. März 2017 – dem Tag der Veröffentlichung des Spiels – in Rekordzeit (verifiziert von *PSNProfiles*).

Langlebigste Fantasy-Sport-Videospielserie
Der 1988 von The Bitmap Brothers veröffentlichte futuristische Sportklassiker *Speedball* hat in 25 Jahren unzählige Remakes und Updates gesehen. Das aktuelle *Speedball 2 HD* ist das Remake des beliebtesten Spiels der Serie, *Speedball 2: Brutal Deluxe* (Erstveröffentlichung 1990). Weitere nennenswerte Titel sind *Speedball 2100* (Empire Interactive, 2000) für die PlayStation One – das erste Komplett-3D-Spiel der Reihe – und das Mobile-Spiel *Speedball 2: Evolution* (Tower Studios, 2011).

Schnellster Matchgewinn in *Mutant League Football*
Seid gewarnt, wenn ihr bei *Mutant League Football* (1993) für die Sega Genesis auf den Twitch-Streamer „TheCasualCleric" (USA) trefft. Mit den Maniac All-Stars besiegte er am 23. Juli 2017 die Sixty Whiners in nur 3:35 min (verifiziert von Speedrun.com). Seine moralisch fragwürdige Taktik war es, die Sixty Whiners so zu dezimieren, dass sie aufgeben mussten – aber hey, das entspricht alles den Regeln in EAs brutal-lustiger Anspielung an den American Football!

Erster *Blood Bowl II*-Weltmeister
Am 29. Juni 2016 holte sich „Guinness" (CDN) mit Razzle Dazzle Rootbear, seinem Echsenmenschen-Team, die *Blood Bowl II*-Weltmeisterschafts-Trophäe. Das Turnier wurde über drei Monate lang von mehr als 3.000 PC-Spielern ausgetragen. Im Finale standen sich Razzle Dazzle Rootbear und die Eshin Red Raiders von „Mallak" (B) gegenüber.

GAMING GOLD

MEDIC!!! Roboter, die verletzte Spieler vom Feld tragen, waren eine häufige Erscheinung in *Speedball 2* (Image Works, 1990).

MOTORSPORT

SPORT

Ladies und Gentlemen, startet die Motoren! Wer mit Vollgas und hohen Drehzahlen von der Pole-Position auf die schwarz-weiß karierte Zielflagge zufahren will, der ist bei den Rennspielen und den professionellen Fahrern auf diesem exklusiven Podium hier in bester Gesellschaft …

SCHNELLSTE DREI RUNDEN AUF DEM DEEP-WATER-CROSS-COUNTRY-KURS IN *FORZA HORIZON 3*

„Barthax" (GB), alias Andrew Peter Mee, ist der richtige Mann für rasante Mitfahrgelegenheiten. Eine von seinen zahlreichen Rekordzeiten in *Forza Horizon 3* fuhr „Barthax" auf dem Deep-Water-Cross-Country-Rundkurs in Byron Bay ein: Er raste in nur 2:30,184 min dreimal über die gesamte Strecke und ließ seine Konkurrenten im Staub zurück (verifiziert von *Twin Galaxies* am 6. Sept. 2017).

GOLD GAMING

Startaufstellung *Indianapolis 500: The Simulation* (EA, 1989) war das **erste 3D-Polygonen-basierte Rennspiel.** Die Grafik schaffte 200-Runden-Rennen mit 33 Autos.

Meiste aufgezeichnete Rundenzeiten einer *PROJECT CARS 2*-Strecke
Bis zum 5. Febr. 2018 war der Red Bull Ring (A) unter den Fans der Rennsimulation von Bandai Namco mit 9.129 aufgezeichneten Rundenzeiten die beliebteste Strecke (verifiziert von www.pcars.13ms.de). Dahinter folgte die Nordschleife des Nürburgrings (D) mit 9.075 Rundenzeiten.

Am schlechtesten bewertetes Spiel auf Steam
Flatout 3: Chaos & Destruction (Team6 Game Studios, 2011) konnte bis zum 2. März 2018 bei 1.629 Bewertungen auf Steam nur 11 % positive Wertungen verzeichnen. Damit hat es die fragwürdige Ehre, das am schlechtesten bewertete Spiel mit mindestens 500 Bewertungen zu sein. „Was soll dieser Müll?", fragte ein frustrierter Gamer.

Meiste Twitter-Follower eines Rennspiels
Der *Need for Speed*-Twitter-Account von EA hatte bis zum 2. März 2018 646.739 Follower. Damit lag er weit vor anderen beliebten Rennspielen wie Microsofts *Forza Motorsport* (240.000) und Bandai Namcos *Project CARS* (60.000).

Höchster *Forza Motorsport 7*-Fahrerlevel
Am 15. März 2018 hatte „HLR PRKid" (USA) einen Fahrerlevel von 1.838 in Microsofts Rennspiel von 2017 – laut *TrueAchievements* der höchste Level eines Xbox-One-Gamers.

EUER NEUES LIEBLINGS-SPIEL

ONRUSH
Plattformen: PS4, Xbox One, PC
Das neue Rennspiel von Codemasters pfeift auf Sicherheitsgurte und drückt richtig auf die Tube. Freut euch auf acht Fahrzeugtypen, mit denen ihr Chaos und Verwüstung anrichten könnt. Alte *Motor Storm*-Fans werden voll auf ihre Kosten kommen.

Meiste lizenzierte Motorräder
Dank acht kostenloser DLC-Packs konnten Zweirad-Junkies bis zum 28. Febr. 2018 in *Ride 2* (Milestone, 2016) auf 240 originalen Motorrädern Gas geben.

74 PUNKTE

Brendon Leigh (GB) wurde am 25. Nov. 2017 der **erste F1-eSport-Series-Champion,** wie der Veranstalter verkündete. Mit einem dramatischen Überholmanöver in der Finalrunde des dritten Rennens holte er sich den Gesamtsieg.

LANGLEBIGSTES PLAYSTATION-FRANCHISE

Von der ersten *Gran Turismo*-Veröffentlichung in Japan am 23. Dez. 1997 bis zum Release von *Gran Turismo Sport* am 17. Okt. 2017 versorgte Sony die zahllosen Fans der bahnbrechenden, PlayStation-exklusiven Rennsimulation 19 Jahre 298 Tage lang mit ordentlichen Adrenalinkicks. Die meisten Spiele der Serie waren absolute Megahits; das **meistverkaufte *Gran Turismo*-Spiel** war am 1. März 2018 *Gran Turismo 3: A-spec* (2001) für die PS2 mit 14,98 Mio. Verkäufen (verifiziert von *VGChartz*). Es lag vor *Gran Turismo 4* (2004) für die PS2 mit 11,66 Mio. Verkäufen und dem Originalspiel für die PS1 mit 10,95 Mio. Verkäufen.

Teuerstes Videospiel-Paket
Die einzige *GRID 2: BAC Mono Edition* (Codemasters) wurde im Mai 2013 vom britischen Spiele-Händler GAME für 104.337 EUR zum Verkauf angeboten. Sie enthielt eine PS3, das Spiel, einen Rennanzug … und einen echten BAC-Mono-Rennwagen! Das Paket schnappte sich „DJ deadmau5" (CDN).

FAKT!
Das TGT-Lenkrad von Thrustmaster für die PS4 und den PC kam im Okt. 2017 zeitgleich mit *Gran Turismo Sport* (Sony, 2017) in die Läden und kostete mächtige 799,99 EUR.

MARIO KART

Mit seiner perfekten Mischung aus Cartoon-Optik, berühmten Charakteren, fabelhaften Power-Ups und einer guten Portion Spaß schafft es *Mario Kart*, sogar die muffeligsten Nicht-Gamer an die Konsolen zu locken. Schnallt euch an und gebt acht auf diese schrecklichen Bananenschalen!

MEISTE SPIELBARE CHARAKTERE IN EINEM KART-RENNSPIEL

Mario Kart 8 Deluxe (Nintendo, 2017) powerdriftete mit 42 spielbaren Charakteren auf die Switch (ohne die verschiedenen Varianten einiger Charaktere). Es enthält alle Rennfahrer aus *Mario Kart 8* (2014) für die Wii U, dazu Bowser Jr., Knochentrocken und König Buu Huu sowie zwei neue Charaktere aus der *Splatoon*-Serie (Inkling-Junge und -Mädchen).

Ein ganz besonderer Charakter muss allerdings erst freigespielt werden. Für den ganz aus Edelmetall gegossenen Gold-Mario muss man alle 12 Cups in der 200ccm-Klasse gewinnen. Viel leichter gesagt als getan!

12 TROPHÄEN

Florent Lecoanet (F) hat die **meisten *Super Mario Kart*-World-Championship-Trophäen** gewonnen. Nach seinem Sieg im Battle-Mode-Turnier bei den World Championships 2017 hatte er acht goldene und vier silberne Trophäen. Weitere Wettbewerbe fanden in Time Trial, 150cc Grand Prix und Match-Race-Showdowns statt.

Geister-Geheimnis
Die erste *Mario Kart*-Abkürzung war auf der „Geistertal 1"-Strecke in *Super Mario Kart* (1992) zu finden. Ein geschickter Sprung konnte die Strecke extrem verkürzen.

SCHNELLSTES DURCHSPIELEN VON *MARIO KART 64* (ALLE CUPS)

Die zwei schnellsten *Mario Kart 64*-Fahrer trennt nur der Bruchteil einer Sekunde voneinander. Am 16. Febr. 2016 beendete „abney317", alias Beck Abney (USA), im N64-Klassiker von 1996 einen All-Cups-Run ohne Abkürzungen in nur 38:71,41 min. „MR" (D) landete am 11. Febr. 2018 mit 38:37,60 min nur 0,19 sec dahinter!

FAKT!
Laut einer Nintendo-UK-Onlineumfrage im April 2017 ist der „Regenbogen-Boulevard" die beliebteste Strecke in *Mario Kart 8*. Mit 59 % aus 3.700 Stimmen setzte sie sich gegen die „Hyrule-Piste" durch.

Erstes Virtual-Reality-Kart-Rennspiel
Mario Kart Arcade GP VR für die HTC Vive wurde am 14. Juli 2017 in der VR Zone Shinjuku in Tokio (J) vorgestellt. Spieler traten im VR-Pilz-Königreich mit Mario, Luigi und Co. an.

Schnellster Run im 150cc-Mushroom-Cup
„DangerMoll" (GB) beendete den 150cc-Mushroom-Cup der japanischen *Super Mario Kart*-Version am 3. März 2018 nach nur 7:43 min. Und war damit trotzdem nicht zufrieden!

Bestbewertetes Kart-Rennspiel
Bis zum 29. März 2018 stand *Mario Kart 8 Deluxe* mit 92,39 % bei 52 Bewertungen auf *GameRankings*. Das Switch-Spiel verdrängte *Crash Team Racing* (Sony), das seit 1999 mit 91,78 % bei 32 Bewertungen an der Spitze stand. Ein Rezensent beschrieb *Mario Kart 8 Deluxe* zusammenfassend als „ein absolut fantastisches Rennspiel".

Langlebigstes Rennspiel-Turnier
Die *Super Mario Kart* World Championships fanden 2017 zum 16. Mal statt, diesmal vom 15.–19. Aug. 2017 in La Suze-sur-Sarthe (F). Das erste Event 2002 hatte nur 16 Teilnehmer; 2017 kämpften 54 Rennfahrer aus 11 Nationen um einen Platz auf dem Treppchen. 2018 wird das Turnier vom 14.–18. Aug. in Alphen aan den Rijn (NL) ausgetragen.

Schnellster „Regenbogen-Boulevard"-Run in *Mario Kart 8 Deluxe* (200cc)
Am 2. Nov. 2017 schaffte „flc", alias Jeremy Kyle (AUS), die kunterbunte und äußerst anspruchsvolle Rennstrecke in nur 1:33,751 min.

Meistverkauftes Rennspiel für die Nintendo Switch
Laut *VGChartz* wurde *Mario Kart 8 Deluxe* bis zum 29. März 2018 6,95 Mio. Mal verkauft. Es ist das zweitmeistverkaufte Switch-Spiel aller Zeiten und liegt nur noch hinter Nintendos *Super Mario Odyssey* (8,28 Mio. Verkäufe).

Schnellster „Schoko-Sumpf"-Run mit Abkürzung in *Mario Kart 64*
Am 29. Okt. 2017 nutzte Beck Abney (USA) einen Turbo-Pilz-Sprung, um fast die gesamte „Schoko-Sumpf"-Rennstrecke zu überfliegen. Er beendete die drei Runden in nur 16,38 sec. „Das war's!", rief er begeistert.

FUßBALL

SPORT

Der Jubel beim Titelgewinn, die Angst vor dem Abstieg und die Verzweiflung in der Relegation – all diese Emotionen des realen Fußballs lassen sich auch in Videospielen erleben. Und genau darum passen Gaming und Fußball einfach perfekt zusammen …

LÄNGSTES SPIEL IN *FOOTBALL MANAGER*

Der Stress und die Belastung eines echten Trainerpostens kann einen um Jahre älter aussehen lassen. Auf der virtuellen Trainerbank lebt es sich da entschieden leichter: Bis zum 22. Nov. 2017 spielte Michał Leniec (PL) 221 In-Game-Jahre lang *Football Manager 2016* (verifiziert vom Entwickler Sports Interactive). Michał (Bild) ist im echten Leben ein Fan von Lech Posen. Im gesamten Spielverlauf war er der Manager seines Lieblingsvereins, übernahm nebenbei noch 35 internationale Rollen und gewann beachtliche 207 nationale Titel. Sein In-Game-Manager war 258 Jahre alt! Michał spielte 14.381 Spiele, davon gewann er 10.997 und verlor nur 1.720. Das ist eine Siegquote von 76 %.

TEUERSTES FUßBALL-VIDEOSPIEL

Das Gerücht, dass es nur noch weniger als zehn Exemplare von *The Ultimate 11: SNK Football Championship* (SNK Playmore, 1996) gäbe, brachte ihm einen eBay-Preis von 10.000 USD (8.346 EUR) ein. CNN berichtete am 3. Jan. 2011 darüber und nannte es ein „Muss für jeden Sammler".

€176.664

Weit in der Nachspielzeit schoss Guilherme „GuiFera" Fonseca (Bild) das entscheidende Tor und gewann die *Pro Evolution Soccer 2017* World Finals. Bis zum 1. Febr. 2018 spielte Fonseca in nur drei *PES*-Turnieren mit, war jedoch eSportsearnings.com zufolge der **bestverdienende *Pro Evolution Soccer*-Spieler.** Von den insgesamt 176.664 EUR Preisgeldern in 2016 und 2017 stammt ein Großteil (166.939 EUR) von diesem Sieg im Juni 2017 über Ettorito Giannuzzi (I) im Emirates Stadium in London (GB), der Heimat des FC Arsenal. Das versöhnte ihn sicher mit seiner Niederlage im Finale 2016.

Erstes Fußball-Videospiel mit Spielerinnen
Michael Owen's WLS 2000 (THQ) wurde für den US-Markt in *Mia Hamm Soccer 64* umbenannt. Das nach der amerikanischen Spielerinnenlegende und zweimaligen Weltmeisterin benannte Spiel bot 18 US-Teams, 32 Nationalmannschaften und ein Spielerinnen-All-Star-Team. Außerdem wurde das Game für die **erste weibliche Kommentatorin in einem Fußball-Videospiel** bekannt. Die ESPN-Expertin und ehemalige US-Stürmerin Wendy Gebauer kommentierte das Spielgeschehen.

Erstes Spiel mit simuliertem Brexit
Im *Football Manager 2017* (Sega/Sports Interactive) gibt es diverse Szenarien rund um Großbritanniens Ausstieg aus der EU. Besonders betroffen sind Transfergeschäfte britischer Klubs und der Zuzug ausländischer Spieler. Das Spiel wurde am 4. Nov. 2016 veröffentlicht, sodass die Entwickler auf mögliche Veränderungen durch das Brexit-Referendum (23. Juni 2016) eingehen konnten.

Erster realer Fußballer auf einem Videospiel
Das 1980 für den Atari 2600 veröffentlichte *Pelé's Soccer* (Atari) wurde von der brasilianischen Stürmerlegende unterstützt und zeigte ihn auch auf dem Cover. Das Spiel mit der Top-Down-Perspektive war für damalige Verhältnisse sehr überzeugend, obwohl nur vier Spieler pro Seite auf dem Platz standen. Pelé selbst war nicht im Spiel vertreten, aber er warb dafür im brasilianischen Fernsehen.

Erstes Fußball-Videospiel mit Lizenz einer echten Liga
Das nach der ehemaligen North American Soccer League (NASL) benannte *NASL Soccer* (Mattel, 1979) war ein 2-Spieler-Game für die Intellivision-Konsole. Es zeigte erstmals die Seitenansicht-Perspektive, die alle kommenden Fußballspiele inspirierte.

FAKT!
Straßenfußball gibt es schon seit den 1980er-Jahren in Videospielen. *Street Sports Soccer* (Epyx) und *Street Soccer* (Codemasters) wurden 1988 veröffentlicht und waren die **ersten Straßenfußball-Spiele.**

GAMING GOLD

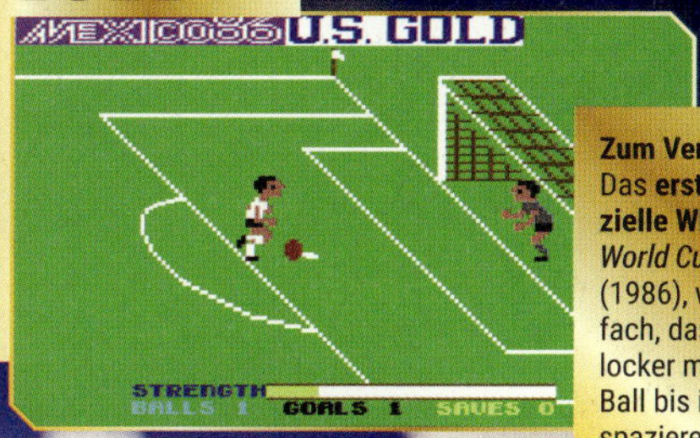

Zum Vergessen
Das **erste offizielle WM-Spiel,** *World Cup Carnival* (1986), war so einfach, dass Spieler locker mit dem Ball bis ins Tor spazieren konnten!

ERSTE FUSSBALL-VIDEOSPIELE

1973 wurden drei Arcade-Fußball-Videospiele veröffentlicht: *Soccer* (Taito, links), *Super Soccer* (Allied Leisure Industries) und *Soccer* (Ramtek). Obwohl sie *Pong* (1972) in Sachen Grafik und Joystick-Steuerung viel zu verdanken hatten, waren es diese Spiele, die den Fußball in der Gaming-Welt voranbrachten.

Meiste Videospiel-Coverabbildungen eines Fußballspielers
Bis zum Sept. 2017 war Lionel Messi (RA) auf 10 Fußballspielen von *FIFA* (EA) und *PES* (Konami) zu sehen. *PES 2009, PES 2010, PES 2011, FIFA Street, FIFA 13, FIFA 14, FIFA 15, FIFA 16, PES 2017* und *PES 2018: Legendary Edition*. Die Top 10 der *FIFA*-Coverabbildungen findet ihr auf S. 150-51.

SPORT

FIFA

25 Jahre voller Tore, Paraden, Freistöße und zweifelhafter Schiedsrichterentscheidungen – die *FIFA*-Serie ist und bleibt ein Gaming-Phänomen. Und auch wenn der fabelhafte Cristiano Ronaldo das Cover von *FIFA 18* schmückt, ist der eigentliche Star der Serie das Gameplay.

BESTBEWERTETER *FIFA 18*-SPIELER

Cristiano Ronaldo ist es gewohnt, auf den echten Fußballplätzen die wichtigsten Tore zu schießen. Es scheint so, als kann er das ebenso gut in *FIFA 18*. In einer spektakulären Wende stand plötzlich der portugiesische Superstar als **bestbewerteter Fußballspieler in *FIFA 18*** vor der brasilianischen Legende Pelé. Wie er das schaffte? Zur Veröffentlichung von *FIFA 18* hatte die Ultimate Team (FUT)-Karte von Pelé – auf dem Höhepunkt seiner Karriere bei der WM 1970 – eine Bewertung von 98 %. Damit war er der bestbewertete Spieler, knapp vor Ronaldo mit 94 %. Am 17. Jan. 2018 stellte EA allerdings sein FUT-Team des Jahres vor. Jeder Spieler darin erhält eine neue FUT-Karte, die seinen Leistungen in der Saison 2017/18 angepasst ist. Ronaldo erhielt dabei den größten Schub und sprang mit seiner Bewertung auf 99 %. Im selben Update zog auch Ronaldos La-Liga-Rivale Lionel Messi (RA) mit Pelé auf 98 % gleich.

ERWEITERTES FRANCHISE

Der fiktive Fußballheld Alex Hunter (links) aus *FIFA 17* und *18* hält den Rekord für die **meisten Twitter-Follower eines fiktiven Fußballspielers.** Der virtuelle Sportler hatte am 8. März 2018 58.000 Follower.

3.262.457.861

Am 9. März 2018 hatte Harry „W2S" Lewis (GB) mit 3.262.457.861 Aufrufen den **meistgesehenen *FIFA*-Videospiel-Kanal auf YouTube** und zugleich den ***FIFA*-Kanal mit den meisten Abonnenten:** 12.060.986.

GAMING GOLD

Kane kann es?
Harry Kane unterbricht sein In-Game-Interview in *FIFA 17* (2016) mit vielen „Äh"s. Lass doch lieber deine Füße sprechen, Harry!

FAKT!
Bis zum 29. Jan. 2018 konnten zwei Spieler jeweils zweimal den FIFA-Interactive-World-Cup-Titel gewinnen: Bruce Grannec (F) 2009 und 2013, und Alfonso Ramos (E) in 2008 und 2012.

203 LÄNDER

Die Käufer von *FIFA Fussball-Weltmeisterschaft Brasilien 2014* (EA) konnten mit 203 Nationalmannschaften spielen. Der WM-Videospiel-Ableger bot damit die **meisten Länder in einem Sportspiel.** Anders als in vorherigen WM-Spielen waren diesmal wirklich alle Mannschaften dabei, die bei den WM-Qualifikationen mitgespielt hatten. Das bedeutete, dass noch mehr Fans aus den verschiedensten Ländern der Welt ihre Nationalmannschaft durch den gesamten Qualifikations-Prozess und sogar zur Weltmeisterschaft führen konnten. Insgesamt wurden unglaubliche 7.469 Spieler im Spiel verewigt.

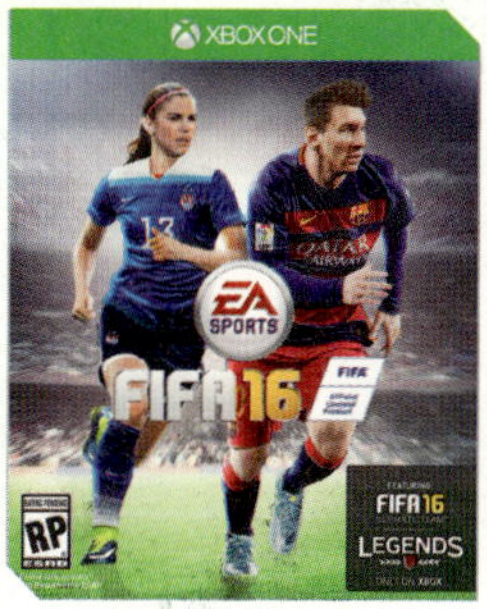

ERSTER WEIBLICHER *FIFA*-COVER-STAR

Nach einer Online-Abstimmung wurden die beliebtesten Spielerinnen der USA, Kanadas und Australiens neben Lionel Messi auf Regionalcovern von *FIFA 16* abgebildet. In Kanada war das Christine Sinclair, in Australien Steph Catley. In den USA erhielt Alex Morgan (oben), die Weltmeisterin von 2015, die Ehre.

Schnellstes Durchspielen von „The Journey" in *FIFA 17*
„The Journey" war ein revolutionärer neuer Story-Modus in *FIFA 17* (EA, 2016). Die Spieler übernahmen die Rolle des fiktiven Jungstars Alex Hunter (siehe links), der sich auf seinem Weg zur Spielfeld-Sensation den Feuerproben der englischen Premier League stellen musste. Mit Arsenal (aber als Leihgabe an Aston Villa, einen von drei Championship-Clubs des Modus) beendete „hcarter57" (GB) das Spiel am 9. Aug. 2017 in 2:46:40 h (verifiziert von Speedrun.com).

Niedrigst-platzierte Mannschaft mit einer Gesichtserfassung für ein *FIFA*-Spiel
Die Forest Green Rovers beendeten die Saison 2016/17 auf Platz drei der englischen National League – Platz 95 im gesamten englischen Ligasystem – und durften ihre Gesichter für *FIFA 18* ablichten lassen. Das Team aus Gloucestershire stieg in die League Two auf und war nicht nur die am niedrigsten platzierte Mannschaft, deren Gesichter je in EAs Sport-Serie verewigt wurden, sondern auch das einzige Team, dem diese Ehre zuteilwurde, das kein europäischer Top-Verein war. *FIFA* zollte damit dem ersten Aufstieg des Clubs in den englischen Profifußball nach 128 Jahren Anerkennung.

Schnellstes Erreichen aller Bronze-Medaillen in *FIFA 18*
Am 16. Jan 2018 raste „Pookster007" (GB) in nur 8:49 min durch alle Bronze-Trainingslevel in *FIFA 18* (verifiziert von Speedrun.com). Durch das Training verbessert man alle Fähigkeiten, vom Dribbling über Abwehr bis zur Torchancenverwertung. „Pookster007" verbesserte die Zeit von „NoComment" (D) um 2 sec.

SPORTSPIELE

SPORT

Was bleibt noch an Sportspielen, wenn Fußball, die NFL und der Motorsport ihre eigenen Doppelseiten haben? Eine ganze Menge! Wir zeigen euch Gaming-Spitzensportler, von den Helden der Winterolympiade bis hin zu den besten Hockey-, Basketball- und Baseballspielern.

SPEEDRUN-ABFAHRTEN

Im Dez. 2017 feierte Ubisoft die Olympischen Winterspiele 2018 mit *Steep: Road to the Olympics*, einem käuflichen Update für *Steep* (2016) für PS4, Xbox One und PC. Es enthielt neue Abfahrts- und Snowboardrennen, die gegen die Uhr gefahren werden konnten. Am 15. Febr. 2018 veröffentlichte Ubisoft Statistiken zu den schnellsten Gamern auf virtuellen Hängen. Passend zu seiner Herkunft aus einer Wintersportnation dominierte der Norweger „SNiiKx" ganze drei Events. Der PC-Gamer war der **Schnellste im Slalom** (50,577 sec), der **Schnellste im Riesenslalom** (2:22,899 min) und zu guter Letzt auch der **Schnellste im SuperG** (1:19,468 min). Der **Schnellste im Parallel-Riesenslalom** war Xbox-One-Gamer „Bonecrusher2D" (USA), der die Ziellinie nach 54,682 sec überquerte. PS4-Gamer „cocorider" (B) war der **Schnellste in der Abfahrt** und holte sich den ersten Platz mit einer Zeit von nur 1:54,899 min.

MEISTE ABBILDUNGEN AUF *MLB: THE SHOW*-COVERN

Seit 2012 produziert Sony länderspezifische Titelbilder für seine Major-League-Baseball-Spiele *MLB: The Show.* Bis zum 28. März 2018 war der in den USA spielende Pitcher Wei-Yin Chen (RC) auf allen fünf in Taiwan veröffentlichten Titeln seit *MLB 13: The Show* abgebildet.

Meistverkaufte Actionsport-Spielserie
Laut *VGChartz* wurde die *Tony Hawk's …*-Skateboard-Serie seit ihrer Veröffentlichung 1999 weltweit 54,91 Mio. Mal verkauft und lässt damit all ihre Rivalen weit hinter sich (Stand: 2. März 2018). Zum Vergleich: Die bekannte *SSX*-Snowboard-Serie von EA verkaufte sich seit ihrem Debüt im Jahr 2000 „nur" 10,13 Mio. Mal.

Höchster Kantersieg in *NBA 2K17*
Der spektakuläre, aber einseitige Kantersieg von Tristen Geren (USA) endete in einem 97:43. Er spielte in *NBA 2K17* (2K Sports, 2016) mit Team USA 2016 gegen den spanischen Club Laboral Kutxa Vitoria-Gasteiz und ließ seinen Gegner ganze 54 Punkte hinter sich. Den bemerkenswerten Erfolg schaffte er auf der Xbox One (verifiziert von *Twin Galaxies* am 12. Dez. 2016).

Bestbewertetes Rugby-Videospiel
Nach großem Gerangel konnte sich die PS2-Version von *Rugby* (EA, 2001) unter allen Spielen mit mindestens 20 Bewertungen als das am besten bewertete virtuelle Rugby-Spiel durchsetzen. Basierend auf 25 Bewertungen steht die Simulation mit 75,56 % auf *GameRankings* (Stand: 2. März 2018). Es liegt nur knapp vor den Seriennachfolgern *Rugby 08* (74,87 %) und *Rugby 2005* (74,5 %).

Bestbewertetes PC-Sportspiel
Am 2. März 2018 hatte das Basketball-Spiel *NBA Live 2000* (EA, 1999) 88 % aus 22 Bewertungen auf *GameRankings*. Dahinter folgten *PGA Championship Golf 2000* (87,77 %), *NHL 2001* (86,75 %), *Tony Hawk's Underground 2* (86,20 %) und *Worldwide Soccer Manager 2007* (85,80 %).

Langlebigste Baseball-Videospielserie
Die japanische *Family Stadium*-Spielserie (alias *Famista*) startete 1986. Als das aktuelle Spiel *Pro Yakyuu Famista Climax* (Bandai Namco) im April 2017 veröffentlicht wurde, lief die Serie bereits seit über 30 Jahren.

LANGLEBIGSTE PFERDERENNEN-VIDEOSPIELSERIE

Koei Tecmo war auf der Rennbahn seinen Rivalen stets eine Nasenlänge voraus. In den 25 Jahren zwischen dem Erscheinen von *Winning Post* (1993) und *Winning Post 8 2018* (2018) veröffentlichten sie ganze 33 Spiele.

Erstes Eishockey-Spiel mit spielbaren Maskottchen
In *NHL 18* (EA, 2017) konnte man im neuen 3-gegen-3-Modus mit Teammaskottchen gegeneinander antreten. Mit dabei waren Fin, das Maskottchen der Vancouver Canucks (links), und Nordy, das Maskottchen der Minnesota Wild mit der Rückennummer 18.001. Die Zahl ist eine Anspielung auf den Spitznamen der Mannschaft („Team der 10.000"), der sich auf die Stadionkapazität der Heim-Arena bezieht.

Erstes Basketball-Spiel mit Spielerinnen
In *NBA Live 18* (EA Sports, 2017) konnten es die Spielerinnen der Women's National Basketball Association (WNBA) erstmals so richtig krachen lassen. Im Spiel kommen alle Spielerinnen der insgesamt 12 Teams vor, inklusive einer der größten Basketball-Legenden, Cappie Pondexter (links), während ihrer Zeit bei den Chicago Sky.

GAMING GOLD

Die Stimme
Jim Hughsons Stimme begleitete EAs *NHL*-Serie von *NHL 97* bis *09*. Er war der **häufigste Kommentator einer Eishockey-Serie.**

FAKT!
Die NBA 2K League, gestartet in 2018, ist die **erste von einer etablierten Sportliga gegründete Pro-eSport-Liga.** Körbewerfende Gamer treten in *NBA 2K18* (2K Sports) gegeneinander an.

TOP 10

FIFA-COVER-ABBILDUNGEN

Seit ihrem Debüt 1993 zeigt die **meistverkaufte Fußball-Serie** von EA die weltbesten Talente auf ihren Covern, oft die nationalen Stars der jeweiligen Sprachausgabe des Spiels. Bis einschließlich *FIFA 18*, das im Sept. 2017 erschien, waren folgende Stars am häufigsten vertreten …

=7

DAVID ALABA
(A)

3 COVER

FIFA 14, 15, 16 (alle A)

=7

JAKUB BŁASZCZYKOWSKI
(PL)

3 COVER

FIFA 11, 12, 13 (alle PL)

=7

ROBERT LEWANDOWSKI
(PL)

3 COVER

FIFA 10, 14, 15 (alle PL)

=7

THIERRY HENRY
(F)

3 COVER

FIFA 2001 (F), *FIFA Soccer 2002* (F/GB), *FIFA Soccer 2004*

=5

BALÁZS DZSUDZSÁK
(H)

4 COVER

FIFA 09, 10, 12, 14 (alle H)

7

Die **meisten aufeinanderfolgenden *FIFA*-Cover-Auftritte**. Diesen Rekord teilen sich Wayne Rooney (GB) und Tim Cahill (AUS).

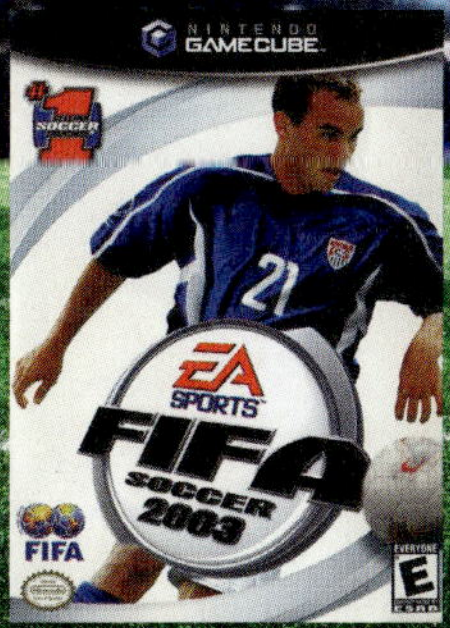

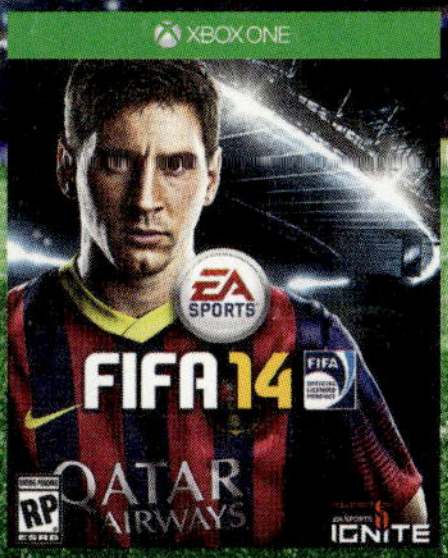

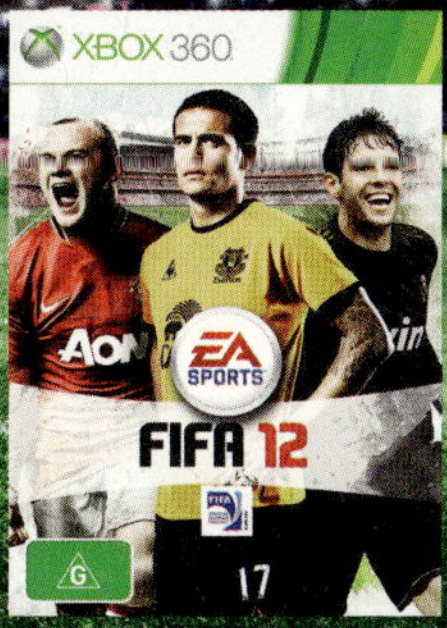

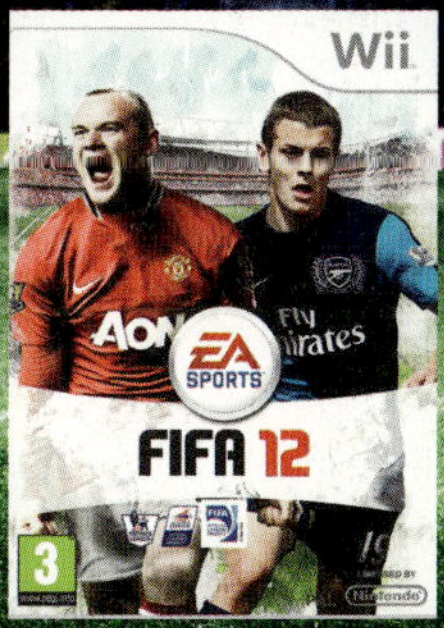

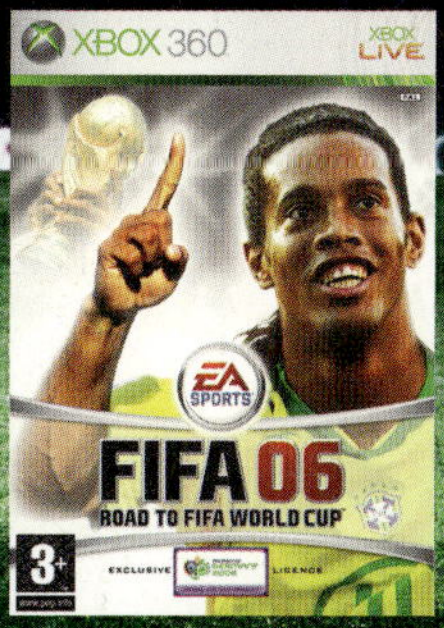

=5 LANDON DONOVAN
(USA)

4 COVER

FIFA Soccer 2003, FIFA 07, 11, 12 (alle USA)

4 LIONEL MESSI
(RA)

5 COVER

FIFA 13, 14, 15, 16, FIFA Street3

=2 TIM CAHILL
(AUS)

7 COVER

FIFA 10, 11, 12, 13, 14, 15, 16 (alle AUS)

=2 WAYNE ROONEY
(GB)

7 COVER

FIFA 06, 07, 08, 09, 10, 11 (diverse Regionen), *FIFA 12*

1 RONALDINHO
(BR)

9 COVER

FIFA Soccer 2004, FIFA 06: Road to FIFA World Cup, FIFA 06, 07, 08, 09, 10 (I), *FIFA Street, FIFA Street 3*

FIFA EWORLD CUP

Der FIFA eWorld Cup ist das **weltweit größte Onlinespiel-Turnier.** Das früher als FIFA Interactive World Cup (FIWC) bekannte Turnier hatte allein 2017 sieben Millionen Teilnehmer. Das Turnier wird von der FIFA und *FIFA*-Spielentwickler EA organisiert und den Gewinnern winken hohe Preise. Das Finale 2017 fand vom 16. bis zum 18. Aug. in London (GB) statt. Wir haben uns unter die zahlreichen Zuschauer, Trainer und virtuellen Fußballspieler gemischt und einen tollen Einblick in diesen faszinierenden eSport erhalten. Hier sind unsere Eindrücke …

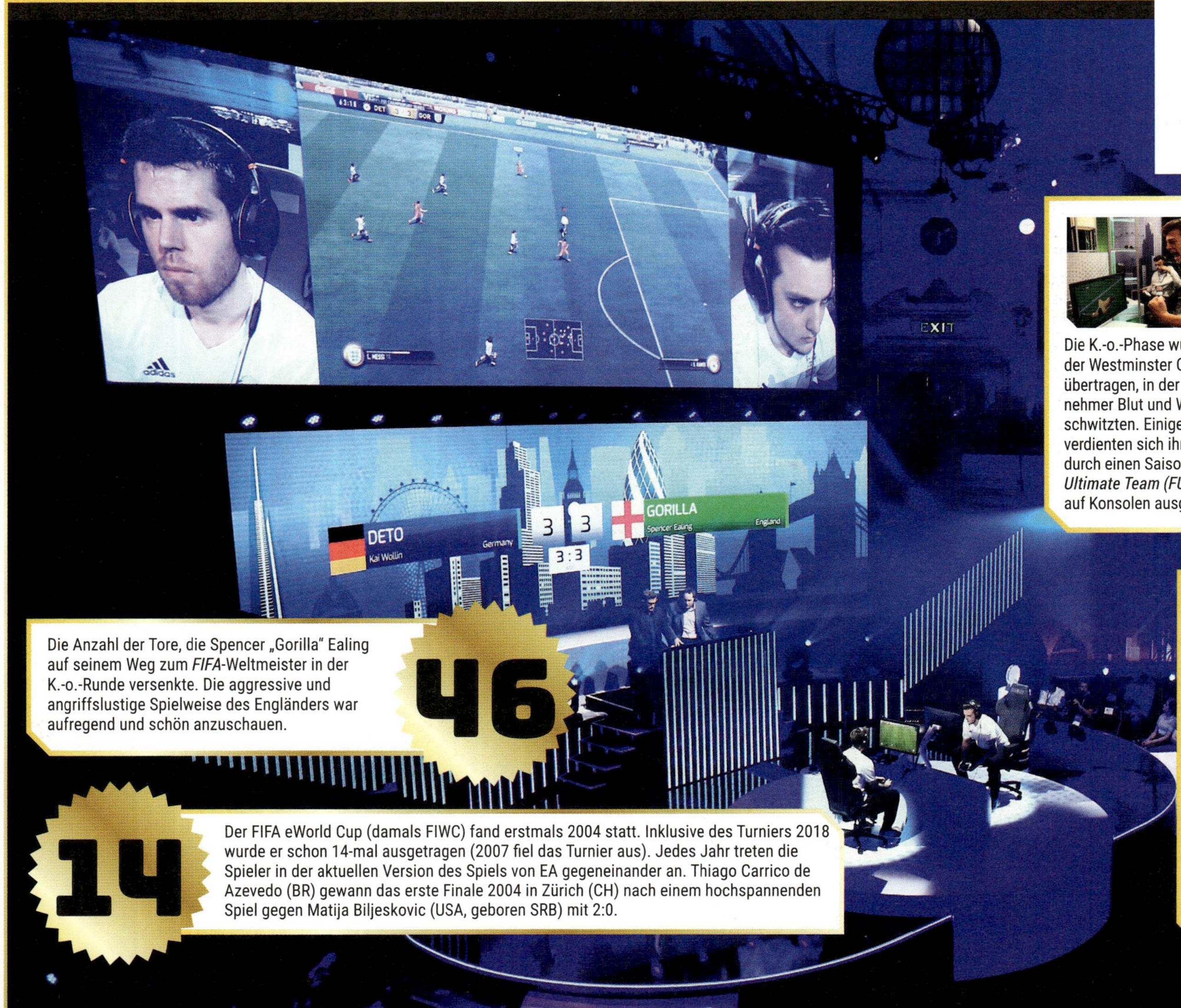

32

Die K.-o.-Phase wurde live aus der Westminster Central Hall übertragen, in der die 32 Teilnehmer Blut und Wasser schwitzten. Einige der Finalisten verdienten sich ihre Teilnahme durch einen Saisonsieg in *FIFA Ultimate Team (FUT)*, das online auf Konsolen ausgetragen wird.

Andere erreichten das Finale über Turniere, die von echten Profi-Vereinen wie Paris Saint-Germain, Ajax Amsterdam und VfL Wolfsburg veranstaltet wurden. Unter den Finalisten war auch Ahmed Al-Meghessib, der tatsächlich Fußballprofi in dem kleinen arabischen Staat Katar ist!

46

Die Anzahl der Tore, die Spencer „Gorilla" Ealing auf seinem Weg zum *FIFA*-Weltmeister in der K.-o.-Runde versenkte. Die aggressive und angriffslustige Spielweise des Engländers war aufregend und schön anzuschauen.

14

Der FIFA eWorld Cup (damals FIWC) fand erstmals 2004 statt. Inklusive des Turniers 2018 wurde er schon 14-mal ausgetragen (2007 fiel das Turnier aus). Jedes Jahr treten die Spieler in der aktuellen Version des Spiels von EA gegeneinander an. Thiago Carrico de Azevedo (BR) gewann das erste Finale 2004 in Zürich (CH) nach einem hochspannenden Spiel gegen Matija Biljeskovic (USA, geboren SRB) mit 2:0.

TURNIERSIEGER

2004	Brasilien	2012	Spanien
2005	England	2013	Frankreich
2006	Niederlande	2014	Dänemark
2008	Spanien	2015	Saudi-Arabien
2009	Frankreich	2016	Dänemark
2010	USA	2017	England
2011	Portugal	2018	?

7:3

Nach der dreitägigen K.-o.-Phase standen sich 2017 Xbox-One-Champion Spencer „Gorilla“ Ealing (GB) und PS4-Gewinner Kai „Deto“ Wollin (D) im großen Finale gegenüber. Nach einem spannenden 3:3 auf der PS4 überrumpelte Spencer seinen Gegner mit 4:0 auf der Xbox und holte sich so den Sieg. Ein entscheidendes Tor schoss Spencer mit Ruud Gullit, der ihm lustigerweise später die echte Trophäe überreichte. „Jetzt bin ich wieder berühmt“, sagte der Niederländer. „Dank des Spiels kennen mich alle Kids.“

€223.700

So hoch war das Preisgeld im Turnier 2017. Davon gewann Spencer Ealing 166.940 EUR und war damit direkt der **bestverdienende *FIFA*-Spieler.** Bis zum 1. Dez. 2017 verdiente er in seiner Karriere laut *eSportsearnings* insgesamt 232.100 EUR. Vizeweltmeister Kai „Deto“ Wollin nahm 33.390 EUR mit nach Hause.

STIMMEN AUS DEM TURNIER …

„Wir Pro-Gamer werden bald auf einem Level mit Fußballern stehen. Ich denke, dass wir Stadien füllen werden mit Leuten, die uns *FIFA* spielen sehen wollen. *FIFA* ist für fußballvertraute Zuschauer sehr zugänglich, man weiß sofort, wie das Spiel funktioniert.“

Aman Seddiqi, FIFA-eWorld-Cup-2017-Finalteilnehmer

„Als ich mit *FIFA 15* erstmals an Wettkämpfen teilnahm, hatte ich keine Ahnung, wohin das führen würde. Meine Eltern verstanden es erst, als ich die ersten Siege einfuhr. Klar geht es auch um Geld, aber die Preisgelder waren damals noch nicht so hoch. [Meine Eltern] unterstützen mich und verstehen, was ich mache. Ich bin erst 20, werde also noch eine Weile spielen. Mein Hobby ist jetzt mein Job.“

Spencer „Gorilla“ Ealing über seine Karriere als *FIFA*-Pro-Gamer

„Mit 10 Jahren hätte ich nie gedacht, dass ich mal ein *FIFA*-Pro-Spieler sein würde. Aber es wäre mein Traum gewesen. Man muss hart dafür arbeiten, denn das Spiel verändert sich ständig. Den einen Tag trainiert man Flanken, den anderen Weitschüsse. Wenn man alles kann – Flanken, Verteidigen, Ballkontrolle – hat man gute Chancen, Pro-Gamer zu werden.“

Ratschläge von FIFA-eWorld-Cup-2017-Vizeweltmeister Kai „Deto“ Wollin an sein 10 Jahre altes Ich

SIMULATIONEN

Dachtet ihr in Freizeitparks schon mal, ihr könntet bessere Achterbahnen bauen? Oder wünscht ihr euch ein Stück Land zum Selberbewirtschaften? In Simulationsspielen kann sich jeder diese Träume erfüllen und dann die eigenen Errungenschaften in vollen Zügen genießen ...

SCHNELLSTE *STARDEW VALLEY*-HOCHZEIT (OHNE GLITCHES)

Wer sagt, dass Liebe Zeit braucht? Ganz sicher nicht PC-Spieler „Sam_Van_Dam“ (USA), der vom Spielstart bis zur Hochzeit mit einem *Stardew Valley*-Single nur 1:06 h brauchte. Das schaffte er am 6. Febr. 2008 ganz ohne Cheats oder Abkürzungen (verifiziert von *Speedrun*).

„Sam_Van_Dam“ umwarb seine zukünftige Braut mit Geschenken und üppigen Blumensträußen, und der schnelle Ausbau seines Hauses zeigte, dass er ein zuverlässiger Ehemann sein würde. Wie romantisch!

LEBENSSIMS

Wenn ihr gerne Menschen beobachtet, sind Lebenssimulationen genau das Richtige für euch. Und ganz egal, ob man eine ganze Stadtbevölkerung verwaltet oder die Feinheiten einer zwischenmenschlichen Beziehung ausbalanciert – stundenlange Unterhaltung ist garantiert.

MEISTE ERWEITERUNGEN FÜR EINE SPIELESERIE

Mit der Veröffentlichung des *Die Sims 4 Mein erstes Haustier-Accessoires*-Packs am 13. März 2018 erschien das 71. Erweiterungspaket der bahnbrechenden Lebenssimulation von EA. Die Serie startete 2000 mit *Die Sims* und wurde mit *Die Sims 2* (2004), *Die Sims 3* (2009) und *Die Sims 4* (2014) fortgesetzt. *Die Sims: Das volle Leben* war die **erste *Sims*-Erweiterung.** Sie erschien am 27. Aug. 2000 und benötigte das Grundspiel.

Eine der ungewöhnlichsten Erweiterungen war das *Gute Reise*-Pack (2007) für *Die Sims 2*. Darin konnten die Sims im Urlaub auf Bigfoot treffen. Und wer die *Jahreszeiten-* (2012) und *Traumkarrieren*-Pakete (2010) für *Die Sims 3* installiert hatte, konnte seine virtuellen Vorstädter mit Meteoriten bombardieren.

18 MINUTEN 32 SEKUNDEN

Schnellstes Anlocken von fünf Campern in *Animal Crossing: Pocket Camp*
Zeltplatz-Manager „groteworld" (USA) lockte in nur 18:32 min fünf glückliche Camper in der Apple-iOS-Version von Nintendos Sim an. „Etwas in den Menüs gepfuscht, aber fast perfekte Materialbesorgung", kommentierte er seinen Run am 2. Jan. 2018 auf *Speedrun*.

19 LEBENSSIMS

Die **meisten Spiele eines Lebenssimulations-Entwicklers** stammen von Will Wright. Der Mitgründer des Entwicklerstudios Maxis ist das Genie hinter den Erfolgsserien *Sim City* (1989) und *Die Sims* (2000). Er entwarf zudem *Sim Earth: The Living Planet* (1990), *SimAnt* (1991), *SimLife* (1992) und *Spore* (2008). Insgesamt war er an der Entwicklung von 19 Lebenssimulationen beteiligt.

ERWEITERTES FRANCHISE

Dem Trailer für *Everything* (Double Fine, 2017) gelang mit dem Jurypreis für Animation beim Vienna-Independent-Shorts-Filmfestival die **erste Qualifizierung eines Spieltrailers für eine Oscarnominierung**.

Bestbewertete Lebenssimulation auf Steam
Das warme Gefühl, das sich ausbreitet, wenn man sich in *Stardew Valley* (2016) um Pelican Town kümmert, spürt man auch auf Steam: Die Farm-Sim von Chucklefish hatte am 23. Febr. 2018 eine Nutzerwertung von 95,92 % auf der Plattform.

FAKT!

Adam Stevens und Vana Springers Liebe zu *Stardew Valley* ging so tief, dass er ihr im Spiel einen Heiratsantrag machte. Am 30. Dez 2017 entdeckte sie sein mit Tulpen gesätes „Marry Me?" und sagte Ja!

Schnellster Weltraumflug eines Mii in *Tomodachi Life*
Am 20. April 2018 schoss 3DS-Spieler „TheLagging Gamer" (USA) in der Handheld-Lebenssim von Nintendo einen seiner Miis nach nur 5:50:41 h in den Weltraum (verifiziert von *Speedrun*). Ein Mii-Weltraumausflug kostet 10.000 In-Game-Dollar. „Heilige Kuh, ein Wahnsinns-Run!", sagte er dazu. „Aber das geht auch noch schneller."

Meiste nutzergenerierte Inhalte für ein Videospiel
Passend zu den großen Ambitionen, die Will Wright für seinen Kreaturen-Editor *Spore* (EA, 2008) hegte, veröffentlichten die Spieler bis zum 12. März 2018 insgesamt 190.130.484 Kreaturen auf Sporepedia, der Online-Community des Spiels. Weit abgeschlagen dahinter liegt *LittleBigPlanet* (Sony, 2008) mit etwas mehr als 10 Mio. nutzergenerierten Leveln.

Meistgesehenes *Youtubers Life*-Video auf YouTube
Das Tycoon-Spiel *Youtubers Life* (U-Play Online) simuliert das Leben eines YouTubers. Als es im Mai 2016 erschien, war vorauszusehen, dass es bei tatsächlichen Spiele-Streamern auf Interesse stoßen würde. Bis zum 12. März 2018 hatte das Video „MOM STEALS MY COMPUTER!! | YouTuber's Life #2" von DanTDM, alias Daniel Middleton (GB), 7.380.703 Aufrufe. Eindeutig mehr als die 30.390 Zuschauer, die Middleton während seines Live-Streams verfolgten.

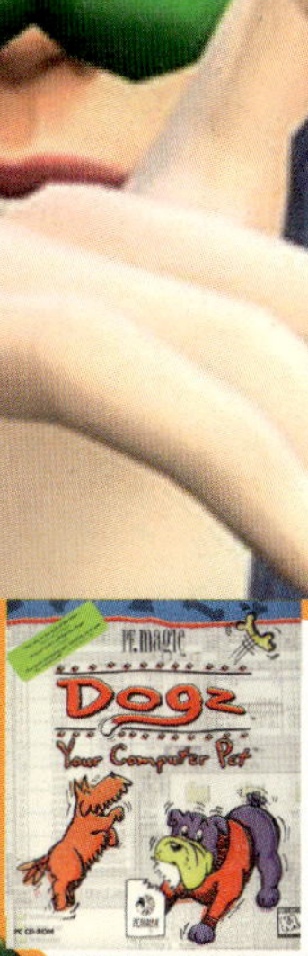

Langlebigste Lebenssimulations-Serie
Das *Petz*-Franchise veröffentlichte in 19 Jahren 55 Spiele. Es begann 1995 mit *Dogz: Your Computer Pet* (Virgin), 2014 erschien der aktuellste Titel *Petz – Tierisches Landleben* (Ubisoft). Allerdings kratzen die *Sims*-Spiele von EA schon am Rekord der scheinbar inaktiven *Petz*-Reihe.

FAHRZEUGSIMS

Egal um welche Art von Fortbewegungsmittel es geht, irgendwo arbeitet sicher gerade ein Entwickler an einer Sim dazu. Zu Flugzeugen, Zügen und Autos gesellen sich Transportmöglichkeiten wie Kampfschiffe und intergalaktische Raumschiffe.

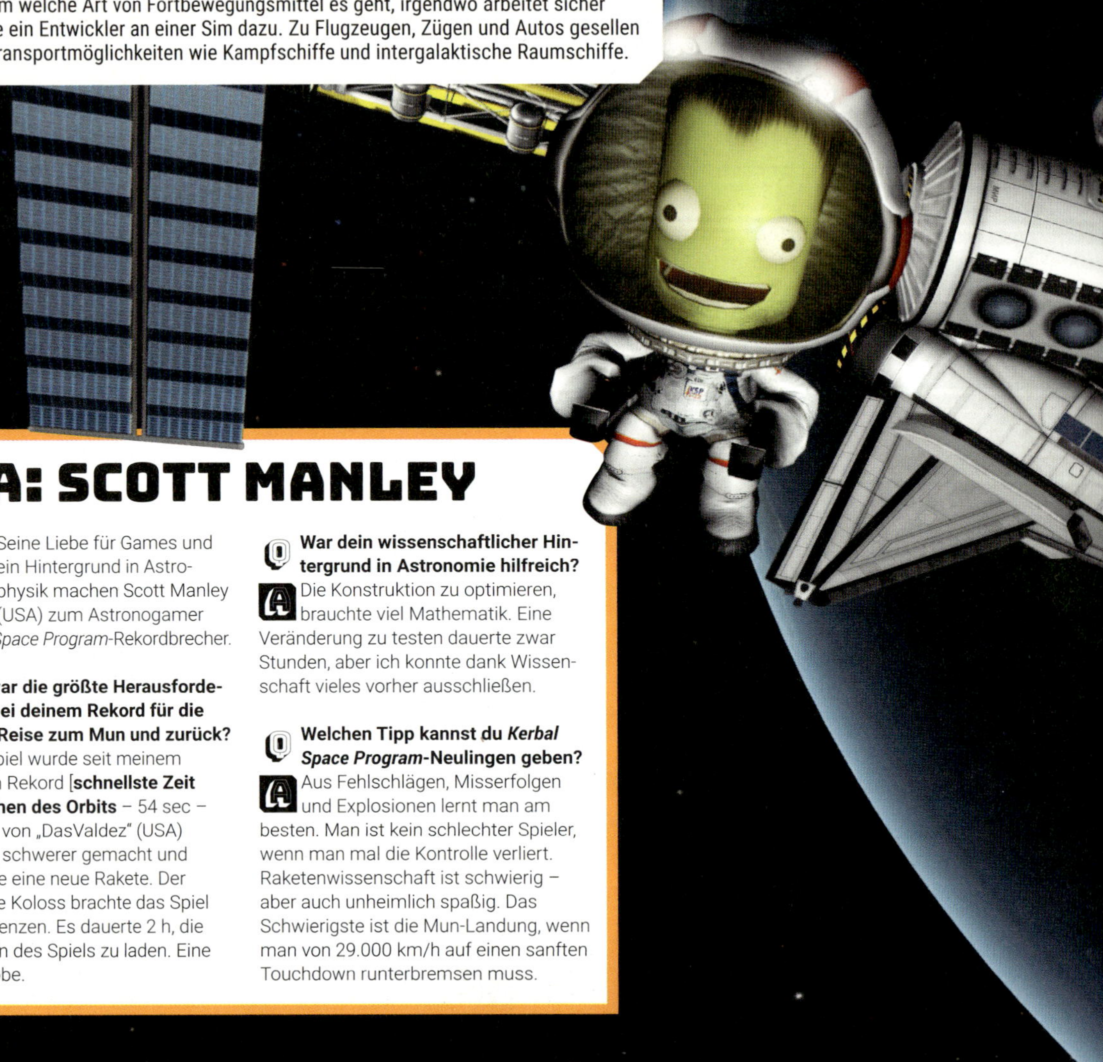

Q&A: SCOTT MANLEY

Seine Liebe für Games und ein Hintergrund in Astrophysik machen Scott Manley (USA) zum Astronogamer und *Kerbal Space Program*-Rekordbrecher.

Q Was war die größte Herausforderung bei deinem Rekord für die schnellste Reise zum Mun und zurück?

A Das Spiel wurde seit meinem letzten Rekord [**schnellste Zeit zum Erreichen des Orbits** – 54 sec – inzwischen von „DasValdez" (USA) gebrochen] schwerer gemacht und ich brauchte eine neue Rakete. Der 7.000-teilige Koloss brachte das Spiel an seine Grenzen. Es dauerte 2 h, die ersten 5 min des Spiels zu laden. Eine Geduldsprobe.

Q War dein wissenschaftlicher Hintergrund in Astronomie hilfreich?

A Die Konstruktion zu optimieren, brauchte viel Mathematik. Eine Veränderung zu testen dauerte zwar Stunden, aber ich konnte dank Wissenschaft vieles vorher ausschließen.

Q Welchen Tipp kannst du *Kerbal Space Program*-Neulingen geben?

A Aus Fehlschlägen, Misserfolgen und Explosionen lernt man am besten. Man ist kein schlechter Spieler, wenn man mal die Kontrolle verliert. Raketenwissenschaft ist schwierig – aber auch unheimlich spaßig. Das Schwierigste ist die Mun-Landung, wenn man von 29.000 km/h auf einen sanften Touchdown runterbremsen muss.

HÖCHSTE PUNKTZAHL IN *FTL: FASTER THAN LIGHT* ADVANCED EDITION

Joe Jackmovich (USA) schaffte in der Raumschiffsim von Subset Games auf der höchsten Schwierigkeitsstufe „hard" 5.847 Punkte (verifiziert von *Twin Galaxies* am 23. Juli 2016). Zwei Tage später bestätigte die Website Jackmovichs Rekord für die **höchste Punktzahl in *FTL* auf „Normal"** (5.275). Er hält auch den Rekord für die **höchste Punktzahl in *FTL* auf „Easy"**, mit 5.204 Punkten (Stand: 31. Jan. 2018).

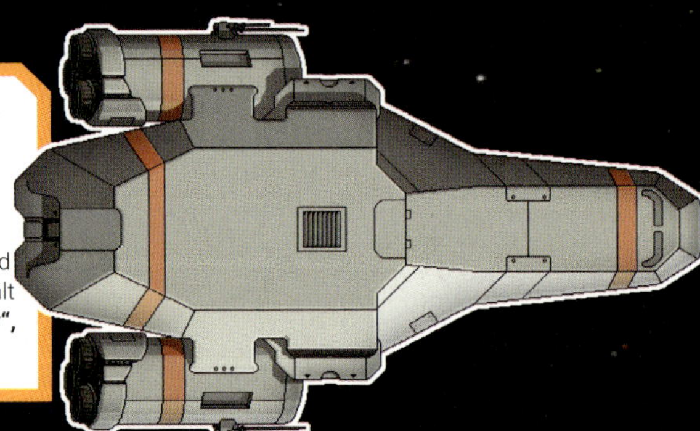

TEUERSTE DLCs FÜR EIN VIDEOSPIEL (GESAMT)

Für den im Nov. 2017 veröffentlichten, superdetaillierten *Train Simulator 2018: Steam Edition* (Dovetail Games) standen am 30. Jan. 2018 im Steam-Shop 420 separate DLC-Inhalte zur Verfügung. Für sämtliche Inhalte im Spiel müsste ein virtueller Zug-Enthusiast gut 5.500 EUR hinblättern. Und die Zugfahrer im echten Leben beschweren sich über steigende Bahnpreise!

SCHNELLSTE REISE ZUM MUN UND ZURÜCK IN *KSP*

Am 29. Nov. 2017 schaffte Scott Manley in der Raumfahrt-Sim *Kerbal Space Program* (Squad, 2015) den Rundflug zum Mun und zurück in nur 1:01:05 h In-Game-Zeit.

Den Rekord stellte er in der offiziellen PC-Version des Spiels auf (verifiziert vom Entwickler). Dazu baute er eine 7.000-teilige, 115.200 Tonnen schwere Rakete, die entscheidend für Start und Endgeschwindigkeit war. Das Gewicht entsprach etwa dem 42-fachen einer echten *Saturn V*-Rakete, die den ersten Menschen auf den Mond beförderte.

Am 10. Aug. 2017 stellte „Stratzenblitz75" mit schwindelerregenden 3.469 m/sec den Rekord für die **schnellste Landgeschwindigkeit in *Kerbal Space Program*** auf (verifiziert vom Entwickler). „Stratzenblitz75" musste dabei die Spielgrafik herabsetzten, damit die Geländetexturen mit seiner Geschwindigkeit mithalten konnten.

FAKT!

Das 1985 von CRL für den Amstrad CPC und ZX Spectrum entwickelte *Juggernaut* war der erste Versuch einer realistischen Lkw-Simulation. *Retro Gamer* nannte es „sehr clever", aber „frustrierend".

Größtes Schiff in *World of Warships*
Laut den historischen Fachberatern des MMOs *World of Warships* (Wargaming, 2015) ist das größte spielbare Schiff die *Großer Kurfürst*. Das deutsche Schlachtschiff der Stufe 10 ist 300,5 m lang. Es basiert auf einer für die deutsche Marine im 2. Weltkrieg konzipierten Schiffsklasse, die jedoch niemals gebaut wurde.

Älteste Truck-Simulationsserie
Die Entwickler von SCS Software (CZ) veröffentlichten vom 31. Aug. 2002 bis zum 6. Jan. 2011 acht Teile für ihre PC-Truck-Simulation *18 Wheels of Steel* – insgesamt 8 Jahre 128 Tage. Das erste Spiel war *Hard Truck: 18 Wheels of Steel* und der aktuellste Titel war *18 Wheels of Steel: Extreme Trucker 2*. Darin müssen Spieler extreme Lasten über unsichere Strecken durch Montana (USA), Bolivien, das Northern Territory (AUS) und Bangladesch befördern.

Seltenste Trophäe in *Professional Farmer 2017*
Bis zum 31. Jan. 2018 konnte sich noch kein Spieler die „Goldener Weizen und Berge von Korn"-Trophäe (für den Besitz aller Felder) auf der PS4-Version von *Professional Farmer 2017* (VIS, 2016) holen – die einzige Trophäe von insgesamt 18, die noch niemand besitzt. Die „Ich glaub' ich hab's"-Trophäe hat aber auch nur eine Erfolgsrate von 1,02 %.

Älteste Zug-Simulationsserie
Die 1996 in Japan entwickelte Zug-Simulation *Densha de Go!* („Fahr mit dem Zug!") ließ bis einschließlich Nov. 2017 ihre Spieler knapp 21 Jahre lang über virtuelle Bahnstrecken fahren. Im Sommer 2016 wurde anlässlich des 20. Jubiläums des Spiels ein riesiger Arcade-Automat vorgestellt (gebaut von Square Enix, die nach der Übernahme von Taito 2010 die Serie neu starteten).

130.766

Bis zum 31. Jan. 2018 war das **Simulationsspiel auf Steam mit den meisten Likes** der *Euro Truck Simulator 2* (SCS Software, 2012). Insgesamt gaben 130.766 Spieler den Daumen nach oben. Die nächste Simulation in der Liste war *Stardew Valley*, mit 83.266 positiven Bewertungen.

Größter realer Traktor in einem Videospiel
Im Mai 2017 wurde mit dem *Big Bud*-DLC der Big Bud 16V-747 zum *Landwirtschafts-Simulator 17* (2016) hinzugefügt. Er ist nicht nur der größte Gaming-Traktor, sondern auch der **größte Traktor** in der realen Welt. Er wurde 1978 in Havre, Montana (USA), gebaut, hat über 900 PS und wiegt 43 Tonnen. Jeder seiner acht Reifen hat einen Durchmesser von 2,4 m.

GAMING GOLD

Desert Bus
Das bewusst öde Penn-&-Teller-Spiel (1995) hatte bis 2017 540.000 EUR für eine Charity gesammelt, s. S. 94–95.

MANAGEMENTSIMS

Seit *SimCity* (1989) uns erstmals in die Rolle eines Bürgermeisters schlüpfen ließ, ist viel passiert. Wir bauten Gefängnisse, Krankenhäuser, Dino-Parks und sogar ganze Planeten – und beobachteten dann mit einer Mischung aus Grauen und Faszination, wie unsere Kreationen langsam zerfielen …

GRÖẞTER AUFSTAND IN *PRISON ARCHITECT*

Am 16. Dez. 2016 hatte der YouTuber „Toast Gaming" (USA) mit 10.065 heftig randalierenden Insassen in *Prison Architect* (Introversion Software, 2015) alle Hände voll zu tun. Was sollte man auch anderes erwarten, wenn man derart vielen Gefangenen jegliches Essen verweigert?

GOLD GAMING

Bowser-zilla!
Bowser sorgt normalerweise nur im Pilz-Königreich für Unruhe, doch 1991 tauchte er auch im SNES-Spiel *SimCity* auf und ließ dort ganze Stadtviertel in Flammen aufgehen.

MEISTE TWITTER-FOLLOWER EINER SIM

Bis zum 27. März 2018 hatte das Browserspiel *Kantai Collection* 1.381.710 Twitter-Follower. Der nur in Japan erhältliche Titel ist ein komplexes Ressourcen-Management- und Strategie-Spiel mit Kampfschiffen, die als weibliche Charaktere dargestellt werden (links). Mittlerweile gibt es auch eine beliebte Manga-Reihe sowie eine TV-Serie dazu.

Schnellster Any%-Run durch *Tropico 5*
Ein Staatsstreich muss jahrelang vorbereitet werden. „Naegleria" (CDN) schaffte es allerdings etwas schneller und beendete die PC-Version von *Tropico 5* (Kalypso Media, 2014) in nur 4:54:36 h (verifiziert von *Speedrun* am 3. Jan. 2017).

Längste Bauzeit für einen Park in *RollerCoaster Tycoon 2*
Sebastian Brendgen (D) verbaute in zehn Jahren 64.516 Elemente in seinem ultimativen (virtuellen) Freizeitpark. Bei der Eröffnung im Mai 2017 hatte der Park 34 Achterbahnen.

Meiste Mieteinnahmen in einem Jahr in *Constructor* (Xbox One)
Bis 19. April 2018 hatte „Pool 5hark" (GB) seinen Mietern in *Constructor* (System 3, 2017) in einem Jahr 1.700.561-In-Game-Dollar abgeknöpft. Er spielte die Neuauflage des Originals von 1997 und verdiente 941.912-Dollar mehr als sein nächster Rivale.

Beliebteste Mod für *Cities: Skylines*
Bis zum 27. März 2018 luden 944.806 Spieler die „Automatic Bulldoze"-Mod für *Cities: Skylines* (Paradox Interactive, 2015) von Steam herunter. Die Mod von „Sadler" erleichtert den Städtebau durch automatisches Abreißen ausgebrannter und verlassener Häuser.

Erster mit einer Managementsim erstellter Filmtrailer
2016 stellte „JustinBeiberIsPoop" mithilfe des *RollerCoaster Tycoon 2*-Editors den Filmtrailer zu *Bee Movie* (2007) nach. Mit Pixeln aus Bodenplatten „malte" er einzelne Bilder und fügte sie zu einem Stop-Motion-Video zusammen.

FAKT!
Bis zum 15. Dez. 2017 verlegten *Planet Coaster*-Spieler 10.737.423 km Achterbahn-Schienen, pflasterten 9.589.423 km Wege, stellten 60.638.930 Menschen ein und platzierten 19.503.061 Straßenlaternen.

Bestbewertete Managementsim auf Steam
Bis zum 27. März 2018 hatte die Sci-Fi-Simulation *RimWorld* (Ludeon Studios, 2013) eine Bewertung von 95,33 %. „Das Spiel ist fantastisch", beschrieb es ein Gamer. „Die Charaktere haben ihre eigenen Persönlichkeiten und verhalten sich wie echte Menschen."

MEISTE MANAGEMENT-SIMS ZU EINER FILMREIHE

Mit *Jurassic World Evolution* (Frontier Developments, 2018) gibt es bereits fünf Managementsims, die auf der berühmten Filmreihe basieren, an deren Anfang 1993 *Jurassic Park* stand.
Auf *Jurassic Park III: Park Builder* (2001) folgten *Jurassic Park: Operation Genesis* (2003), *Jurassic Park Builder* (2012) und *Jurassic World: Das Spiel* (2015).
Jurassic World Evolution wurde von den Filmen *Jurassic World* (2015) und *Jurassic World: Das gefallene Königreich* (2018) inspiriert. Im Spiel baut man einen Themenpark, entwirft Attraktionen und entscheidet, welche Dino-Spezies wo unterkommt. Dabei sollte man nie die Sicherheit des Parks vernachlässigen, denn wie wir aus den Filmen wissen, findet das Leben immer einen Weg ...

EUER NEUES LIEBLINGS-SPIEL

TWO POINT HOSPITAL
Plattform: PC
In Anlehnung an den ansteckenden Humor aus *Theme Hospital* (1997) kümmert man sich in *Two Point Hospital* (Sega) um Patienten mit den ungewöhnlichsten Leiden. Schon mal was von „frühzeitiger Mumifizierung" gehört?

2.042 JAHRE

Die computergesteuerten Besucher in *RollerCoaster Tycoon 2* (Infogrames, 2002) müssen die abgefahrensten Achterbahnen überstehen. Nehmt euch kurz Zeit und gedenkt Beverley P., die eines Tages in das gigantische Labyrinth von „RogueLeader23" (USA) spazierte und erst nach 2.042 In-Game-Jahren wieder herausfand. Es war die **längste Zeit zum Entkommen eines Labyrinths in *RollerCoaster Tycoon 2*.**

SURVIVING MARS

In *Surviving Mars* muss man so lange wie möglich auf dem roten Planeten überleben. Doch selbst unter den schützenden Atmosphäre-Kuppeln ist das Leben eurer Kolonisten ständig in Gefahr. Meteorschauer, Sandstürme und Kältewellen verwandeln eure Siedlung ganz schnell in eine Geisterstadt.

LEBEN AUF DEM MARS?

Eine Kolonie auf einem fremden Planeten aufzubauen, birgt viele Gefahren. Das belegen auch die Daten des *Surviving Mars*-Publishers Paradox Interactive. Bis zum 23. März 2018 hatten die Spieler 1.653.543 Kuppeln gebaut, um ihre Kolonisten vor der gefährlichen Mars-Atmosphäre zu schützen. Dabei ist der Sauerstoffmangel noch das geringste Problem. Extreme Witterungen können sogar die größten Kuppeln zerstören und das Leben Tausender Menschen bedrohen. Die **häufigste Naturkatastrophe in *Surviving Mars*** waren Meteorschauer, die insgesamt 660.770-mal vom Himmel regneten. Außerdem zeigen die Statistiken, dass einige Jobs besonders gefährlich sind. Der **tödlichste Beruf in *Surviving Mars*** war der des Astro-Geologen. Im Durchschnitt starben etwa 34 Weltraum-Gesteinsforscher pro Spiel bei der Ausübung ihres Berufs. Generell ist die Überlebensrate der Kolonisten eher mies. Von insgesamt 88.757.812 hoffnungsvollen Mars-Siedlern bis 23. März 2018 waren 37.132.812 (42 %) bereits verstorben. Die Todesrate in *Surviving Mars* liegt damit bei etwa 111 Kolonisten pro In-Game-Tag!

DER WEG DES PAZIFISTEN

Einige moderne Spiele, wie beispielsweise *Deus Ex*, können ganz friedlich durchgespielt werden, wenn die Spieler es so wollen. In den meisten Actionspielen muss man sich jedoch durch einen Haufen Bösewichter schlagen, schnetzeln und schießen ... oder geht es doch anders? Revolutionäre Gamer stellen mutig das Spieldesign auf den Kopf. Solche „Pazifisten-Speedruns" (alle verifiziert von Speedrun.com außer *Fallout 4*, dessen Run auf YouTube ist) haben das Ziel, Spiele so schnell wie möglich durchzuspielen und dabei so wenig NPCs wie möglich zu töten – Endbosse, die fürs Weiterkommen nötig sind, ausgenommen. Hier sind einige der besten und friedlichsten Beispiele. Peace!

00:14:48
HR MIN SEC

NINJA GAIDEN (1988)

Als Temco 1988 den NES-Adventure-Klassiker entwickelte, dachte man wohl kaum, dass Ryu Hayabusas Rachefeldzug (oben) auch gewaltlos vonstattengehen könnte. Doch der Pazifisten-Speedrunner „gusmancini" (USA) beendete am 13. Jan. 2016 das Spiel, ohne einen Gegner umzubringen (unvermeidbare Bosse ausgeschlossen) und ohne Gesundheits-Power-Ups oder Zeitstopper zu nutzen.

Bei seiner Friedensmission knöpfte sich der US-Gamer auch die Fortsetzungen vor. Am 26. Jan. 2016 schaffte er den **schnellsten Pazifisten-Speedrun durch *Ninja Gaiden II: The Dark Sword of Chaos*** (NES, 1990) in nur 14:31 min und am 17. Aug. 2014 erreichte er den **schnellsten Pazifisten-Speedrun durch *Ninja Gaiden III: The Ancient Ship of Doom*** (NES, 1991) in 17:42 min.

26:35:00
HR MIN SEC

FALLOUT 4 (2015)

Kyle Hinckley (USA), alias „The Weirdist", plante lange für einen Pazifisten-Speedrun auf der höchsten Schwierigkeitsstufe in Bethesdas RPG. Besonderer Ansporn dafür war eine Aussage des Game Directors, dass eine solche Spielweise nicht wirklich vorgesehen sei. Tatsächlich schaffte Hinckley am 19. Juni 2016 genau diesen Run. Um dabei ohne Kills im Spiel voranzukommen, hackte er Roboter, die seine Gegner attackierten, und nutzte Glitches aus, wodurch Feinde sich selbst zerstörten.

02:43:11
HR MIN SEC

DIABLO II: LORD OF DESTRUCTION (2001)

Gamer „blazer-flamewing" (CDN) fand den schnellsten gewaltfreien Weg durch das dämonische RPG vor Blizzard. Am 25. Juli 2017 beendete er als Paladin das Spiel, ohne einen Gegner direkt angegriffen zu haben. Er verwendete dazu dornenbesetzte Rüstung sowie weitere Gegenstände, die den teuflischen Angreifern automatisch Schaden zufügten.

00:05:13
HR MIN SEC

SALT AND SANCTUARY (2016)

PC-Speedrunner „Coppie" (SLO) schaffte in der 2D-Anlehnung an die *Souls*-Reihe von Ska Studios am 7. Aug. 2017 einen friedlichen Run durch die unheimliche Spielwelt. Zum Vergleich: Der Rekord für den **schnellsten Any%-Run durch *Salt and Sanctuary*** (auch von „Coppie") beträgt 4:30 min, während die schnellsten All-Boss-Runs etwa 30 min dauern.

00:32:01
HR MIN SEC

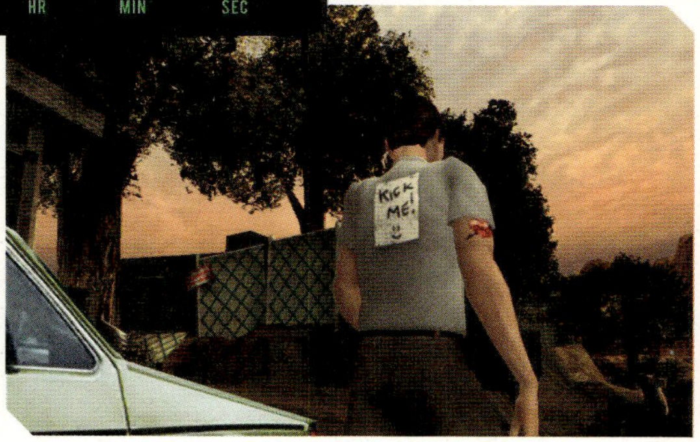

POSTAL 2 (2003)

Postal 2 von Entwickler Running with Scissors war nach seiner Veröffentlichung höchst umstritten. In der Kritik standen der äußerst schwarze Humor und das sinnlos brutale Rumgeballere. Trotzdem schaffte PC-Spieler „Lonne" (GB) am 6. Aug. 2017 den schnellsten gewaltfreien Run. Sein Erfolg wurde mit einer besonderen Bildschirmnachricht belohnt: „Danke fürs Spielen, Jesus!"

00:12:08
HR MIN SEC

WAY OF THE SAMURAI 3 (2008)

In Anerkennung des Ehrenkodexes der Samurai setzte „Kromer SR" (BR) eine neue Pazifisten-Bestmarke in dem feudalen RPG von Spike, in dem es über 100 Waffen gibt. Am 2. Okt. 2016 veröffentlichte er ein Video seines Erfolgs – „Way Of The Samurai 3 – Pacifist% in 12:08,761 (Console WR)" – auf YouTube. „Schneller als Bolt, friedlich wie Buddha", war sein Kommentar.

STRATEGIE

Wenn ihr in lebensbedrohlichen Situationen jederzeit die richtige Entscheidung trefft, außerdem kompliziert Pläne ausklügeln und ausführen könnt, seid ihr bestens gerüstet für Strategiespiele aller Art. Jetzt müsst ihr nur noch alle anderen Feldherren überlisten, die euch an den Kragen wollen ...

BESTBEWERTETES RUNDENBASIERTES HANDHELD-STRATEGIESPIEL

Das von Kritikern gefeierte *Fire Emblem: Awakening* ist eine taktische Rollenspiel-Meisterleistung von Nintendo. Der 11. Teil der *Fire Emblem*-Saga erschien 2012 auf der Nintendo 3DS und stand am 12. März 2018 mit einer Bewertung von 92,52 % aus 52 Bewertungen auf *GameRankings*. Besonderes Lob erntete das ausgeglichene taktische Gameplay im Schere-Stein-Papier-Prinzip: Einheiten sind normalerweise stark gegen einen Gegnertyp, dafür schwach gegen einen anderen. Zudem wurde der Doppelkampf-Modus gelobt, bei dem sich zwei Verbündete zu einem Team zusammenschließen können. Ähnlich beliebt ist *Advance Wars: Dual Strike* (2005) für die DS mit 92,38 %.

MOBAs

Viele Zuschauer, hohes Medieninteresse und unglaubliche Preisgelder: Multiplayer Online Battle Arenas (MOBAs) stehen an der Spitze des Pro-Gamings. Und auch Amateurspieler lieben sie für ihr intensives Teamwork und die komplexen Strategien …

ERSTES SPIEL, DAS 100 MIO. EUR AUSZAHLT

Dota 2 ist der König des eSports. Laut *eSportsearnings* war es das erste Spiel, das Preisgelder in der unglaublichen Höhe von insgesamt 100 Mio. EUR ausschüttete. Das MOBA von Valve überschritt diese Marke am 12. Juni 2017. Die gigantische Summe verteilt sich seit 2013 auf 1.952 Spieler in 741 Turnieren.

Die jährliche *Dota 2*-Meisterschaft The International vergibt einen Großteil der Preisgelder. Kurz nachdem die 100-Mio.-EUR-Marke überschritten wurde, stieg der Betrag nochmals erheblich an. Das The-International-Event 2017 fand vom 2.–12. Aug. in der Seattle Center KeyArena in Washington (USA) statt und hielt ein Gesamtpreisgeld von 20.690.400 EUR für Gewinner und Finalisten bereit. Team Liquid holte sich den Hauptgewinn von 9.067.040 EUR – den **höchsten Hauptgewinn eines eSport-Turniers.**

BESTVERDIENENDER ESPORT-SPIELER

Bis zum 19. Febr. 2018 gewann Kuro „KuroKy" Takhasomi (D) insgesamt 2.942.340 EUR in *Dota 2* und *Defense of the Ancients* (2003).
Etwa 1,7 Mio. EUR stammen vom Sieg seines *Dota 2*-Teams Team Liquid bei The International 2017.

Meiste First-Picks eines *Heroes of the Storm*-Helden
Basierend auf den Statistiken von *GosuGamers* wurde Jaina Prachtmeer bis zum 20. Febr. 2018 in 552 Pro-Matches zuerst gewählt. Sie liegt knapp vor Kael'thas, der 519-mal ausgewählt wurde.

€15.509.100

Mit Stand vom 20. Febr. 2018 war Team Liquid mit 15.509.100 EUR Preisgeld aus 1.141 eSport-Events das **bestverdienende eSport-Team**. Ein großer Teil davon stammt von der The International 2017 *Dota 2* Championship im Aug. 2017 (gut 8.347.000 EUR), sie verzeichnen jedoch auch Einnahmen mit Spielen wie *StarCraft II, Quake Champions, Heroes of the Storm* und *Hearthstone*. Die Organisation wurde im Jahr 2000 in den Niederlanden gegründet und besteht aus Spielern aus Europa, dem Nahen Osten, Nord- und Südamerika.

3.584 SPIELE

Die **meistgespielte Karte in *Heroes of the Storm*** (Blizzard, 2015) sind die „Geisterminen". Hier müssen Schädel eingesammelt werden, um damit den Golem des eigenen Teams zu stärken. Laut *GosuGamers* wurde sie bis zum 24. Jan. 2018 in 3.584 Pro-Matches gespielt. Die am **wenigsten gespielte Karte in *Heroes of the Storm*** war die „Volskaya-Fertigung", welche bis zum selben Datum nur achtmal gewählt wurde.

ERWEITERTES FRANCHISE

Die Shanghai Majors im März 2016 waren ein fünftägiges *Dota 2*-Turnier. Das große Abschlusskonzert mit der Musik aus dem Spiel wurde von Komponist Tim Larkin persönlich dirigiert.

FAKT!

Eine Studie von Newzoo, die zehn Nationen und die Top-MOBA-Spiele (darunter *Dota 2* und *LoL*) untersuchte, ergab, dass 42 % der eSport-Zuschauer die Spiele, die sie anschauen, selbst nicht spielen.

Höchster Umsatz eines Mobile Games
Honour of Kings (Tencent, 2015) ist ein in China sehr beliebtes Free2Play-MOBA-Handyspiel. Das im Westen als *Arena of Valor* bekannte Spiel generierte 2017 einen digitalen Umsatz von 1.570.570.000 EUR.

Meiste eSport-Weltmeisterschaften einer Nation in 24 h
Ein großer Titelgewinn ist schon schwierig genug, aber gleich drei? Vom 4.–5. Nov. 2017 gewannen südkoreanische eSport-Teams drei WM-Titel in verschiedenen Spielen. Samsung Galaxy schlugen in *League of Legends* ihre Landsleute von SK Telecom T1 im Finale, das südkoreanische Nationalteam verteidigte seinen *Overwatch*-Titel gegen Kanada und Team MVP Black besiegte das europäische Team Fnatic in *Heroes of the Storm* im Global-Championship-Finale.

Erster Computersieg über einen *Dota 2*-Weltmeister (Turnierregeln)
Während der The International 2017 stellte sich der Gewinner von 2015, Syed Sumail „Suma1L" Hassan (PK), einem Computergegner der KI-Forschungsinstitution OpenAI – und verlor. Dass dies kein Zufall war, bewies der Computer gleich am folgenden Tag, als er auch den Champion der The International 2011, Danil „Dendi" Ishutin (UA), bezwang.

Bestverdienender *Heroes of the Storm*-Spieler
Bis zum 20. Febr. 2018 lieferten sich Jung-hyeog „Sake" Lee und Won-ho „KyoCha" Jeong (beide ROK) ein Kopf-an-Kopf-Rennen. Laut *eSportsearnings* verdiente „Sake" bis zu diesem Zeitpunkt 256.077 EUR und sein Konkurrent 255.808 EUR. Beide sind Mannschaftskameraden im überaus erfolgreichen *Heroes of the Storm*-eSport-Team MVP Black.

LEAGUE OF LEGENDS

Wie kann ein fast zehn Jahre altes Spiel heute noch so beliebt sein? Ganz einfach: *League of Legends (LoL)* gelingt die perfekte Mischung aus Strategie und Action, und während seine riesige Community vor allem Spaß beim Spielen hat, geht es in der eSport-Szene ums große Geld.

MEISTE FIRST PICKS EINES *LOL*-CHAMPIONS

Die Spinnenkönigin Elise ist eine Allrounderin und die beliebteste erste Wahl bei Spielern. Bis zum 14. Febr. 2018 war sie laut *GosuGamers* die erste Wahl in 593 *League of Legends*-Wettkampf-Matches. Das ist eine First-Pick-Rate von 5 %.

HÖCHSTER DIGITALER UMSATZ EINES SPIELS

Mikrotransaktionen sind nicht immer schlecht – es kommt ganz darauf an, wozu sie im Spiel genutzt werden. Das Free2Play-Spiel *League of Legends* (Riot, 2009) geht mit den Verkäufen von Outfits, Waffen-Skins und anderem Zubehör auf das Bedürfnis der Fans nach neuen Inhalten ein. Und ganz nebenbei generieren sie den Hauptumsatz des beliebten MOBAs: Laut *SuperData* machte das Spiel 2017 durch digitale Verkäufe insgesamt 1,7 Mrd. EUR – mehr als jedes andere Spiel.

Die enorme Spielerbase spielt dabei die wichtigste Rolle. 2017 zockten über 102 Mio. Gamer jeden Monat *LoL*. Laut *SuperData* war es das **meistgespielte Multiplayer-Online-Game im Jahr 2017.**

Die Aufhebung des Stufenlimits bei Stufe 30 sicherte den Entwicklern die Zuneigung der Spieler. Am 31. Dez. 2017 war „Nolife Raphael" der **erste Spieler über Stufe 300 in *LoL*** (verifiziert von lolnames.gg). Er levelte gegen KI-Gegner im 3-gegen-3 auf der „Der Gewundene Wald"-Karte auf.

ERSTER *LEAGUE OF LEGENDS*-MILLIONÄR

LoL belohnt seine Superstars mit Weltmeisterschaften und hohen Preisgeldern. Am 21. Mai 2017 überschritt der Mid-Laner von SK Telecom T1, Sang-hyeok „Faker" Lee (ROK), laut eSportsearnings.com mit seinen Turnier-Preisgeldern die 1-Mio.-Dollar-Grenze. Der von vielen als bester *LoL*-Spieler aller Zeiten angesehene Jungstar knackte diese Marke, als er mit seinem Team das Mid-Season Invitational gegen G2 Esports gewann. Natürlich ist er auch der **bestverdienende *LoL*-Spieler.** Bis zum 14. Febr. 2018 erspielte er in 39 Events 1.169.713 Dollar (umgerechnet 976.355 EUR).

Mit „Faker" im Team überrascht es kaum, dass der dreimalige Weltmeister SK Telecom 1 seine Gegner reihenweise plattmachte. Die südkoreanische Gruppe ist das **bestverdienende *League of Legends*-Team.** Laut *eSportsearnings* konnten sie bis zum 14. Febr. 2018 in 31 weltweit stattfindenden Turnieren 5.507.670 EUR erspielen. Das sind über 2,3 Mio. EUR mehr als ihre direkten Rivalen von Samsung.

AM HÄUFIGSTEN GEBANNTER *LOL*-CHAMPION

Schon vor Matchbeginn versuchen *League of Legends*-Spieler ihre Gewinnchancen zu erhöhen, indem sie den Runenmagier Ryze des gegnerischen Teams bannen. Laut *GosuGamers* wurde er bis zum 14. Febr. 2018 aus 2.867 Partien verbannt. Kurz dahinter liegt LeBlanc, die von 2.611 Matches ausgeschlossen wurde.

Größte mechanische Flügel eines Cosplay-Kostüms
Leo Simon (GB) sagte, dass sein Kostüm des *LoL*-Champions Ätherflügel-Kayle das Publikum auf Gaming-Events regelmäßig „umhaut". Er arbeitete 17 Monate lang an den Flügeln mit 4,26 m Spannweite (verifiziert am 27. Jan. 2017 in London, GB).

ERWEITERTES FRANCHISE

THE NEXT GAMER

The Next Gamer brachte *LoL* ins Reality-TV. Die 6.500 EUR Preisgeld und ein Platz in einem professionellen eSport-Team gingen in der 1. Staffel an Jarod „Get Back71" Tucker.

Größte bewegliche Puppe basierend auf einem Videospiel
Der 3,42 m große Tresh überragt alle um mehrere Köpfe. Die Marionettenversion des *League of Legends*-Champions wurde im Auftrag von Riot Games im Juli 2016 von dem FX-Studio Buddy Builds (USA) gebaut.

FAKT!
Im Aug. 2017 entwickelten Mitarbeiter von Riot Games beim jährlichen „Hackathon" ein Plattformspiel – *Ziggs Arcade Blast* – in dem der bombenwerfende *LoL*-Champion Ziggs auftritt.

1 STUNDE 34 MINUTEN 37 SEKUNDEN

Gleich zwei epische Rekorde wurden in einem Spiel am 20. Jan. 2018 in Seoul (ROK) aufgestellt. Die Jin Air Green Wings (JAG) und SK Telecom T1 kämpften im **längsten professionellen *LoL*-Spiel.** 1:34:37 h vergingen bis zum 2:1-Sieg von JAG. Dabei verhalf Jin-seong „Teddy" Park seinem Team JAG mit den **meisten Vasallen-Kills in einem professionellen *LoL*-Spiel** zum Sieg – 1.465. Laut Invenglobal.com habe er sich aber „nur auf das Spiel konzentriert".

GAMING GOLD

Hart austeilen
Der *LoL*-YouTuber „Brofresco" machte im März 2016 dank eines Bugs mit einem Schlag 20.597,4 Schadenspunkte.

Meiste Siege bei der *League of Legends* World Championship
Zwischen dem ersten Turnier 2011 und dem bisherigen Höhepunkt des Events am 4. Nov. 2017 ging der Titel dreimal an SK Telecom T1 (ROK): 2013, 2015 und 2016. Die Starspieler „Faker", alias Sang-hyeok Lee, und „Bengi", alias Seong-ung Bae (beide ROK), waren als einzige Spieler an allen drei Titeln beteiligt. 2017 gewannen sie allerdings keine Trophäe. SK Telecom T1 erreichte zwar das erstmals in China ausgetragene Finale, sie unterlagen dort allerdings mit 3:0 dem Samsung-Galaxy-Team, die damit ihren zweiten Titel holten.

Meiste Twitter-Follower eines MOBA-Spiels
Mit insgesamt 4.287.909 Followern war der Twitter-Account von *League of Legends* am 14. Febr. 2018 das beliebteste MOBA auf der Social-Media-Plattform. Es lag vor *SMITE* (1.081.355), *Dota 2* (782.487) und *Heroes of the Storm* (496.714).

Höchste Siegquote eines Champions in *League of Legends*
Laut den von *GosuGamers* ausgewerteten Pro-Matches stand der Sternenschmied Aurelion Sol bis zum 14. Febr. 2018 bei 59 % der mit ihm gespielten Matches auf der Gewinnerseite – obwohl er nur 47-mal ausgewählt wurde.

Erste *LoL*-Pro-Gamerin
Am 12. Aug. 2015 wurde „Remilia", alias Maria Creveling (USA), offiziell zur ersten *LoL*-Pro-Gamerin, nachdem sich ihr Renegades-Team für die lukrative *League of Legends* Championship Series (LCS) qualifizierte. Maria, die als Support spielt, konnte sich schon vorher einen Ruf machen, als sie im Online-Multiplayer den höchsten Rang des Herausforderers erreichte.

STRATEGIESPIELE

„Wenn du dich und den Feind kennst, brauchst du den Ausgang von hundert Schlachten nicht zu fürchten", schrieb Sun Tsu in *Die Kunst des Krieges*. Sein Rat wird auch noch 25 Jahrhunderte später von Strategiespielern befolgt. Heute käme wohl noch hinzu: „Und vergiss die Tastatur-Kürzel nicht ..."

BESTBEWERTETES *WARHAMMER*-SPIEL

Höhlentrolle, die aus Rittern des Imperiums Blechdosen machen wollen? Orks und Goblins, die sich mit einem freudigen „WAAAGH!" in die Schlacht stürzen? Dabei kann es sich nur um einen Titel handeln, der auf dem Fantasy-Tabletop-Spiel *Warhammer* von Games Workshop basiert.

Unter allen von *Warhammer* inspirierten Spielen (Strategie und anderen) hat der Echtzeit-Epos *Total War: Warhammer II* (Sega, 2017) von Creative Assembly die Kritiker am meisten beeindruckt. Bis zum 6. Febr. 2018 lag seine durchschnittliche Bewertung laut *GameRankings* bei 87,26 % – und damit vor allen anderen Spielen im *Warhammer*-Universum. Es übernahm den Spitzenplatz vom Sci-Fi-Strategiespiel *Warhammer 40.000: Dawn of War – Dark Crusade* (THQ, 2006).

BESTBEWERTETES STRATEGIESPIEL FÜR DIE SWITCH

In *Mario + Rabbids Kingdom Battle* (2017) fallen Ubisofts Rabbids in Nintendos Pilzkönigreich ein und bereiten Mario und Co. reichlich Probleme. Die Fusion begeisterte Gamer und Presse gleichermaßen. Am 5. Febr. 2018 hatte das rundenbasierte Spiel 84,81 % aus 55 Bewertungen auf *GameRankings*.

HÖCHSTE GELDGEWINNE IN STRATEGIETURNIEREN

Bis zum 5. Febr. 2018 wurde der Pro-Gamer Jaedong „Jae Dong" Lee (ROK) für sein Geschick in *StarCraft* und *StarCraft II* mit 524.136 EUR belohnt und stand damit vor seinem Landsmann Young-Ho Lee.

Meiste makellose *XCOM 2*-Missionen

Bis zum 5. Febr. 2018 schaffte das Strategie-Genie „Th3 On1y Shming" 1.062 makellose Missionen im rundenbasierten Alien-RPG *XCOM 2* (Firaxis, 2016) auf der Xbox One (verifiziert von *TrueAchievements*). Für eine makellose Bewertung muss man sein Team ohne einen Kratzer erfolgreich zum Sieg führen.

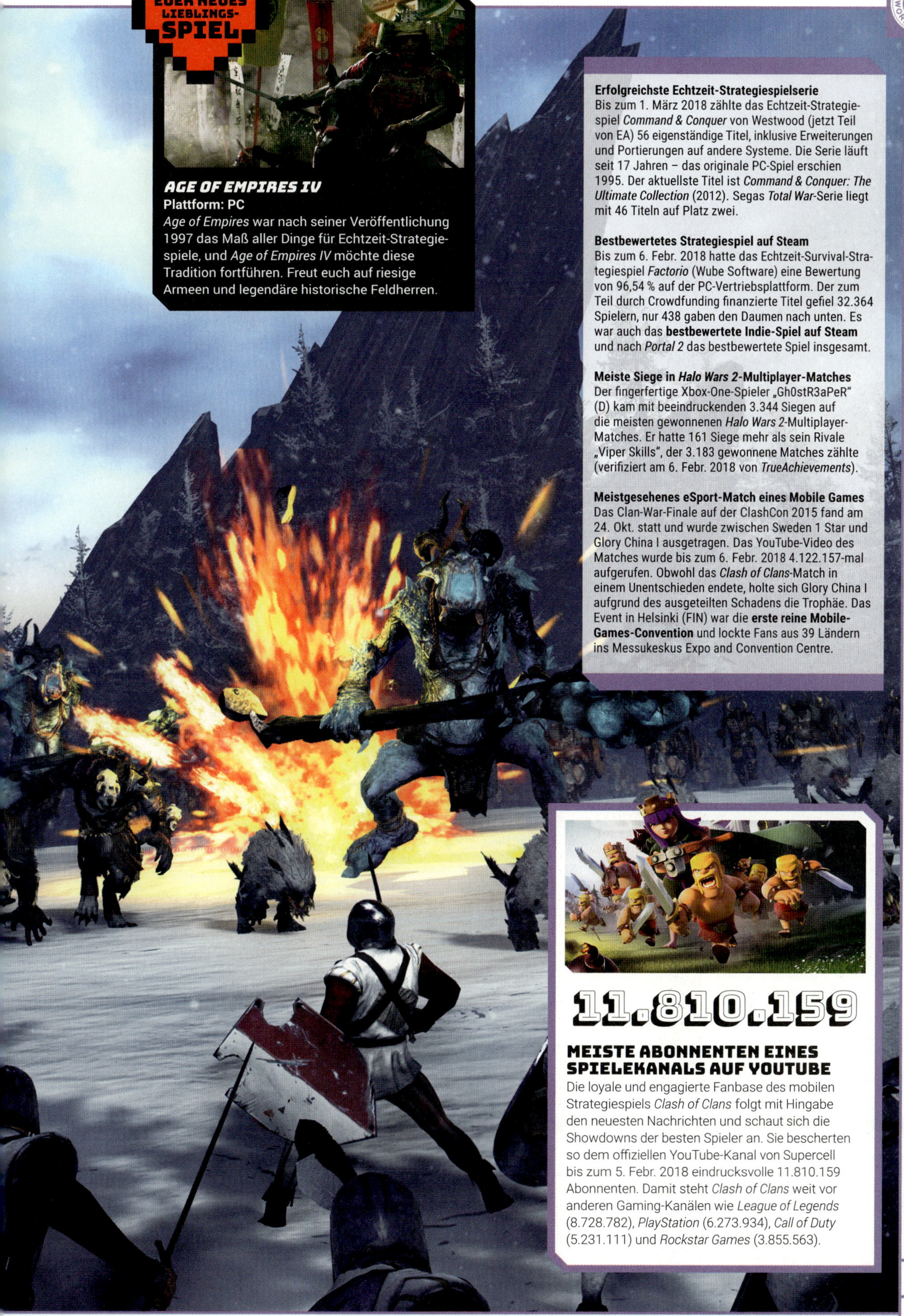

AGE OF EMPIRES IV

Plattform: PC

Age of Empires war nach seiner Veröffentlichung 1997 das Maß aller Dinge für Echtzeit-Strategiespiele, und *Age of Empires IV* möchte diese Tradition fortführen. Freut euch auf riesige Armeen und legendäre historische Feldherren.

Erfolgreichste Echtzeit-Strategiespielserie
Bis zum 1. März 2018 zählte das Echtzeit-Strategiespiel *Command & Conquer* von Westwood (jetzt Teil von EA) 56 eigenständige Titel, inklusive Erweiterungen und Portierungen auf andere Systeme. Die Serie läuft seit 17 Jahren – das originale PC-Spiel erschien 1995. Der aktuellste Titel ist *Command & Conquer: The Ultimate Collection* (2012). Segas *Total War*-Serie liegt mit 46 Titeln auf Platz zwei.

Bestbewertetes Strategiespiel auf Steam
Bis zum 6. Febr. 2018 hatte das Echtzeit-Survival-Strategiespiel *Factorio* (Wube Software) eine Bewertung von 96,54 % auf der PC-Vertriebsplattform. Der zum Teil durch Crowdfunding finanzierte Titel gefiel 32.364 Spielern, nur 438 gaben den Daumen nach unten. Es war auch das **bestbewertete Indie-Spiel auf Steam** und nach *Portal 2* das bestbewertete Spiel insgesamt.

Meiste Siege in *Halo Wars 2*-Multiplayer-Matches
Der fingerfertige Xbox-One-Spieler „Gh0stR3aPeR" (D) kam mit beeindruckenden 3.344 Siegen auf die meisten gewonnenen *Halo Wars 2*-Multiplayer-Matches. Er hatte 161 Siege mehr als sein Rivale „Viper Skills", der 3.183 gewonnene Matches zählte (verifiziert am 6. Febr. 2018 von *TrueAchievements*).

Meistgesehenes eSport-Match eines Mobile Games
Das Clan-War-Finale auf der ClashCon 2015 fand am 24. Okt. statt und wurde zwischen Sweden 1 Star und Glory China I ausgetragen. Das YouTube-Video des Matches wurde bis zum 6. Febr. 2018 4.122.157-mal aufgerufen. Obwohl das *Clash of Clans*-Match in einem Unentschieden endete, holte sich Glory China I aufgrund des ausgeteilten Schadens die Trophäe. Das Event in Helsinki (FIN) war die **erste reine Mobile-Games-Convention** und lockte Fans aus 39 Ländern ins Messukeskus Expo and Convention Centre.

FAKT!

Zeitgleich mit der Veröffentlichung von *Civilization VI* am 21. Okt. 2016 verkündete die eSport-Organisation Team Liquid die Gründung des **ersten *Civilization*-eSport-Teams.**

11.810.159

MEISTE ABONNENTEN EINES SPIELEKANALS AUF YOUTUBE

Die loyale und engagierte Fanbase des mobilen Strategiespiels *Clash of Clans* folgt mit Hingabe den neuesten Nachrichten und schaut sich die Showdowns der besten Spieler an. Sie bescherten so dem offiziellen YouTube-Kanal von Supercell bis zum 5. Febr. 2018 eindrucksvolle 11.810.159 Abonnenten. Damit steht *Clash of Clans* weit vor anderen Gaming-Kanälen wie *League of Legends* (8.728.782), *PlayStation* (6.273.934), *Call of Duty* (5.231.111) und *Rockstar Games* (3.855.563).

TOP 10

MEISTGEWÄHLTE *DOTA 2*-HELDEN

Worauf achten *Dota 2*-Pros, wenn sie über der Heldenauswahl für ihr eSport-Team brüten? Unsere Statistiken (verifiziert von *GosuGamers* am 12. März 2018) zeigen: Es zählt Hirn- statt Muskelmasse, denn Intelligenz ist die wichtigste Eigenschaft von *Dota 2*-Helden.

10
SAND KING
5.571-MAL GEWÄHLT
Primärattribut
Stärke

9
PUCK
5.721-MAL GEWÄHLT
Primärattribut
Intelligenz

8
DISRUPTOR
5.769-MAL GEWÄHLT
Primärattribut
Intelligenz

7
CLOCKWERK
5.813-MAL GEWÄHLT
Primärattribut
Stärke

6
QUEEN OF PAIN
5.902-MAL GEWÄHLT
Primärattribut
Intelligenz

Bis zum 20. Febr. 2018 war Batrider mit 12.035 Ausschlüssen der **am häufigsten gebannte *Dota 2*-Held.** Er ist zu gefährlich für seine Gegner in Turnierspielen.
5
INVOKER
6.194-MAL GEWÄHLT
Primärattribut Intelligenz
4
DARK SEER
6.664-MAL GEWÄHLT
Primärattribut Intelligenz
3
VENGEFUL SPIRIT
6.911-MAL GEWÄHLT
Primärattribut Agilität
2
BATRIDER
7.121-MAL GEWÄHLT
Primärattribut Intelligenz
1
RUBICK
9.155-MAL GEWÄHLT
Primärattribut Intelligenz

MIT OFFENEN KARTEN

Die früher für ihr Nischendasein belächelten Online-Sammelkarten-Videospiele haben sich als Hauptgewinn entpuppt und sind für viele Spieler der Mittelpunkt ihrer Sammelwut. Wir zeigen euch eine Auswahl der wichtigsten Spiele und schauen uns an, was sie mit an den Spieltisch bringen.

HEARTHSTONE

(Blizzard Entertainment, 2014)

Mit 70 Mio. registrierten Spielern am 1. Mai 2017 ist der Blizzard-Titel eine Sensation – was sicher auch daran liegt, dass am PC, auf Smartphones und Tablets gespielt werden kann. Neben den zu erwartenden Fans des *Warcraft*-Universums lockt es Spieler vor allem durch sein leicht zu erlernendes, aber schwer zu meisterndes Gameplay an. Manch komplexe Strategie erinnert in Planung und Ausführung an Schachspiele.

POKÉMON-SAMMELKARTENSPIEL

(Nintendo/Wizards of the Coast, 1996)

Zum ursprünglich nur als echtes Sammelkartenspiel erhältlichen *Pokémon*-Spiel gibt es mittlerweile eine Online-Version. Wie immer geht es um die Auswahl des richtigen Pokémon im Kampf. Haltet nach der seltenen Sonderbonbon-Karte Ausschau, mit der ihr jedes Basis-Pokémon entwickeln könnt!

HEX: SHARDS OF FATE

(Cryptozoic Entertainment, 2016)

Das 2013 mit einer 1,9 Mio. EUR schweren Kickstarter-Kampagne ins Leben gerufene *Hex* unterscheidet sich von herkömmlichen Kartenspielen, da es die Freude am Kartensammeln und Deckbauen mit den sozialen Aspekten eines MMOs kombiniert. Wer beim Pläneschmieden auch noch Freundschaften schließen möchte, ist deshalb hier genau richtig.

HAND OF FATE 2
(Defiant Development, 2017)
Hand of Fate 2 erschien Ende 2017 und ist kein gewöhnliches Sammelkartenspiel, sondern ein Adventure, das sich den Karten in eurer Hand anpasst. Im Verlauf des Spiels erhält man immer mehr Karten und erst wenn man alle auf der Hand hat, kann man die magischen Gegenstände und versteckten Waffen finden, um das Spiel zu gewinnen.

GWENT: THE WITCHER CARD GAME
(CD Projekt Red, 2018)
Der seit 2016 in der Betaphase befindliche Kartenspiel-Ableger von *The Witcher III: Wild Hunt* mischte die Pro-Szene mächtig auf. Twitch-Streamer aus aller Welt, darunter China, Deutschland und die USA, kämpfen um enorme Summen. Die Gwent-World-Masters-Serie, die im Aug. 2017 verkündet wurde, hatte ein Preisgeld von insgesamt 710.000 EUR.

ARTIFACT
(Valve, noch kein Datum)
Gerüchten zufolge soll der Ableger von Valves alles überstrahlendem MOBA *Dota 2* nicht vor 2019 erscheinen. Wenn das geschieht, stehen die Chancen gut, dass es *Hearthstone* von seinem Thron stürzen wird. *Artifact* unterscheidet sich von den meisten Online-Kartenspielen, da man als Spieler drei Helden gleichzeitig steuert. Sie repräsentieren die drei Lanes in *Dota 2* und stehen in Wechselwirkung zueinander.

THE ELDER SCROLLS: LEGENDS
(Bethesda Softworks, 2017)
Wie *Hearthstone* basiert auch *The Elder Scrolls: Legends* auf einem bereits vorhandenen Spiele-Universum *(The Elder Scrolls)*. Das Spielfeld in *Legends* ist in unterschiedliche Felder aufgeteilt, die euren Karten verschiedene Fähigkeiten zuordnen und darüber entscheiden, wo man angreifen kann. Viel zu lernen, aber äußerst befriedigend dank toller taktischer Möglichkeiten.

10/10

BRAWLER

In Brawler-Spielen geht es handfest zur Sache, und in kaum einem anderen Genre stehen eure Fähigkeiten so sehr auf dem Prüfstand. Die perfekt ausgeführte Kombo zum exakt richtigen Zeitpunkt führt euch zum Sieg – aber seid gut vorbereitet auf die Konter eurer Gegner …

„IN KAMPFSPIELEN STECKT SO VIEL KREATIVITÄT. ES GEHT UM KRASSE CHARAKTERE, DIE NOCH KRASSERE DINGE TUN!"

MAXIMILIAN DOOD

MEISTE ABONNENTEN EINES EXKLUSIVEN KAMPFSPIEL-YOUTUBE-KANALS

YouTuber Maximilian Dood (USA), alias Maximilian Christiansen, veröffentlicht seit dem 7. Juni 2007 Videos über seine Kampfspiel-Leidenschaft. Bis zum 4. April 2018 hatte sein Kanal 806.844 gleichgesinnte Abonnenten.

Gemeinsam mit den Jungs von YoVideogames erklärt Max (zweiter von links), wieso Kampfspiele so beliebt sind: „Es gibt kein schöneres Gefühl, als eine Kombo zu landen, für die man so lange geübt hat, bis sie in Fleisch und Blut übergegangen ist."

Sein liebstes Kampfspiel ist *Street Fighter III: 3rd Strike* (Capcom, 1999). „Es markiert den Höhepunkt der klassischen Sprite-basierten Animationen", sagte er.

KAMPFSPIELE

BRAWLER

Kampfspiele sind heutzutage so ausgeglichen und optimiert, dass in den Kloppereien die Taktik mindestens genauso wichtig ist wie rohe Gewalt. Fast wie ein Schachspiel, nur mit mehr Muskeln! Für eSport-Profis geht es um viel Geld. Aber mit einer coolen Kombo kann jeder Eindruck schinden.

LÄNGSTE EINHÄNDIGE KOMBO IN *DRAGON BALL FIGHTERZ*

Krasse 100-Schläge-Kombos sind in *Dragon Ball FighterZ* (Bandai Namco, 2018) schon mit zwei gesunden Händen eine anspruchsvolle Aufgabe. Wie ist es erst, wenn man eine Hand auf dem Rücken, oder – wie im Fall des Kampfspiel-Maestros „desk" – eine gebrochene Hand hat? In einem direkt an uns adressierten Video zeigte uns „desk" am 4. März 2018, wie er mit seinem Team, bestehend aus Super Saiyajin Goku, Teen Gohan und Yamchu, eine Kombo aus 441 Schlägen auf den unglücklichen Cell losfeuerte. Für seine Kombo zog er auch Cells Teamkameraden (C-16) in den Kampf und landete so doppelte Treffer. Dann beendete er alles mit einem Superangriff. Was schafft er erst mit beiden Händen?

Seltenste *Nidhogg 2*-Trophäe
Die „Hogglike"-Trophäe wurde laut *PSNProfiles* bis zum 23. Febr. 2018 noch von keinem PS4-Spieler erreicht. Für diese Trophäe muss man den Singleplayer-Modus durchspielen, ohne zu sterben. Äußerst schwierig, wenn ein Leben nichts wert ist und der Tod an jeder Ecke lauert. PC-Spieler sind da etwas erfolgreicher: Laut Steam holten sich 0,1 % der Spieler das „Hogglike"-Achievement.

BELIEBTESTER CHARAKTER IN *STREET FIGHTER V*

Vorzeige-Kämpfer Ryu wird von *Street Fighter V*-Pro-Spielern am häufigsten gewählt. Laut *Eventhubs* wurde er bis zum 23. Febr. 2018 von 726 Spielern gewählt und hat einen Usage-Score von 1.581 Punkten (der Wert basiert auf der Top-3-Auswahl der Pro-Gamer). Die hitzige Karin liegt mit 1.056 Punkten auf Platz zwei und der Soldat Charlie Nash mit 1.022 Punkten auf Platz drei.

ERWEITERTES FRANCHISE

Im Mai 2017 überbrückte DC Comics die Wartezeit zwischen den Spielen *Injustice: Götter unter uns* und *Injustice 2* mit einer Comicserie. Superman sitzt darin im Gefängnis, Batman wittert Verrat und die Zukunft des Planeten steht auf dem Spiel.

MEISTVERKAUFTES KAMPFSPIEL (PS4 & XBOX ONE)

„Get over here!" *Mortal Kombat X* (Warner Bros., 2015) wurde laut *VGChartz* bis zum 23. Febr. 2018 3,21 Mio. Mal für die PS4 verkauft. Außerdem bestätigte die Website den Rekordverkauf von 1,55 Mio. Spielen für die Xbox One bis zum selben Datum.

Höchstes Preisgeld für den ersten Platz in einem Kampfspiel-Turnier
Die weltbesten *Street Fighter V*-Spieler lieferten sich im Finale des Capcom Cup 2017 spannende Kämpfe. Ausgetragen wurde er vom 8.–10. Dez. in Anaheim (USA), und das Preisgeld in Höhe von 308.840 EUR wurde unter den besten acht Kämpfern verteilt. „MenaRD", alias Saul Leonardo Mena Segundo (DOM), stand „Tokido", alias Hajime Taniguchi (J), gegenüber. „MenaRD" holte sich den Sieg und die 208.680 EUR Preisgeld. Es waren knapp 16.700 EUR mehr Preisgeld als im letzten Jahr.

Meiste Wettkampf-Spieler in einem Kampfspiel
Laut *Eventhubs* gab es bis zum 23. Febr. 2018 14.200 Wettkämpfer in *Ultra Street Fighter IV*. Dahinter lagen *Ultimate Marvel vs. Capcom 3* (mit 7.776 Spielern), *Super Smash Bros. für Wii U* (5.857) und *Street Fighter X Tekken* (5.008).

Erstes Kampfspiel mit Waffen
Im Okt. 1979 brach mit der Arcade-Veröffentlichung von Tim Skellys *Warrior* (Vectorbeam) eine neue Ära an. Im Spiel traten zwei Ritter mit Schwertern gegeneinander an – anders als heute üblich aus der Vogelperspektive gezeigt. Originale *Warrior*-Arcade-Automaten sind eine Seltenheit. Bis zum Febr. 2018 waren nur zehn Automaten bei der Vintage Arcade Preservation Society (VAPS) registriert.

Längste Online-Siegesserie in *Marvel vs. Capcom: Infinite* (Xbox One)
Laut *TrueAchievements* trat, schlug und blockte sich Mikhail Krauser (CDN) bis zum 26. Febr. 2018 durch 151 siegreiche Online-Kämpfe in Capcoms Kampfspiel. Krauser dicht auf den Fersen waren „Big DaddyUltima" (USA) und „Forla 77", die eine Siegesserie von jeweils 144 und 140 Spielen hinlegten.

Längste Wartezeit für eine Neuauflage
Zum 30-jährigen Jubiläum der *Street Fighter*-Serie veröffentlichte Capcom im Nov. 2017 die Neuauflage der SNES-Version von *Street Fighter II* auf einem NTSC-Modul – 14 Jahre nach Produktionsstopp der SNES-Konsole. Das Spiel kostete 83 EUR und war auf 5.500 Stück limitiert (1.000 davon in „Blanka-Grün").

FAKT!
Für „nur" 2.270 EUR gibt es von Pop Culture Shock demnächst ein Sammlerset mit drei 76 cm hohen Statuen von Chun-Li, je eine aus *Street Fighter II*, *Street Fighter Alpha* und *Street Fighter V*.

GAMING GOLD

Tanzfreudig
Zangief präsentiert am Ende von *Street Fighter II* (1991) ein paar Dance-Moves mit dem ehemaligen sowjetischen Präsidenten Michail Gorbatschow.

26 JAHRE

Am 20. März 2017 zeigte YouTuber „desk" in einem Video mehrere neue Kombos in *Street Fighter II* – 26 Jahre nach der Arcade-Veröffentlichung des Spiels im Febr. 1991. Es ist die **längste Zeit für die Entdeckung einer *Street Fighter II*-Kombo.** Ziel der neuen Moves ist Maskenträger Vega: Dank eines Glitches kann er weiter attackiert werden, wenn er am Boden ist.

BEAT-'EM-UPS

BRAWLER

Die meisten Menschen würden sofort die Polizei rufen, wenn ihre Liebsten von Gangsterbossen oder Aliens entführt würden. Nicht so die Helden in Beat-'em-ups – die ziehen sich lieber den Kampfanzug an und gehen mit bloßen Fäusten selbst auf Rachefeldzug.

ERSTES BEAT-'EM-UP-VIDEOSPIEL MIT CEL-SHADING

Als *Viewtiful Joe* (Capcom) am 26. Juni 2003 auf dem GameCube erschien, fiel so manchem die Kinnlade herunter. Das extrem stilisierte Beat-'em-up war das erste Spiel des Genres, in dem die Grafik wie handgemalt aussah und die Animationen Trickfilmqualität besaßen. Die dynamische Optik passt sich wunderbar den Spielinhalten an: Joe, die Hauptfigur, wird in einen Film gezogen und wandelt sich dort zum Superhelden. Das Spiel ist bekannt und beliebt für seine Zeitlupen-, Zeitraffer- und Zoom-Kombos. „Henshin a-go-go, baby!", wie Joe sagen würde.

Schnellstes Durchspielen von *Brawlhalla*
„ThStardust" (DK) beendete das Free2Play-Kampfspiel von Blue Mammoth (2015) am 15. Jan. 2017 in nur 3:32 min (verifiziert von *Speedrun*). Er postete tröstende Worte für den bisherigen Rekordhalter „ImLogic" (USA), als er seine Bestzeit bei *Speedrun* hochlud: „Tut mir leid, logic, aber ich muss dir den ersten Platz wieder wegnehmen."

GOLD GAMING

Schmerz im Spiel
Bis zu *Renegade* (Taito, 1986) gingen Beat-'em-up-Bösewichte beim ersten Schlag zu Boden. In *Renegade* konnten die Gegner einige Schläge einstecken!

70 VERLETZUNGEN

Im Arcade-Automaten-Spiel *Sonic Blast Man* (Taito, 1990) schlugen Gamer mit Boxhandschuhen auf eine Scheibe ein. Es wurde 1995 zurückgerufen, nachdem 70 Fälle von Verletzungen bekannt wurden – die **meisten von einem Beat-'em-up-Spiel verursachten realen Verletzungen.** Dazu musste Taito 41.700 Euro Strafe zahlen. Autsch!

FAKT!

2009 wurde ein geplantes Beat-'em-up zu DC Comics Justice League gecancelled. In dem Spiel von Double Helix hätte man als Superman, Batman oder Wonder Woman Bösewichte verprügelt.

Erste Videospieladaption eines Films nach einem Spiel
Das Kampfspiel *Double Dragon* basierte auf der Filmadaption (1994) der gleichnamigen Beat-'em-up-Serie von SNK. Es wurde am 3. März 1995 als NeoGeo-Arcade-Spiel in Japan veröffentlicht, drei Monate vor Capcoms Filmadaption von *Street Fighter – Die entscheidende Schlacht. Double Dragon*, auch bekannt als *Double Dragon '95,* war kein Erfolg und wurde vor allem für seine schlechte Grafik kritisiert.

Längste Zeit in derselben Videospiel-Rolle
Von *Dragon Ball Z: Super Butōden* (20. März 1993) bis *Dragon Ball FighterZ* (26. Jan. 2018) – seit 24 Jahren 312 Tagen ist die Schauspielerin Masako Nozawa (J) die Stimme von Son Goku (und weiteren Charakteren) in *Dragon Ball*-Spielen, unter anderem in diversen One-on-One-Brawlern und Side-Scroller-Beat-'em-ups.

Langlebigstes Side-Scroller-Beat-'em-up-Franchise
Mit der Veröffentlichung von *Double Dragon IV* (Arc System Works) am 30. Jan. 2017 kommt Technōs bahnbrechende Side-Scroller-Serie auf fast 30 Jahre Laufzeit. Das Originalspiel *Double Dragon* erschien erstmals 1987 in den Spielhallen und wurde das am häufigsten portierte Videospiel mit Versionen für 24 Plattformen, vom Atari 2600 bis zur PS4.

Schnellstes Durchspielen von *Mother Russia Bleeds*
Als Boris kämpfte sich „Pringi" (F) am 4. April 2017 auf einfachster Schwierigkeitsstufe in nur 54:38 min durch den makabren Side-Scroller von Devolver Digital (verifiziert von *Speedrun*). „Ich glaube langsam, dass ein Run unter 50 Minuten möglich ist", sagte er.

BESTBEWERTETES KAMPFSPIEL AUF STEAM

Bis zum 12. März 2018 hatte der Kung-Fu-Brawler *One Finger Death Punch* (Silver Dollar Games, 2013) eine Bewertung von 95,71 % auf Steam. Insgesamt erhielt das Spiel 13.172 positive Nutzerstimmen und nur 203 negative Bewertungen.

HACK-AND-SLAY

Schärft die Schwerter, schleift die Äxte und schnallt die Rüstungen fest – es ist an der Zeit, sich durch eine ahnungslose Horde Gegner zu schnetzeln. Wir zeigen euch Spiele, die lieber ihre Klingen statt Fäuste sprechen lassen.

MEISTE TEILE EINER HACK-AND-SLAY-SERIE

Ohne den ersten Teil der Serie zu berücksichtigen (da der ein Eins-gegen-Eins-Brawler ist) gab es bis zum 14. März 2018 ganze 33 *Dynasty Warriors*-Hack-and-Slay-Spiele, davon acht Spiele in der Hauptserie, 13 Einzelerweiterungen und 12 Ableger.

Es ist laut *VGChartz* mit 20,49 Mio. Verkäufen von der PS One bis zur PS4 auch die **meistverkaufte Multiplattform-Hack-and-Slay-Serie** (Stand: 14. März 2018).

GAMING GOLD

Hallo Welt
Die Arcade-Version von *Golden Axe* (Sega, 1989) hält eine Überraschung parat: Hat man den Endgegner besiegt, steigen die Bösewichte aus einem In-Game-Arcade-Automaten und laufen Amok!

Erstes Audio-Hack-and-Slay-Spiel
A Blind Legend (Dowino, 2015) bietet typische Hack-and-Slay-Kämpfe – ohne Grafik. Es wird mithilfe von Kopfhörern, 3D-Sound, Audio- und Stimmeffekten gespielt. Bewegungen werden über den Smartphone-Touchscreen gesteuert.

Längste Entwicklungszeit für ein Hack-and-Slay-Spiel
Die Entwicklung von *Ryse: Son of Rome* (Crytek) begann bereits 2006, doch es wurde erst sieben Jahre später am 22. Nov. 2013 veröffentlicht. Der Xbox-One-Launchtitel war ursprünglich als Kinect-fähiges Spiel für die Xbox 360 gedacht. Der überarbeitete Titel erhielt trotz oder gerade wegen der hohen Entwicklungszeit eher gemischte Bewertungen.

Meiste Todesanimationen einer Figur in einem Spiel
Bayonetta (PlatinumGames, 2009) enthält die meisten Todesanimationen der Hack-and-Slay-Geschichte. Das liegt womöglich am berüchtigt hohen Schwierigkeitsgrad. 48 Animationen zeigen das Ableben der Spieleheldin, darunter die „Armageddon"-Animation, bei der die Erde explodiert. Der Rekord schlägt nur knapp die 47 Todesanimationen für Leon S. Kennedy im Survival-Horror-Spiel *Resident Evil 4* (Capcom, 2005).

Längstes Marathon in einem Hack-and-Slay-RPG
Peer Bresser und Jimmie Smets (beide D) spielten in Köln vom 8.–9. Nov. 2017 live auf ProSieben Games 24:25 h lang *Diablo III* (Blizzard, 2012).

EUER NEUES LIEBLINGS-SPIEL

BAYONETTA 3
Plattform: Switch
Die Überraschung war groß, als PlatinumGames in einer „Nintendo Direct"-Folge die Rückkehr der herrlich tödlichen Umbra-Hexe in *Bayonetta 3* ankündigte. Macht euch auf flotte Sprüche und aberwitzige Gemetzel auf der Switch bereit.

MEISTE EHRENHAFTE KILLS IN *FOR HONOR*

In Ubisofts Kampfspiel von 2017 kreuzen Ritter, Samurai und Wikinger ihre Schwerter. Einen „ehrenhaften" Kill erhält man nur, wenn man seinen Gegner in einem fairen Duell Mann gegen Mann besiegt. Logischerweise zählen Stiche in den Rücken bereits verwundeter Gegner, Kämpfe in Überzahl oder das Schubsen eines Gegners von einer Klippe nicht als ehrenhafte Kills.

Bis zum 14. Febr. 2018 hielt sich Xbox-One-Gamer „ShinIzanagi" (GB) am engsten an den Ehrenkodex und erledigte laut *TrueAchievements* 36.654 Gegenspieler in ehrenhaften Kämpfen. Gut möglich, dass ihr in den Online-Arenen von „ShinIzanagi" erledigt werdet, aber wenigstens hat er den Anstand, euch dabei in die Augen zu schauen …

Größter Boss an Land
Obwohl Gongen Wyzen in *Asura's Wrath* (2012) die Größe eines ganzen Planeten annehmen kann, ist der Titan Kronos in *God of War III* (Sony, 2010) der größte Spiele-Boss an Land. Unterschiedlichen Schätzungen zufolge ist er zwischen 1.676 m und 8.839 m groß. Das ist ungefähr so hoch wie der Mount Everest!

Schnellstes Durchspielen von *DmC: Devil May Cry*
Der Schwerter schwingende Revolverheld „RedPapaSmurf" (USA) beendete *DmC* (Capcom) laut Speedrun.com in nur 1:19:56 h. Der Gamer raste am 26. Febr. 2017 im „New Game+"-Modus in der „Human"-Schwierigkeitsstufe durch das Spiel. „Die 1:18 will ich noch knacken", sagte er.

FAKT!
Der glatzköpfige *God of War*-Held Kratos sollte ursprünglich mit wallendem Haupthaar und – aus Storygründen, die am Ende gestrichen wurden – einem Kleinkind auf dem Rücken antreten.

KAMPFSPORT-SPIELE

Sichert euch die besten Plätze direkt am Ring … oder steigt einfach selbst hinein! Aber Achtung: Wenn ihr das Handtuch nicht frühzeitig werfen wollt, dann haltet die Deckung oben, bleibt weg von den Seilen und teilt kräftig aus!

HOCH DIE *ARMS*

Nintendos neuester Brawler *ARMS* (2017) bietet Gamern völlig neue Möglichkeiten, ihre Fäuste einzusetzen. Mithilfe der Switch-Bewegungssensoren und dank der ausfahrbaren, biegsamen Arme der Kämpfer können Spieler ihre Gegner nun überall im Ring erwischen.

Gamer „maraboto95" (MEX) schaffte mit Spring Man (Bild) das **schnellste Durchspielen von *ARMS* auf „Normal"** (Level 4) und beendete einen Einzelspieler-Grand-Prix in nur 16:33 min (verifiziert von *Speedrun* am 1. Febr. 2018). Außerdem holte er den Rekord für das **schnellste Durchspielen von *ARMS* auf „Schwierig"** (Level 7), als er am 17. Febr. 2018 den Einzelspieler-Grand-Prix in 18:09 min beendete.

Erstes Armdrücken-Spiel
Nach dem Erfolg des Boxspiels *Punch-Out!!* (1983) wendete Nintendo das „Ausweichen und Kontern"-Prinzip auch in *Arm Wrestling* (1985) an. Das Spiel war Nintendos letzte unabhängige Entwicklung für münzbetriebene Arcade-Automaten.

DIE LEGENDEN LEBEN

Muhammad Ali (rechts) nannte sich selbst „der Größte" und viele stimmten ihm zu – auch Spiele-Publisher. Bei *Champions Forever Boxing* (NEC, 1991) war der dreimalige Boxweltmeister zum ersten Mal auf einem Spielecover. Bis zum 29. März 2018 hatte er die **meisten Spielecover-Abbildungen eines Boxers** (8).

Martial-Arts-Legende und Leinwandheld Bruce Lee (links) hat die **meisten Spiele-Auftritte eines Kampfsportlers.** Er war bis zum 1. März 2018 in 13 Spielen zu sehen.

Meistverkauftes Kampfspiel für die Nintendo Switch
Bis zum 29. März 2018 war das anarchische Boxspiel *ARMS* (Nintendo) Meister aller Gewichtsklassen und hatte sich laut *VGChartz* 1,62 Mio. Mal verkauft.
Dank dieses Erfolgs wurde *ARMS* auch in der eSport-Szene ernstgenommen und konnte sich einen Platz beim Kampfspiel-Spektakel EVO Japan 2018 (26.–28. Jan.) sichern. Von den insgesamt 327 *ARMS*-Teilnehmern setzte sich am Ende „Pega" (J) als Sieger durch.

Erstes 3D-Boxspiel
4D Sports Boxing (Distinctive Software) für den Apple Macintosh markierte einen Wendepunkt für das 3D-Kampfsport-Genre. Die Grafik der im Juni 1991 von EA veröffentlichten Box-Simulation war dank Motion-Capture-Technik so geschmeidig wie nie zuvor.

Langlebigste Boxspiel-Serie
Die *Punch-Out!!*-Serie hat mehr als 12 Runden im Ring überstanden. Seit dem ersten *Punch-Out!!* (1983) erschienen innerhalb von 26 Jahren acht Spiele, darunter auch der Ableger *Arm Wrestling* (siehe links unten). Das aktuellste Spiel der Serie ist der WiiWare-Titel *Doc Louis's Punch-Out!!* (Nintendo, 2009).

Erstes Videospiel mit echtem Box-Filmmaterial
Anstelle von animierten Charakteren verwendete *Prize Fighter* (Sega, 1993) für seine Kämpfer im Spiel echte Videos von vier Stuntmen (Jimmy Nickerson, Manny Perry, Billy Lucas und Ben Bray). Die Spieler steuerten die gefilmten Kämpfer aus der Egoperspektive. Spieleentwickler Digital Pictures musste seine „Kämpfer" fünf Wochen lang trainieren lassen, bevor sie vor die Kamera treten konnten.

88,18 %

Bestbewertetes Kampfsport-Spiel
Der langjährige Champion in dieser Kategorie ist das gute alte *Fight Night Round 2* (EA Sports, 2005) für die originale Xbox. Es steht mit 88,18 % bei 44 Bewertungen auf *GameRankings*, dicht gefolgt von *Fight Night Round 4* (EA, 2009) für die PS3 mit 88 %.

FAKT!
Damit sich sein Martial-Arts-Spiel *Karateka* (1984) flüssig anfühlte, entwickelte Jordan Mechner die **erste Motion-Capture-Animation eines Spiels.** Er filmte seinen Karatelehrer und zeichnete über die Bilder.

4 SEKUNDEN

SCHNELLSTER EINZELSPIELER-K.-O. IN *UFC 3*
Xbox-One-Gamer „VaultDude21" (CDN) ist offenbar der Meinung, dass seine Kämpfer nicht für Überstunden bezahlt werden. In der Rekordzeit von nur 4,56 sec schaffte er am 11. Febr. 2018 in *UFC 3* (EA Sports, 2018) einen Knock-out – ganze neun Tage nach der Veröffentlichung des Spiels.

SCHNELLSTER TYSON-K.-O. IN *PUNCH-OUT!!*
Mit fliegenden Fäusten erledigte „Summoningsalt" (USA) *Punch-Out!!*s letzten Gegner „Iron" Mike Tyson in nur 02:05,82 min (verifiziert von *Speedrun* am 1. März 2017). Er war damit exakt 1 sec schneller als der zweitbeste Boxer „zallard1" (USA).

WWE

Mit ihren muskelbepackten Charakteren und todesmutigen Stunts bietet die WWE perfekte Voraussetzungen für eine Videospiel-Umsetzung. Also holt die Wrestling-Outfits raus, übt eure Takedown-Moves und bereitet euch auf einen spektakulären Eintritt in den Ring vor …

GRÖẞTER KADER IN EINEM WWE-SPIEL

Zählt man die Wrestler des Grundspiels *WWE 2K18* (2017) und die der verschiedenen DLC-Pakete zusammen, kommt das aktuellste Spiel der langlebigen Wrestling-Serie von 2K auf insgesamt 184 einzigartige spielbare Charaktere.

Im Hintergrund ist eine Auswahl des Jahrzehnte überspannenden Kaders zu sehen, in dem natürlich Legenden wie Ric Flair, The Rock, The Undertaker, Ultimate Warrior, Andre the Giant und „Macho Man" Randy Savage nicht fehlen dürfen.

Auch aktuelle Stars sind vertreten, darunter *WWE 2K18*-Titelheld Seth Rollins (rechts), AJ Styles, Roman Reigns und der Gamer/YouTuber Xavier Woods, alias Austin Creed. Außerdem gibt es im Spiel 32 spielbare Wrestlerinnen, darunter Ruby Riott, Sasha Banks, Alicia Fox und Trish Stratus.

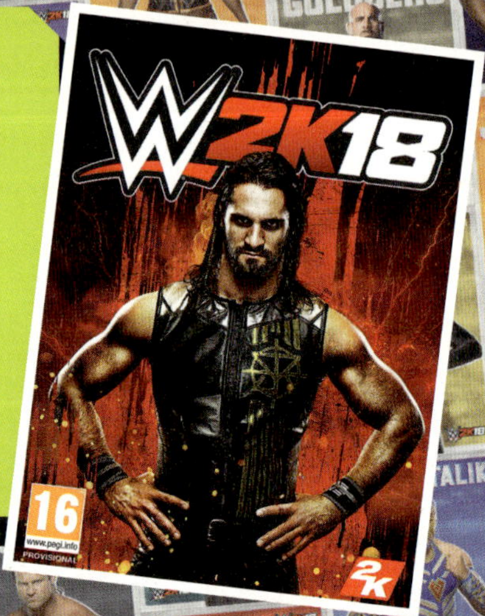

GOLD GAMING

Rosen für Sieger
Elizabeth Ann Hulette, alias Miss Elizabeth, war die erste WWF/WWE-Diva in einem Videospiel. Sie trat im Abspann des Arcade-Spiels *WWF Superstars* (1989) auf.

51 AUFTRITTE

Bis zum 14. März 2018 war der Undertaker in 51 von 66 lizenzierten WWF/WWE-Games spielbar und damit der **Wrestler mit den meisten Auftritten in Videospielen.** In *WWF Super WrestleMania* (Sculptured Software, 1992) für die Super NES und Sega Genesis trat er erstmals in den Ring; ganz aktuell ist er in *WWE 2K18* (2K) dabei. In *SmackDown vs Raw 2009* (2008) konnte der Undertaker seine Gegner mithilfe einer mysteriösen Urne (meist gehalten von seinem Ex-Manager Paul Bearer) in Zombies verwandeln.

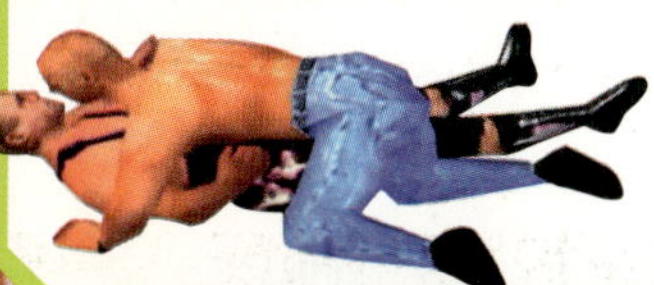

ERSTES WWF/WWE-SPIEL IN 3D

Bis in die späten 1990er-Jahre waren WWF-Spiele in 2D. Erst in *WWF War Zone* (Iguana West, 1998) gab es richtige 3D-Modelle der Kämpfer und Ringumgebung. Es war auch das erste WWF/WWE-Spiel, das den Einzug der Wrestler in den Ring zeigte.

FAKT!

WWF: *WrestleMania* (Acclaim) war das **erste WWF/WWE-Konsolenspiel.** Das 1989 veröffentlichte Spiel war außerdem eines der ersten von Entwicklerstudio Rare (GB).

ERSTES AUTO-KAMPFSPIEL MIT WRESTLING-THEMA

Im Stockcar-Spiel *WWE Crush Hour* (THQ, 2003) für PS2 und GameCube trafen Autokämpfe und Wrestling-Stars aufeinander. Die WWE-Helden landeten vom Ring direkt hinterm Lenkrad von schwerbewaffneten und übertrieben ausgestatteten Fahrzeugen und kämpften sich bis zum Showdown mit dem fiesen Vince McMahon durch.

23 MINUTEN 21 SEKUNDEN

PS4-Gamer „Chris32156" (USA) gelang am 3. Aug. 2017 der **schnellste 100%-Run durch *WWE 2K17*: „Hall of Fame Showcase"** (verifiziert von *Speedrun*). Er rockte alle sieben Klassikermatches mit Bravour, darunter das zwischen Sting (unten) und Ric Flair (1988), das Aufeinandertreffen von Jacqueline und Ivory in SmackDown 2000 sowie der Kampf zwischen Big Show und Big Boss Man in Armageddon 1999.

Meistgesehenes *WWE 2K18*-Match
Bis zum 14. März 2018 sahen 2.937.189 YouTube-Zuschauer, wie sich die virtuellen WWE-Superstars Seth Rollins und Austin Creed durch ein 20-Mann-Royal-Rumble-Match in *WWE 2K18* (2K) kämpften. Das „WWE 2K18: SETH ROLLINS & AUSTIN CREED enter the ROYAL RUMBLE! – UpUpDownDown Plays"-Video erschien wenige Tage nach Spielrelease.

Erstes Wrestling-Spiel „ab 18 Jahren"
ECW Hardcore Revolution (Acclaim, 2000) war das erste Wrestling-Spiel, das vom amerikanischen Entertainment Software Rating Board (ESRB) eine Altersfreigabe ab 18 Jahren erhielt. Die „extreme Wrestling-Action" und die „vielen Schimpfwörter" machten das Spiel leider auch nicht besser, und es geriet schon bald nach seiner Veröffentlichung wieder in Vergessenheit.

Meiste Kampfsport-Spiele eines Entwicklers
Von *Shin Nippon Pro Wrestling: Toukon Retsuden* (1995) bis zu *WWE 2K18* (2017) entwickelte das japanische Studio Yuke's bis zum 14. März 2018 insgesamt 43 Kampfsport-Spiele. Weitere Yuke's-Titel sind das Frauen-Wrestling-Spiel *Rumble Roses* (2004) und dessen Fortsetzung von 2006, sowie ein Ableger des Box-Films *Real Steel* mit Hugh Jackman (2011).

Erstes Videospiel mit realem Wrestling-Filmmaterial
Der Auswahlbildschirm in *WWF Rage in the Cage* (Sculptured Software, 1993) für die Sega Mega CD zeigte alle 20 Wrestler des Spiels in Videosequenzen sowie die ikonischen Kampftechniken von Legenden wie Bret Hart, Shawn Michaels und The Undertaker. Nach Durchspielen des Turniermodus feierte der dabei gewählte Wrestler in einem Videoclip.

Meistgesehenes Wrestling-Machinima
Das am 18. Jan. 2012 auf YouTube veröffentlichte „WWE'12: Marvel vs DC Comics"-Video zeigt jede Menge Super-Team-Matches. Mit dem Editor in *WWE '12* (Yuke's, 2011) schickte „Fantasy Caws" Ebenbilder von Spider-Man, Thor, Iron Man und Captain America gegen Superman, Batman und The Flash in den virtuellen WWE-Ring. Am 14. März 2018 hatte es 63.221.781 Aufrufe.

TOP 10

WRESTLING-COVER

Schon seit Jahrzehnten kämpfen Wrestler um die Vorherrschaft im Ring – es ist an der Zeit, herauszufinden, wer es in diesem Zeitraum auf die meisten Spiele-Titelbilder geschafft hat. Bis zum 1. März 2018 waren diese Wrestler am häufigsten auf den Spielhüllen zu sehen …

1

THE UNDERTAKER
(USA)

19 COVER

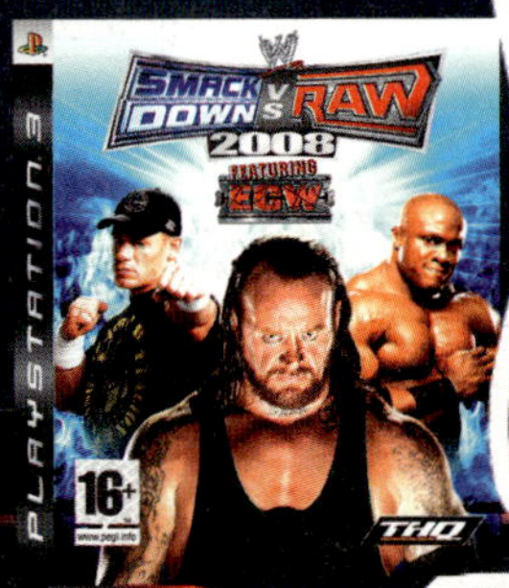

Die für ihren explosiven Luna-Bomb-Move bekannte Luna Vachon (CDN) war die **erste Frau auf einem Wrestlingspiel-Cover** (*WWF Raw*, 1994).

=2

TRIPLE H
(USA)

17 COVER

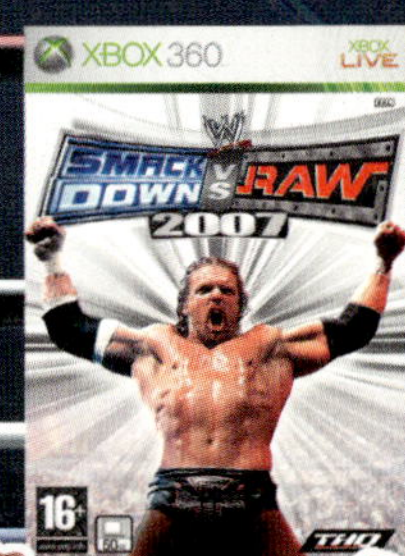

=2

DWAYNE „THE ROCK" JOHNSON
(USA)

17 COVER

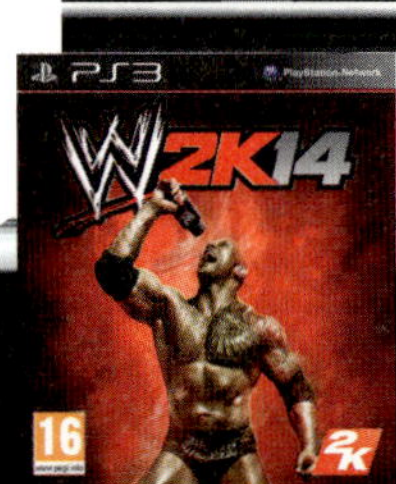

4

HULK HOGAN
(USA)
15 COVER

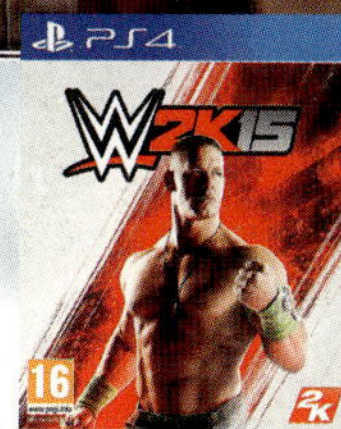

5

JOHN CENA
(USA)
11 COVER

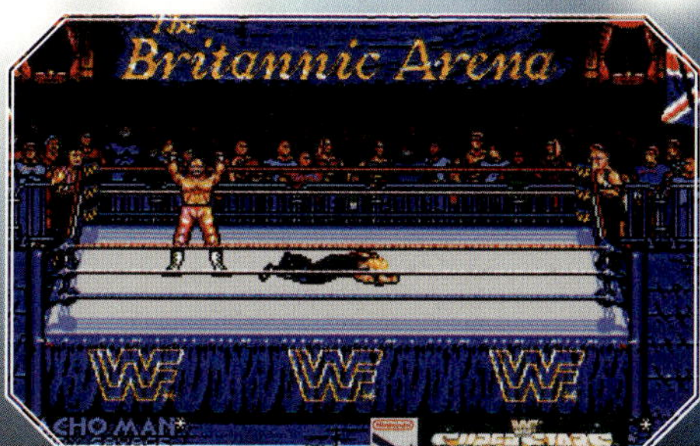

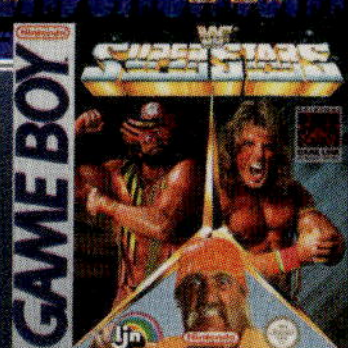

6

RANDY „MACHO MAN" SAVAGE
(USA)
10 COVER

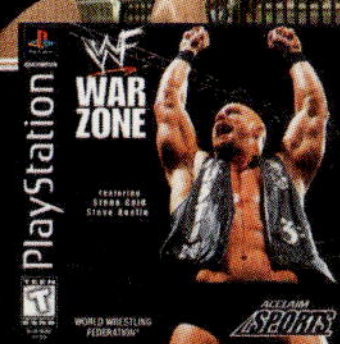

7

„STONE COLD" STEVE AUSTIN
(USA)
9 COVER

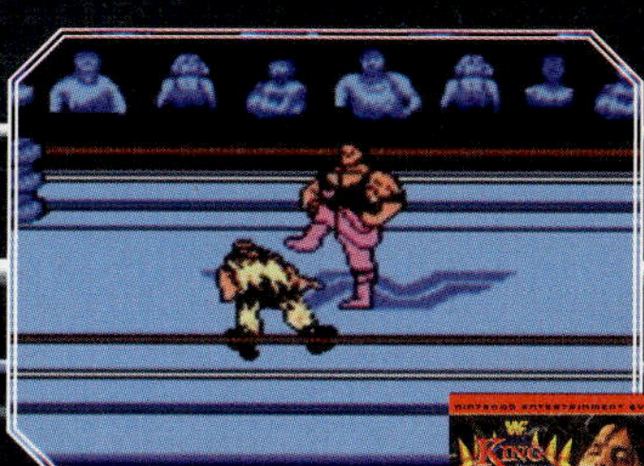

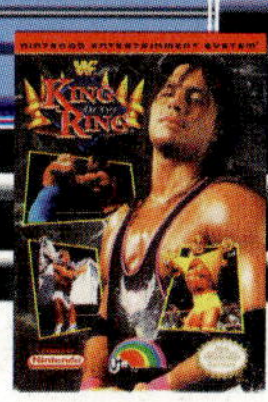

8

BRET „THE HITMAN" HART
(CDN)
8 COVER

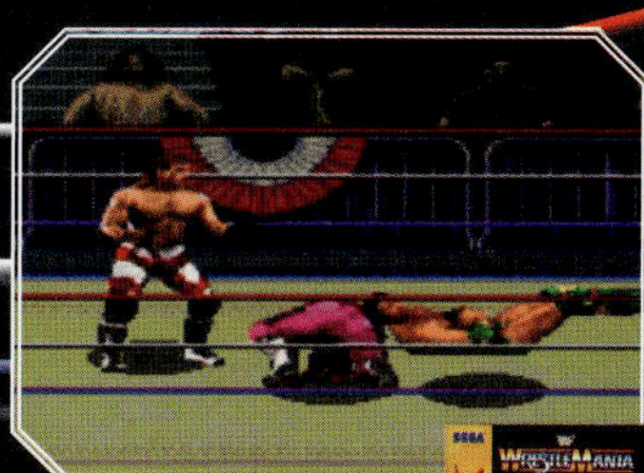

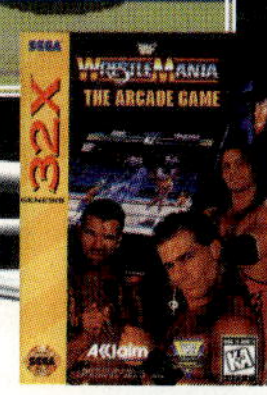

9

SHAWN MICHAELS
(USA)
7 COVER

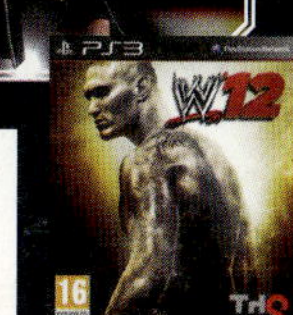

10

RANDY ORTON
(USA)
6 COVER

DIE BESTEN PLAYER

Bester *Guilty Gear Xrd*-Spieler (aller Zeiten)
NAME: Ryo Nozaki
ALIAS: Dogura
NATIONALITÄT: Japan
CHARAKTER: Raven
GESAMTPUNKTE: 226.193
GESAMTEINNAHMEN: 22.169 EUR
TURNIERSIEGE: 31

Bester *Street Fighter V*-Spieler (aller Zeiten)
NAME: Hajime Taniguchi
ALIAS: Tokido
NATIONALITÄT: Japan
CHARAKTER: Akuma
GESAMTPUNKTE: 224.867
GESAMTEINNAHMEN: 173.551 EUR
TURNIERSIEGE: 47

Bester *Tekken 7*-Spieler (aller Zeiten)
NAME: Hyun-jin Kim
ALIAS: JDCR
NATIONALITÄT: Südkorea
CHARAKTER: Dragunov
GESAMTPUNKTE: 287.701
GESAMTEINNAHMEN: 44.682 EUR
TURNIERSIEGE: 27

Verifiziert von eSportsearnings.com und Shoryuken.com, Stand: 27. Febr. 2018.

PRO-KÄMPFER

In *Street Fighter V* kämpft man mit Ryu, Ken, Akuma und Co., und in *Injustice 2* hat man die Wahl aus einer ganzen Palette an Superhelden und fiesen Bösewichten. Unsere Spielerauswahl bietet eine noch viel gefährlichere Aussicht. Entdeckt die weltbesten Kampfspiel-Profis und die Charaktere, mit denen sie ihre Lieblingsspiele beherrschen. Stellt bloß sicher, dass ihr euren Kämpfer mit Bedacht auswählt …

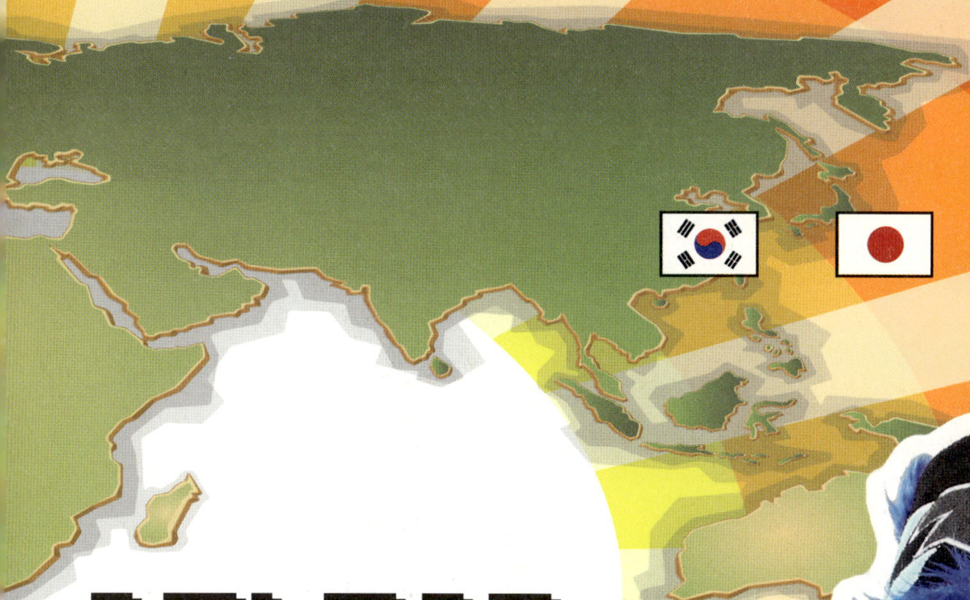

SELECT

2P
SONICFOX

Bester *Super Smash Bros. für Wii U*-Spieler (aller Zeiten)
NAME: Gonzalo Barrios
ALIAS: ZeRo
NATIONALITÄT: Chile
CHARAKTER: Diddy Kong
GESAMTPUNKTE: 2.792
GESAMTEINNAHMEN: 151.323 EUR
TURNIERSIEGE: 10

Bester *Marvel vs. Capcom: Infinite*-Spieler (aller Zeiten)
NAME: Christopher Gonzalez
ALIAS: NYChrisG
NATIONALITÄT: USA
CHARAKTER: Morrigan
GESAMTPUNKTE: 61.825
GESAMTEINNAHMEN: 33.765 EUR
TURNIERSIEGE: 8

Bester *Injustice 2*-Spieler (aller Zeiten)
NAME: Dominique McLean
ALIAS: SonicFox
NATIONALITÄT: USA
CHARAKTER: Deadshot
GESAMTPUNKTE: 213.664
GESAMTEINNAHMEN: 375.064 EUR
TURNIERSIEGE: 14

SPEEDRUNS

Der Konkurrenzkampf in unserem Speedrun-Abschnitt ist groß und Spieler haben kaum Zeit, sich auf ihren Lorbeeren auszuruhen. Alle Zeiten auf dieser und den nächsten 11 Seiten wurden von *Speedrun* am 2. April 2018 verifiziert. Und jetzt: Auf die Plätze, fertig ... LOS!

BELIEBTESTES SPEEDRUN-SPIEL

Super Mario 64 ist schon seit 1996 am Start und erfreut sich in der Speedrun-Community immer größerer Beliebtheit. Bis zum 2. April 2018 hatten 6.727 Speedrunner ihre Bestzeiten in Nintendos Meisterwerk auf Speedrun.com veröffentlicht.

Zu den beliebtesten Kategorien zählt das Durchspielen mit 120, 70, 16, 1 und 0 Sternen. Für die letzten drei Kategorien muss man einige Glitches in *Mario 64*s altem Code ausnutzen, damit Mario viel früher als vorgesehen gegen Bowser antreten kann. Die Mindestanzahl an Sternen für einen Run ohne Glitches ist 70. Für einen kompletten 120-Sterne-Run muss man dagegen jeden einzelnen Stern einsammeln.

TOP 10: SPIELE MIT DEN MEISTEN SPEEDRUNS

Trotz seines hohen Alters ist Mario immer noch so flink auf den Füßen, dass er unangefochten an der Spitze aller Speedrun-Spiele steht. Genauso wie Nintendo: Der japanische Publisher ist für acht der zehn Spiele mit den meisten eingereichten Speedruns verantwortlich und wird nur von *Portal* (Valve, 2007) und *Undertale* (Toby Fox, 2015) in seiner Vorherrschaft gestört.

SPIEL	PUBLISHER	RELEASE	#
Super Mario 64	Nintendo	1996	6.727
Super Mario Odyssey	Nintendo	2017	6.546
Super Mario Sunshine	Nintendo	2002	4.726
The Legend of Zelda: Ocarina of Time	Nintendo	1998	4.273
Super Mario World	Nintendo	1990	3.866
Super Metroid	Nintendo	1994	3.279
The Legend of Zelda: A Link to the Past	Nintendo	1991	3.225
Super Mario Bros.	Nintendo	1985	2.741
Undertale	Toby Fox	2015	2.704
Portal	Valve	2007	2.441

SPEEDRUNS

SPEEDRUN.COM

ARMS **(2017)**
Nintendos neuestes Prügelspiel bringt Gamer zusammen: Als der bisherige Rekordhalter „plp" (USA) von „Mileve" (CDN) mit weniger als einer halben Sekunde geschlagen wurde, schlug er vor: „Mileve, wir sollten mal spielen." Bisher gibt es noch kein Ergebnis dieses Kampfes ...

Axiom Verge **(2015)**
Das Side-Scroller-„Metroidvania"-Spiel ist ein Hit unter Speedrunnern. Der schnellste Spieler „Zecks" (FIN) sagte, dass er nur knapp den Boss Uruku (rechts) überlebte und „äußerst Glück hatte".

Batman: Arkham Asylum **(2009)**
Der Gamer „Nivlak" (USA) überwältigte die randalierenden Insassen des Arkham Asylums schneller als jeder andere und legte Scarecrow, Bane, Joker und Co. das Handwerk. Batman persönlich hätte es wahrscheinlich nicht schneller hingekriegt!

SPIEL	KATEGORIE	PLATZ	SPIELER	ZEIT	SYSTEM
Ape Escape	Any%	1	eednob (USA)	00:44:48	PS2
		2	SSBMstuff (USA)	00:45:04	PS2
		3	El_Dorado (J)	00:45:26	PS2
ARMS	1P Grand Prix; any ARMS; Leicht	1	Mileve (CDN)	00:10:05.7	Switch
		2	plp (USA)	00:10:06	Switch
		3	RampantEpsilon (USA)	00:10:35.6	Switch
Axiom Verge	Any%; Normal	1	Zecks (FIN)	00:34:57.4	PC
		2	Ryn2075 (USA)	00:35:24.5	PC
		3	BlueyLewis	00:36:48.1	PC
Bastion	Any% kein MMS; neues Spiel	1	HaosEdge (A)	00:13:29	PC
		2	valentinoIAN (USA)	00:13:32	PC
		3	SomeDude1316 (USA)	00:13:35	PC
Batman: Arkham Asylum	Any%; Leicht	1	Nivlak (USA)	01:19:08	PC
		2	Psychotik (CDN)	01:19:36	PC
		3	cojosao (USA)	01:19:51	PC
The Binding of Isaac: Afterbirth	1 Charakter	1	karolmo (E)	00:05:35	PC
		2	BrainTM (USA)	00:05:43	PC
		3	Dea1h (RUS)	00:05:52	PC
Blaster Master	Any% (JP)	1	IluvMario (USA)	00:25:55	NES
		2	Dugongue (USA)	00:26:36	NES
		3	ShiningDragoon (USA)	00:26:43	NES
Bubble Bobble (NES)	Any% (1 Spieler)	1	Zimond (S)	00:31:43	NES
		2	AND4H (USA)	00:34:18	NES
		3	RottDawg (CDN)	00:40:32	NES

SPIEL	KATEGORIE	PLATZ	SPIELER	ZEIT	SYSTEM
Bully: Scholarship Edition	Any%	1	SWEGTA (S)	02:37:34	PC
		2	joystiquebr (BR)	02:37:57	PC
		3	GuyWhoLied (USA)	02:40:29	PC
Castlevania (NES)	Any%	1	Janthe (F)	00:11:31.8	NES
		2	FuriousPaul (USA)	00:11:32.7	NES
		3	kmac (USA)	00:11:32.9	NES
Cave Story	Bestes Ende	1	magmapeach	00:56:32	PC
		2	PPU (J)	00:57:11	PC
		3	Shadax	00:57:23	PC
Celeste	Any%	1	TGH (USA)	00:32:24	PC
		2	yp (CDN)	00:32:53.5	PC
		3	Millay (F)	00:33:56.6	PC
Dishonored: Death of the Outsider	Any%	1	bjurnie (NL)	00:09:15	PC
		2	seeker_ (F)	00:09:21	PC
		3	Metro72 (USA)	00:10:42	PC
Fire Emblem Warriors	Neues Spiel; Single	1	DKRF (USA)	01:49:26	Switch
		2	GodSlayerLaharl (GB)	01:50:14	Switch
		3	AvionDS (CDN)	02:00:02	Switch
Firewatch	Any%	1	Kevbot43 (USA)	01:05:04	PC
		2	snoborder88 (USA)	01:05:12	PC
		3	ZaturnuX (S)	01:06:23	PC
Five Nights at Freddy's	Any%; PC	1	Richard1764 (F)	00:01:08.4	PC
		2	flower (RUS)	00:01:09	PC
		3	ZeldaCrasher (USA)	00:01:10.2	PC
For Honor	NG+ Any%	1	Bandana (USA)	01:16:58	PC
		2	Mr.KillshotTV (BY)	01:26:10	PC
		3	Cropax (DK)	01:29:00	PC

Celeste **(2018)**
Für die schnellsten Zeiten in Matt Makes Games' Plattformspiel braucht man blitzschnelle Reflexe. Wie „TGH" (USA) eindrucksvoll in seinem Run demonstrierte, ist auch das Einprägen der Levellayouts extrem wichtig.

Firewatch **(2016)**
Tag 77 des Erzähl-Adventures von Campo Santo war ein Stolperstein für unseren Top Speedrunner. Obwohl „Kevbot43" (USA) wertvolle Sekunden in der Wildnis verlor, schaffte er insgesamt trotzdem die Bestzeit.

SPEEDRUNS

Hellblade: Senua's Sacrifice **(2017)**
Das Psycho-Adventure von Ninja Theory gewann für seine langsam erzählte Story jede Menge Preise (S. 12–13). Das hält Speedrunner allerdings nicht davon ab, trotzdem durchs Spiel zu flitzen.

Injustice 2 **(2017)**
Als sich „JerQ_Q" (FIN) mit dem DC Universum anlegte, schoss er wie ein Projektil durch den Storymodus in *Injustice 2*. „Nächstes Mal knacke ich die 1-h-Marke!", verkündete er nach seinem Rekord-Run.

SPIEL	KATEGORIE	PLATZ	SPIELER	ZEIT	SYSTEM
Furi	Speedrun-Modus; Legacy	1	Dircashede (AUS)	00:29:23	PC
		2	angelym (F)	00:29:43	PC
		3	Platypus_Funk (F)	00:31:20	PS4
Half-Life	WON; ohne Scripts	1	Maxam (S)	00:29:03.6	PC
		2	ProtoAus (AUS)	00:29:39.5	PC
		3	d0t (S)	00:29:42.7	PC
Half-Life 2	Neue Engine	1	raintnt (RUS)	01:11:37.03	PC
		2	chili_n_such (USA)	01:13:32.61	PC
		3	deathwingua (UA)	01:14:11.19	PC
Heavy Rain	Any%	1	dragonbane0 (D)	03:23:32	PS3
		2	Kevbot43 (USA)	03:29:27	PS3
		3	loafofbread (USA)	03:41:03	PS3
Hellblade: Senua's Sacrifice	Any%	1	s8n (D)	01:42:50	PC
		2	Pestis616 (D)	01:58:39	PC
		3	qvaku (PL)	02:04:50	PC
Hotline Miami 2: Wrong Number	NG+ Any%	1	Uzikoti (F)	00:32:49	PC
		2	Ashmore (F)	00:33:42	PC
		3	Jackintoshh (IRL)	00:33:50	PC
Injustice 2	Storymodus	1	JerQ_Q (FIN)	01:00:09	PS4
		2	peck324 (USA)	01:02:07	PS4
		3	PoisonTrace (USA)	01:13:30	PS4
Jet Set Radio	Any%; PC	1	Faila (RA)	00:36:11	PC
		2	kitcarsonn (USA)	00:36:21	PC
		3	maxylobes (USA)	00:37:44	PC

SPIEL	KATEGORIE	PLATZ	SPIELER	ZEIT	SYSTEM
Kirby: Planet Robobot	Any%	1	shirokirby (J)	01:41:54	New 3DS
		2	yosshiV3 (J)	01:42:59	New 3DS
		3	Kobral (D)	01:48:52	New 3DS
L.A. Noire	Any%; Normal; ohne DLC	1	SeductiveSpatula (N)	03:42:57	PC
		2	Ectortutu (RUS)	03:47:22	PC
		3	Duders (USA)	03:54:44	PC
Legacy of Kain: Soul Reaver	Any%	1	Veictas (I)	00:24:57	PC
		2	Twincross (GB)	00:27:50	PC
		3	DaeMord (GB)	00:28:47	PC
The Lion King (SNES)	Any%; Schwer	1	Akiteru (CDN)	00:13:54	SNES
		2	TheMexicanRunner (MEX/PL)	00:14:19	SNES
		3	AlfredoSalza (RCH)	00:14:47	SNES
Luigi's Mansion 2	Any%	1	Banananana (USA)	03:00:05	3DS
		2	RiiDOLSK (USA)	03:01:51	3DS
		3	StarlightKick (USA)	03:17:43	3DS
Mafia II	Any%	1	kdstz (NL)	03:08:54	PC
		2	Kabalie (FIN)	03:12:01	PC
		3	Vojtas131 (CZ)	03:12:20	PC
Mafia III	Any%	1	Kabalie (FIN)	05:47:28	PC
		2	Mattmatt10111 (ARK)	07:24:02	PC
		3	Kinfath92 (I)	07:24:07	PC
Mario + Rabbids Kingdom Battle	Any%; kein DLC; Leicht	1	StKildaFan (AUS)	05:25:36	Switch
		2	BnH247 (USA)	05:42:09	Switch
		3	N/A		

***Luigi's Mansion 2* (2013)**
Buh! Luigis Abenteuer im Nachtschattental zieht Speedrunner an wie der Schreckweg-09/15-Staubsauger die Geister. „Banananana" (USA) schaffte die schnellste Zeit und verpasste die 3-h-Marke nur um 5 sec!

TOP 10: SPIELE MIT DEN MEISTEN EINGEREICHTEN SPEEDRUNS 2017

Zu Beginn dieses Kapitels haben wir uns die Spiele mit den meisten eingereichten Speedruns aller Zeiten angesehen. Wie sieht es aber mit aktuellen Spielen aus? Auf Nachfrage schickte uns *Speedrun* die Statistiken zu den Spielen mit den meisten eingereichten Speedruns 2017. Natürlich lag ein gewisser Super Mario wieder ganz vorne …

SPIEL	PUBLISHER	RELEASE	#
Super Mario Odyssey	Nintendo	2017	3.424
Super Mario 64	Nintendo	1996	2.738
Super Mario World	Nintendo	1990	1.681
Super Metroid	Nintendo	1994	1.653
Resident Evil VII: Biohazard	Capcom	2017	1.583
Super Mario Bros.	Nintendo	1985	1.448
Mario Kart 8 Deluxe	Nintendo	2017	1.407
Undertale	Toby Fox	2015	1.172
White Tiles 4: Piano Master	Brighthouse	2014	1.142
Refunct	Dominique Grieshofer	2015	1.120

***Super Mario Odyssey* (2017)**
Super Mario Odyssey war 2017 das Spiel mit den meisten Speedruns und der beste Beweis dafür, dass gute Klempner kaum kleinzukriegen sind. Und das, obwohl es erst am 27. Okt. erschien!

SPEEDRUNS

SPIEL	KATE-GORIE	PLATZ	SPIELER	ZEIT	SYSTEM
Mass Effect 2	Any%; mit DLC	1	tentaclepie (S)	01:29:02	PC
		2	vacuity615 (F)	01:42:57	PC
		3	Rainbow_Lizard (GB)	01:43:35	PC
Mega Man X4	Zero 100%	1	ArielRx (EC)	00:42:06	PC
		2	Qttsix (RC)	00:42:22	PC
		3	LuizMiguel (BR)	00:42:26	PS One
Mirror's Edge Catalyst	Any%	1	MazkuD (FIN)	01:16:44	PC
		2	matchboxmatt (USA)	01:17:07	PC
		3	alexhxc15 (USA)	01:19:02	PC
Monster Hunter: World	Any%; 1 Spieler	1	Shepard (USA)	07:51:58.6	PS4 Pro
		2	P4ntz (CDN)	16:48:16.6	PS4
		3	N/A		
Moss	Any%	1	towai (USA)	00:48:42	PS4 (PS VR)
		2	MileyMouse (B)	00:49:45	PS4 (PS VR)
		3	UpdogDrew (USA)	01:03:06	PS4 (PS VR)
Naruto Shippuden: Ultimate Ninja Storm 4	Any%; neues Spiel	1	TrueStorySeamus (GB)	01:26:01	PC
		2	Unicorn_Mots (PL)	01:38:56	PC
		3	joystiquebr (BR)	01:49:17	PC
Nefarious	Any%; böses Ende	1	oreoplaysthings (USA)	00:52:25	PC
		2	Watson690 (GB)	00:53:24	PC
		3	bardninja (USA)	00:59:43	PC
NieR: Automata	[A]; Normal; NG; alle Waffen; mit Glitches	1	Kanaris (A)	01:24:54.3	PC
		2	Kasserne (DK)	01:26:11.7	PC
		3	-MarbleSoda- (USA)	01:28:58.8	PC
Ninja Gaiden Black	Normal; Any%	1	JTB123 (GB)	01:52:37	Xbox 360
		2	unwary (CDN)	01:56:04	Xbox 360
		3	KrisTheHylian (S)	02:04:49	Xbox 360

***Ninja Gaiden Black* (2005)**
Auf den Seiten 164–165 könnt ihr nachlesen, wie die *Ninja Gaiden*-Serie eine ganze Flut an Pazifisten-Speedruns inspirierte. „JTB123" (GB) legte darauf keinen Wert und machte sich mit seinem Ninja auch mal die Hände schmutzig.

***Moss* (2018)**
Um Quill auf direktem Weg durch das VR-Adventure von Polyarc zu lotsen, muss man die Rätsel im Spiel so schnell wie möglich lösen. Top-Spieler „towai" (USA) hält eine Zeit unter 48 min für „wahrscheinlich machbar".

Pikmin 3 **(2013)**
Gamer „IceCube“ (F) hat sich als der ultimative Pikmin-Treiber erwiesen. Er brachte die kleinen Spielkreaturen ordentlich auf Zack und verhalf Captain Olimar in seinem dritten Adventure zu einer fantastischen Zeit.

SPIEL	KATEGORIE	PLATZ	SPIELER	ZEIT	SYSTEM
Ori and the Blind Forest: Definitive Edition	Alle Skills; kein OOB; kein TA	1	UncleRonny (IL)	00:28:43	PC
		2	Willson (S)	00:28:49.6	PC
		3	Elojimmini (GB)	00:28:49.9	PC
Overwatch	Tutorial; PC	1	Midnight (NL)	00:03:50.9	PC
		2	Burchase (USA)	00:03:52.0	PC
		3	nijQ (D)	00:03:52.5	PC
Persona 5	Schwer, wahres Ende	1	Neviutz (D)	17:05:12	PS4
		2	Darkkefka (USA)	18:43:04	PS4
		3	Liv (GB)	19:06:04	PS4
Pikmin 3	Any%	1	IceCube (F)	00:50:07	Wii U
		2	JHawk4 (USA)	00:51:27	Wii U
		3	BielR3 (E)	00:51:29	Wii U
Pyre	Unbesiegt; Reduced	1	Ihrving (USA)	02:33:56	PC
		2	Savusukka (FIN)	02:35:34	PC
		3	LivingLooneyBin (AUS)	02:36:50	PC
Ratchet & Clank	NG+	1	doesthisusername (DK)	00:27:51	PS4
		2	nickfredy (USA)	00:27:52	PS4
		3	Scaff (AUS)	00:28:08	PS4
Rayman	Any% PS1; USA	1	Thextera (B)	01:12:43	PS2
		2	Glackum (USA)	01:13:06	PS2
		3	Arttles (P)	01:13:31	PS One
Rayman 2: The Great Escape	Any%	1	Darnok_PL (PL)	01:52:39	PC
		2	Glackum (USA)	01:55:28	PC
		3	lagpu1 (E)	01:57:08	PC

Pyre **(2017)**
„Ihrving“ (USA) holte die Verbannten in *Pyre* schneller aus dem Exil, als es ihnen lieb war. Der Gamer ging ungeschlagen aus sämtlichen Riten hervor – einer Art Sport-Matches, die man am besten mit „magischem Basketball“ umschreibt.

SPEEDRUNS

SPEEDRUN.COM

SPIEL	KATEGORIE	PLATZ	SPIELER	ZEIT	SYSTEM
Resident Evil 4	Neues Spiel; PC; Profi	1	Yuushi (J)	01:29:17	PC
		2	Morse66 (F)	01:29:42	PC
		3	MikeWave (USA)	01:30:00	PC
RiME	Any%	1	UnMind (F)	01:22:27	PC
		2	Ark_ (USA)	01:23:38	PC
		3	Tech (USA)	01:24:30	Xbox One
Salt and Sanctuary	Any% kein OOB	1	Coppie (SLO)	00:09:36	PC
		2	seanpr (USA)	00:10:33	PC
		3	ermagherddon (AUS)	00:11:09	PC
Shadow Warrior 2	NG Any%; Leicht	1	Unicorn_Mots (PL)	00:45:24	PC
		2	Raaikken (FIN)	00:46:44	PC
		3	Punchy (GB)	00:47:30	PC
Shantae: ½ Genie Hero	Shantae-Modus; Any%; ohne Glitches	1	Tky619 (GB)	01:04:08	PS4
		2	CakeSauc3 (USA)	01:04:20	PC
		3	JTNoriMaki (USA)	01:07:22	PC
Shovel Knight	Any%; Shovel Knight	1	Smaugy (S)	00:42:28	PC
		2	applesauc (USA)	00:43:05	PC
		3	Primorix (USA)	00:43:27	PC
Silent Hill	NG (Leicht)	1	Punchy (GB)	00:31:43	PS TV
		2	Aaron (GB)	00:31:44	PS3
		3	Plywood (USA)	00:32:13	PS2
Snipperclips: Zusammen schneidet man am besten ab!	Any%; Solo; Basisspiel	1	Nutt (AUS)	00:09:07	Switch
		2	N/A		
		3	N/A		

Resident Evil 4 **(2005)**
Tipp für andere Speedrunner von „Yuushi" (J), der nach jahrelangem Kampf um den Spitzenplatz in *Resident Evil 4* endlich sein Ziel erreicht hat: „Niemals aufgeben!"

Shovel Knight **(2014)**
„Smaugy" (S) bewies sich in dem Plattformspiel von Yacht Club Games als schaufelschwingender Schatzsuch-Meister. Der Gamer raste in nur 42:28 min durch *Shovel Knight*.

Star Wars Battlefront II (2017)
Auch in einer weit entfernten Galaxie sind Speedrunner nicht vor technischen Problemen gefeit. „Iako3000" (AUS) erreichte zwar den Spitzenplatz in *Battlefront II*, sagte aber, dass eine beschädigte Videodatei einen schnelleren Run verhindert hätte.

SPIEL	KATEGORIE	PLATZ	SPIELER	ZEIT	SYSTEM
Solitaire	Eine ziehen	1	DDos-Dan (AUS)	00:00:08	PC
		2	Strucht DeRügel	00:00:10	PC
		3	Georg Sandner	00:00:11	PC
SOMA	Any%	1	Teravortryx (CDN)	00:59:50	PC
		2	Sychotixx (USA)	01:00:31	PC
		3	amzblk (EST)	01:02:02	PC
South Park: Die rektakuläre Zerreißprobe	Any%	1	Firepaw (A)	03:48:24	PC
		2	ZanderGoth (USA)	04:19:43	PC
		3	BnH247 (USA)	06:04:35	PC
Splatoon	Any%	1	movefish (USA)	00:51:19	Wii U
		2	TonesBalones (USA)	00:51:56	Wii U
		3	BEAT (J)	00:52:31.1	Wii U
Splatoon 2	Any%	1	hashedrice (J)	01:32:31	Switch
		2	movefish (USA)	01:32:44	Switch
		3	TonesBalones (USA)	01:35:02	Switch
Spyro: Year of the Dragon	Any%	1	jeremythompson (USA)	00:24:08	PS TV
		2	Zeuspot (DK)	00:25:55	PS TV
		3	grantchil (USA)	00:26:11	PS TV
Star Fox 64	Any%; Konsole	1	Hayate (J)	00:22:24	N64
		2	Stivitybobo (USA)	00:22:27	N64
		3	LylatR (CDN)	00:22:29	N64
Star Wars Battlefront II	Any% mit Bonus	1	Iako3000 (AUS)	00:47:51	PC
		2	ctc (USA)	00:48:43	PC
		3	rakv (S)	00:48:54	PC
Star Wars: Knights of the Old Republic	Any%	1	glasnonck (USA)	01:14:59	PC
		2	Sheepmetal (DK)	01:21:04	PC
		3	indykenobi (USA)	01:24:10	PC

Splatoon 2 (2017)
Nicht einmal die schnellsten Speedrunner schaffen es durch Nintendos riesigen Hit, ohne sich von oben bis unten mit Farbe zu bekleckern.

SPEEDRUNS

SPEEDRUN.COM

Thumper **(2017)**
Das Gameplay dieses abgedrehten Rhythmus-Shooters ist schon so schnell genug. „RaulTheGhoul" (USA) reizte es bis zum Maximum aus und schaffte es in exakt 3 h durch alle Level.

Uncharted 4: A Thief's End **(2016)**
Gegenseitiger Respekt ist fester Bestandteil der Speedrun-Community. Nachdem „OmarZarco" (MEX) die schnellste Zeit in *Uncharted 4* geschafft hatte, bedankte er sich bei seinem Vorgänger „AO" (J) für dessen Vorarbeit: „Klasse Arbeit beim Finden der verschiedenen Abkürzungen."

Super Mario Run **(2016)**
Manche geben sich nie zufrieden! Obwohl „Really_Tall" (GB) ganz an der Spitze des Mario-Mobile-Games von Nintendo stand, schrieb er in einem Speedrun-Kommentar, dass er seine Zeit „ziemlich schlecht" fand.

SPIEL	KATEGORIE	PLATZ	SPIELER	ZEIT	SYSTEM
SteamWorld Dig	Any%	1	anxest (F)	00:22:18	PC
		2	Berumondo (B)	00:22:38	PC
		3	renozealot	00:22:57	PC
Super Mario Run	Hauptlevel; Any%	1	Really_Tall (GB)	00:18:37	Android
		2	jarod (USA)	00:19:00	iOS
		3	MrCafecito (MEX)	00:19:04	iOS
The Talos Principle	Any%; Bote; uneingeschränkt	1	Kraeft (S)	00:04:08	PC
		2	syros	00:04:11	PC
		3	Extodasher (CDN)	00:04:15	PC
Thumper	Play All Levels (Any%)	1	RaulTheGhoul (USA)	03:00:00	PC
		2	BrofessorScales (CDN)	03:11:11	PS4
		3	N/A		
Titan Souls	Any% (durchgespielt); Normal	1	Scrublord (USA)	00:11:37.7	PC
		2	Zic3 (USA)	00:11:47.9	PS4
		3	3l3ktr0 (F)	00:11:54.3	PC
Titanfall 2	Any%; Any%	1	Bryonato (USA)	01:22:44	PC
		2	Joshwa04 (GB)	01:25:27	PC
		3	Overzero (USA)	01:25:38	PC
Trine	NG+ Any%	1	Evertrn (S)	00:29:52	PC
		2	MaximumLeech (USA)	00:30:25	PC
		3	Janmumrik (S)	00:33:47	PC

SPIEL	KATEGORIE	PLATZ	SPIELER	ZEIT	SYSTEM
Uncharted 4: A Thief's End	Any%	1	OmarZarco (MEX)	03:39:12	PS4
		2	AO (J)	03:42:42	PS4
		3	lighteninggod (NGR)	03:45:03	PS4
Uncharted: The Lost Legacy	Any%	1	Erims (F)	01:13:05	PS4
		2	Mattmatt10111 (ARK)	01:15:14	PS4
		3	osskari (IS)	01:17:16	PS4
Undertale	Neutral	1	SnowieY (CDN)	00:56:10	PC
		2	TGH (USA)	00:56:32	Linux
		3	Magolor9000 (CDN)	00:56:43	PC
Vanquish	Any% Casual; DLC	1	Neptas (CDN)	01:25:16	PC
		2	nordanix (S)	01:29:35	PC
		3	DaisyFan (CDN)	01:30:17	PC
Wolfenstein II: The New Colossus	Any%	1	DraQu (FIN)	01:05:59	PC
		2	forgiven_ (USA)	01:09:08	PC
		3	CreeperHntr (USA)	01:09:58	PC
Xenoblade Chronicles 2	Any%; Normal; ohne DLC	1	Tort (USA)	05:31:01	Switch
		2	Gren (USA)	05:41:45	Switch
		3	docmob (F)	05:51:50	Switch
Yoshi's Woolly World	Any% (Klassisch-Modus); Normal	1	be_be_be_ (J)	02:24:51	Wii U
		2	Vallu (FIN)	02:25:39	Wii U
		3	Jolteon92 (GB)	02:32:09	Wii U

Xenoblade Chronicles 2 **(2017)**
Ein Speedrun-Rekord, der fünf Stunden dauert – wie der von „Tort" (USA) durch *Xenoblade Chronicles 2* –, ist schon eine Leistung. Doch man denke nur an alle begeisterten *Persona 5*-Spieler: Ein guter Speedrun dauert hier immer noch über 17 Stunden!

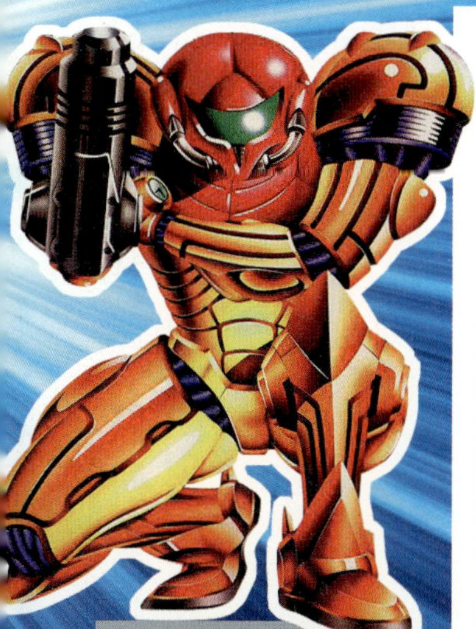

Super Metroid **(1994)**
Der Planet Zebes ist nicht nur eine der ikonischsten Spielstätten, sondern auch eine fantastische Rennbahn für Speedrunner. Die besten Spieler rasen mit Samu auf den Pixel genau über die Plattformen und kennen alle geheimen Abkürzungen.

TOP 10: SNES-CLASSIC-MINI-SPIELE MIT DEN MEISTEN SPEEDRUNS

Nintendos Führungsetage hatte ja keine Ahnung, dass sie mit dem Super NES Classic Mini eine ganz neue Plattform für Speedrunner erschaffen würde. Am 2. April 2018 war das klassische Sci-Fi-Adventure *Super Metroid* (Nintendo) das Spiel mit den meisten Speedruns. Weit mehr als hundert Zeiten wurden bisher eingereicht.

SPIEL	PUBLISHER	RELEASE	#
Super Metroid	Nintendo	1994	114
Super Mario World	Nintendo	1990	64
The Legend of Zelda: A Link to the Past	Nintendo	1991	42
Star Fox 2	Nintendo	2017	29
EarthBound	Nintendo	1994	27
Super Mario World 2: Yoshi's Island	Nintendo	1995	10
F-Zero	Nintendo	1990	6
Contra III: The Alien Wars	Konami	1992	5
Super Ghouls 'n Ghosts	Capcom	1991	4

MITWIRKENDE

STEVE BOXER

Steve schreibt seit den frühen 1990er-Jahren über Spiele, aktuell für *The Guardian, The New European, Metro* und *TechRadar*. Er ist alt genug, um ein Atari VCS und dessen Originalspiele sein Eigen genannt zu haben. Was er an Social Skills besitzt, lernte er in Spielhallen.

Was hast du dieses Jahr am meisten gespielt?
Bis jetzt das großartige *Monster Hunter: World*, außerdem *Ni No Kuni 2: Schicksal eines Königreichs* (oben), *Far Cry 5* und *Sea of Thieves*.

Was war das aufregendste Ereignis des Jahres?
Dass Nintendo mit der Switch ein wahrer Geniestreich gelungen ist, der die Erinnerung an die lahme Wii U ausgelöscht hat.

MATT BRADFORD

Matt (CDN) ist Autor, Redakteur und Synchronsprecher. Seine liebsten Gaming-Momente erlebte er mit seinem Vater in *Tron: Deadly Discs* und mit seinem Sohn in *Super Mario Odyssey*. Man hört ihn im *Video Game Outsiders*- und im *Zombie Cast*-Podcast.

Was hast du dieses Jahr am meisten gespielt?
Assassin's Creed Origins, Prey (oben), *Horizon Zero Dawn, Chime Sharp.*

Was war das aufregendste Ereignis des Jahres?
Für mich persönlich? Die Hauptrolle (Ryan) im Videospiel *Debris* (Moonray Studios) zu sprechen. Als Gamer? Mit der Switch wieder auf den Nintendo-Zug aufzuspringen.

ROB CAVE

Rob schreibt als Autor und Redakteur über Videospiele, Wissenschaft und Popkultur. Er ist seit der ersten *Gamer's Edition* dabei und hat mehr Konsolen-Controller ausgeleiert und zerstört, als er wahrhaben möchte.

Was hast du dieses Jahr am meisten gespielt?
Fortnite (oben), was mich hoffentlich noch eine Weile beschäftigen wird, während ich sehnsüchtig auf *The Last of Us Part II* warte.

Was war das aufregendste Ereignis des Jahres?
Das aufregendste Gaming-Event des Jahres war definitiv Nintendo Labo. Die Papp-Konstrukte eröffnen eine völlig neue, kreative Ebene für die ohnehin schon beeindruckende Nintendo Switch.

DAVID CROOKES

David schreibt seit 1993 über Computer und Videospiele. Seit 2009 arbeitet er an der *Gamer's Edition* mit und schreibt regelmäßig für *Retro Gamer, gamesTM* und *The Independent*.

Was hast du dieses Jahr am meisten gespielt?
Obwohl ich süchtig nach *Fortnite Battle Royale* bin, hatte ich auch etwas Zeit für *Shadow of the Colossus, Night in the Woods* (oben), *Far Cry 5* und *Sea of Thieves*. Außerdem konnte ich einige Spiele-Klassiker auf der C64 Mini-Konsole wiederentdecken.

Was war das aufregendste Ereignis des Jahres?
Zu sehen, wie die Nintendo Switch von Erfolg zu Erfolg segelte.

PAUL DAVIES

Paul berät Spieleentwickler und Publisher im Bereich Games Design, außerdem schrieb er die Bücher *The Art of Horizon Zero Dawn* und *Tales from the Sea of Thieves*. Er lebt mit Frau und Sohn in London.

Was hast du dieses Jahr am meisten gespielt?
Wenn ich nicht *Overwatch* gespielt habe, lief ich durch *Horizon Zero Dawn* oder versuchte, besser in *SMITE* und *League of Legends* zu werden. *Quake Champions* (oben) gefiel mir auch, aber mein Gehirn ist dafür zu langsam.

Was war das aufregendste Ereignis des Jahres?
Die Overwatch League und das Erscheinen von *Destiny 2*. Nintendo Labo hat mich überrascht – es steht ganz oben auf der Wunschliste meines Sohnes.

MATT EDWARDS

Matt schrieb für *Eurogamer, gamesTM, Edge* und *Retro Gamer*. Mittlerweile ist er Community- und eSport-Manager für Capcom und Co-Host des wöchentlichen *Street Fighter*-Twitch-Streams CapcomFighters.

Was hast du dieses Jahr am meisten gespielt?
Street Fighter V: Arcade Edition, Monster Hunter: World, God of War und *Divinity: Original Sin II* (oben).

Was war das aufregendste Ereignis des Jahres?
Ich bin ein großer Fan von Kampfspiel-Wettkämpfen. Bei mir laufen oft die Capcom Pro Tour oder die Gfinity Elite Series auf dem Tablet, während ich auf der PS4 oder auf dem PC zocke.

STACE HARMAN

Stace ist hauptsächlich Autor (*Independent by Design: Art & Stories of Indie Game Creation*) und Game-Consultant. Er ist die eine Hälfte von indiebydesign.net und ein Viertel der Harman-Familie.

Was hast du dieses Jahr am meisten gespielt?
Hearthstone beansprucht weiterhin meine Zeit (und mein Geld). Auf der Switch liegen *Darkest Dungeon* (oben) und *Super Mario Odyssey* vorne.

Was war das aufregendste Ereignis des Jahres?
Mein Sohn meisterte mit Nintendo Labo sein erstes Videospiel – für uns beide sehr aufregend. Und es war süß, meiner Frau zuzusehen, wie sie ihre Liebe für *PixelJunk Monsters* in dessen Sequel ausleben konnte.

JOHN ROBERTSON

Als Journalist, Autor und Fotograf hat John sich auf Videospiele und ihren kulturellen Einfluss spezialisiert. Er ist immer auf der Suche nach den neuesten Gaming-Geschichten. Seit über zehn Jahren ist er in der Spieleindustrie tätig, arbeitet selbst an Spielen und berichtet über sie.

Was hast du dieses Jahr am meisten gespielt?
Fortnite, Football Manager 2018, Yakuza 6 (oben) und *Shadow of the Colossus*.

Was war das aufregendste Ereignis des Jahres?
Zu sehen, wie extrem gut *Fortnite Battle Royale* in allen Teilen der Bevölkerung ankam.

INDEX

Gefettete Einträge im Index markieren Haupteinträge zu einem Thema, **GEFETTETE VERSALIEN** ganze Kapitel.

INDEX

INDEX

BILDNACHWEIS

Cover Paul Michael Hughes/GWR, Warner Bros., Microsoft, EA, Bandai Namco, Activision, Epic Games, LucasArts, Nintendo, Capcom; **1** Capcom, Blizzard, Nintendo, Epic Games; **6** Paul Michael Hughes/GWR, Kevin Scott Ramos/GWR, Paul Michael Hughes/GWR, Paul Michael Hughes/GWR; **7** Paul Michael Hughes/GWR, Paul Michael Hughes/GWR, James Ellerker/GWR, Paul Michael Hughes/GWR; **8** 123RF; **10** Shutterstock; **18** Paul Michael Hughes/GWR; **21** Jennifer Willoughby; **25** Ryan Schude/GWR, Marius Herrmann; **27** Steingrimur Arnason; **28** Nintendo; **29** Square Enix; **30** Alamy; **34** YouTube; **38** Paul Michael Hughes/GWR; **48** Hosokawa Shingo; **50** Shutterstock; **52** Lucius Kwok; **53** Paul Michael Hughes/GWR; **54** James Ellerker/GWR; **56** CCP hf. **60** Electronic Arts; **64** Nintendo, Getty; **66** Shutterstock; **68** Boardgame Geek; **70** Kevin Scott Ramos/GWR; **78** Shutterstock; **81** Kevin Scott Ramos/GWR; **82** Diana Dakin; **84** Stock Unlimited, Alamy, Getty; **85** Shutterstock, Alamy, Reuters; **86** Paul Michael Hughes/GWR; **88** MIT, Myron Krueger, National Archives, Oculus VR LLC, Google, HTC Corporation, THE VOID; **89** Shutterstock, Kickstarter, Microsoft, Sony, HTC Corporation; **92** Alamy; **93** Twitch, Akash; **94** Alamy; **96** Paul Michael Hughes/GWR; **98** James Ellerker/GWR; **99** Getty; **100** Paul Michael Hughes/GWR; **102** Paul Michael Hughes/GWR; **104** Paul Michael Hughes/GWR; **106** Shutterstock; **108** Shutterstock; **109** Warner Bros.; **113** Alamy, Kevin Scott Ramos/GWR; **116** Capcom; **117** Capcom; **118** D M Duijverman, Vanessa Gavalya, Alamy, Getty; **119** Gnsin, Tiia Monto, Joerg Metzner, Getty, Shutterstock; **120** Ben MacMahon/GWR; **122** Capcom; **123** Philip & Andrew Oliver; **124** Dreamstime, New York Daily News; **128** Nintendo, Philip & Andrew Oliver; **129** Nintendo; **130** Nintendo, Shutterstock; **131** Shutterstock, Nintendo; **132** Alamy; **133** Ranald Mackechnie/GWR, iStock; **136** EA Sports; **140** Moby Games, Getty; **142** Getty; **144** Marcin Rajczak; **145** Moby Games; **149** Getty; **152** Getty; **153** Ben Hoskins, Ben Hoskins, Shutterstock; **154** Chucklefish LTD; **155** Chucklefish LTD; **156** Electronic Arts, Alamy; **164** Shutterstock; **166** Nintendo; **168** Shutterstock; **170** Riot Games, Paul Michael Hughes/GWR; **172** Red Bull; **174** Valve Corporation, Shutterstock; **175** Valve Corporation, Shutterstock; **176** Alamy; **177** Alamy, iStock; **183** Arcade Flyer; **186** Shutterstock, Arcade Flyer Archive; **190** Shutterstock; **192** Twitter, Shutterstock; **193** Kevin Scott Ramos/GWR, Red Bull, Red Bull; **214** Paul M Morgan, Getty

DANKSAGUNG

Guinness World Records bedankt sich bei den Folgenden für ihre Unterstützung bei der *Gamer's Edition 2019*:

2K Games (Gemma Woolnough); Activision Blizzard (Jonathan Fargher, Emily Woolliscroft, Maxim Samoylenko, Steven Khoo, Kevin Scarpati, Dustin Blackwell); Atlus (Robyn Mukai Koshi, Jacob Nahin, Michael Quijano); Bandai Namco (Lee Kirton, Ruby Rumjen, Edwin Chuah, Ryan Sinclair); Bethesda (Mark Robins); Capcom (Laura Skelly, Matthew Edwards, Tim Turi, Tristan Corbett); CCP Games (Paul Elsy, George Kelion, Klaus Wichmand); CD Projekt Red (Robert Malinowski); Sami Cetin; Maximilian Christiansen; Chucklefish (Molly Carroll, Eric Barone, Tom Katkus); Cloud Imperium Games (David Swofford, Chris Roberts); Raymond „Stallion83" Cox; D'Avekki Studios (Tim Cowles); Walter Day; Daybreak Game Company (Raquel Marcelo); Nathaniël „Nathie" de Jong; Dead Good Media (Stu Taylor); Decibel PR (Sam Brace); Defiant; Desk; Digital Leisure (Paul Gold); Double Fine Productions (James Spafford); Edelman (Jules Delay); Electronic Arts (Catherine Vandier, Kyle Riley, Bryony Benoy, Tristan Rosenfeldt); ESL (Anna Rozwandowicz, Chrystina Martel, Christopher Flato); eSportsearnings.com; Freejam Games (Martin Snelling, Andy Griffiths); Frontier Developments (Daniela Pietrosanu); Gameloft (Jack Wilcock); GameRankings; Joseph „Stampy Cat" Garrett; Tristen Geren; Global Game Jam (Seven Siegel, Gorm Lai, Jo Summers); GosuGamers (Victor Martyn, Ed Harmer); Grayling (Sam Gavin); Jace Hall; Headup Games (Gregor Ebert); Marius Herrmann; Hope & Glory PR (Sheeraz Gulsher, Pieter Graham); Housemarque (Lauri Immonen); id Software (Tim Willits); Indigo Pearl (Caroline Miller, Alex Holt-Kulapalan); Raheem „Mega Ran" Jarbo; Jelly Media (Mark Bamber); Johnny Atom Productions (Simon Callaghan); Isaiah TriForce Johnson; Callum „SeaPeeKay" Knight; Koch Media (Daniel Emery); Konami/Voltage PR (Steve Merrett); Laminar Research (Marty Arant); Lick PR (Kat Osman, Lucy Starvis); Limited Run Games (Josh Fairhurst, Douglas Bogart); Kurt J. Mac; Madmorda; Scott Manley; Dominique „SonicFox" McLean; MCV (Seth Barton, Marie Dealessandri); Microsoft (Kumar Manix, Rob Semsey); Mojang; Nintendo (Emma Bunce, Kalpesh Tailor, Oliver Coe); Numantian Games (Miguel Corral); Outrageous PR (Danielle Woodyatt); Overbuff.com; Douglass Perry; Stefano Petrullo; Premier PR (Will Beckett, Lauren Dillon, Yunus Ibrahim, Tom Copeland); PSNProfiles (Matt Reed); Psyonix (Stephanie Thoensen, Joshua Watson); PUBG Corporation (Shane Rho); Lorenzo Ramondetti; Red Consultancy (Graham Westrop, Natasha Zialor, Beth Mitchell); Sonja „omgitsfirefoxx" Reid; Riot Games (Becca Roberts, Jessica Frucht); Roblox (Brian Jaquet); Rockstar Games (Craig Gilmore, Hamish Brown); Rocksteady Studios (Gaz Deaves); Roll7 (Simon Bennett); Jeremy Sanchez; Sega (Peter Oliver); Shoryuken.com; Sony Computer Entertainment (Jo Bartlett, Hugo Bustillos); Speedrun.com (Peter Chase); Sports Interactive (Ciaran Brennan, Neil Brock, Miles Jacobson); Spotify (Martin Vacher); Square Enix (Yunus Ibrahim); SRK FGC Stats (@ SRKRanking); StudioMDHR (Ryan Moldenhauer, Chad Moldenhauer); SuperData (Sam Barberie, Albert Ngo); SwipeRight PR (Kirsty Endfield); thatgamecompany (Jennie Kong); Think Jam (Ellie Graham, Chris White); Ross „TommyT999" Thompson; Dr Thomas Tilley; TrueAchievements (Rich Stone); Tai-Ting Tseng; TT Games; Twin Galaxies; Twitch (Chase); Ubisoft (Stefan McGarry, David Burroughs, Olivia Garner, Tom Goldberger); VGChartz; Warhorse Studios (Tobias Stolz-Zwilling); Warner Bros. (Mark Ward, Hannah Jacob); Dan „Silentc0re" White; YouTube Gaming (George Panayotopoulos); Zebra Partners (Beth Llewelyn).

LÄNDERKÜRZEL

A	Österreich
AG	Antigua und Barbuda
AL	Albanien
AND	Andorra
ANG	Angola
AM	Armenien
ARK	Antarktis (inoffiziell)
ARU	Aruba
AUS	Australien
AUT	Palästinensische Autonomiegebiete/ Gazastreifen
AX	Åland
AXA	Anguilla
AZ	Aserbaidschan
B	Belgien
BD	Bangladesch
BDS	Barbados
BF	Burkina Faso
BG	Bulgarien
BHT	Bhutan
BIH	Bosnien und Herzegowina
BJ	Benin
BOL	Bolivien
BR	Brasilien
BRN	Bahrain
BRU	Brunei
BS	Bahamas
BW	Botswana
BY	Weißrussland
BZ	Belize
C	Kuba
CAM	Kamerun
CDN	Kanada
CGO	Demokratische Republik Kongo
CH	Schweiz
CHN	China (Volksrepublik)
CI	Elfenbeinküste
CL	Sri Lanka
CO	Kolumbien
COM	Komoren
CR	Costa Rica
CV	Kap Verde
CY	Zypern
CZ	Tschechien
D	Deutschland
DJI	Dschibuti
DK	Dänemark
DOM	Dominikanische Republik
DZ	Algerien
E	Spanien
EAK	Kenia
EAT	Tansania
EAU	Uganda
EC	Ecuador
ER	Eritrea
ES	El Salvador
EST	Estland
ET	Ägypten
ETH	Äthiopien
F	Frankreich
FIN	Finnland
FJI	Fidschi
FL	Liechtenstein
FO	Färöer
FSM	Mikronesien
G	Gabun
GB	Vereinigtes Königreich
GBA	Alderney
GBG	Guernsey
GBJ	Jersey
GBM	Isle of Man
GBZ	Gibraltar
GCA	Guatemala
GE	Georgien
GH	Ghana
GQ	Äquatorialguinea
GR	Griechenland
GUB	Guinea-Bissau
GUI	Guinea
GUY	Guyana
H	Ungarn
HK	Hongkong
HN	Honduras
HR	Kroatien
I	Italien
IL	Israel
IND	Indien
IR	Iran
IRL	Irland
IRQ	Irak
IS	Island
J	Japan
JA	Jamaika
JOR	Jordanien
K	Kambodscha
KAN	St. Kitts und Nevis
KIR	Kiribati
KN	Grönland
KP	Nordkorea
KS	Kirgisistan
KSA	Saudi-Arabien
KWT	Kuwait
KZ	Kasachstan
L	Luxemburg
LAO	Laos
LAR	Libyen
LB	Liberia
LS	Lesotho
LT	Litauen
LV	Lettland
M	Malta
MA	Marokko
MAL	Malaysia
MC	Monaco
MD	Moldawien
MEX	Mexiko
MGL	Mongolei
MH	Marshallinseln
MK	Mazedonien
MNE	Montenegro
MOC	Mosambik
MS	Mauritius
MV	Malediven
MW	Malawi
MYA	Myanmar
N	Norwegen
NA	Niederländische Antillen
NAM	Namibia
NAU	Nauru
NCL	Neukaledonien
NEP	Nepal
NGR	Nigeria
NI	Nordirland
NIC	Nicaragua
NL	Niederlande
NZ	Neuseeland
OM	Oman
P	Portugal
PA	Panama
PAL	Palau
PE	Peru
PK	Pakistan
PL	Polen
PMR	Transnistrien
PNG	Papua-Neuguinea
PRI	Puerto Rico
PY	Paraguay
Q	Katar
RA	Argentinien
RB	Botswana
RC	Republik China (Taiwan)
RCA	Zentralafrikanische Republik
RCB	Republik Kongo
RCH	Chile
RG	Guinea
RH	Haiti
RI	Indonesien
RIM	Mauretanien
RKS	Kosovo
RL	Libanon
RM	Madagaskar
RMM	Mali
RN	Niger
RO	Rumänien
ROK	Südkorea
RUM	Rumänien
ROU	Uruguay
RP	Philippinen
RS	Bosnisch-Serbische Republik
RSM	San Marino
RT	Togo
RU	Burundi
RUS	Russland
RWA	Ruanda
S	Schweden
SD	Swasiland
SGP	Singapur
SK	Slowakei
SLE	Sierra Leone
SLO	Slowenien
SME	Suriname
SN	Senegal
SO	Somalia
SOL	Salomonen
SRB	Serbien
SSD	Südsudan
STP	São Tomé und Príncipe
SUD	Sudan
SY	Seychellen
SYR	Syrien
T	Thailand
TD	Tschad
TG	Togo
TJ	Tadschikistan
TL	Osttimor
TM	Turkmenistan
TN	Tunesien
TON	Tonga
TR	Türkei
TT	Trinidad und Tobago
TUV	Tuvalu
UA	Ukraine
UAE	Vereinigte Arabische Emirate
USA	Vereinigte Staaten von Amerika
UZ	Usbekistan
V	Vatikanstaat
VAN	Vanuatu
VG	Britische Jungferninseln
VN	Vietnam
WAG	Gambia
WAL	Sierra Leone
WB	Westjordanland
WD	Dominica
WG	Grenada
WL	St. Lucia
WS	Samoa
WSA	Demokratische Arabische Republik Sahara
WV	St. Vincent und die Grenadinen
YEM	Jemen
YV	Venezuela
Z	Sambia
ZA	Südafrika
ZW	Simbabwe

KURZ VOR SCHLUSS

Die Welt der Gaming-Rekord bleibt nicht einfach stehen, wenn wir in Druck gehen. Wir zeigen euch eine kleine Auswahl an Rekorden, die entweder zu spät dran waren für das restliche Buch oder für die wir einfach keinen Platz mehr auf unseren Seiten gefunden haben!

Erster spielbarer weiblicher Charakter in *Far Cry*
Als *Far Cry 5* am 27. März 2018 erschien, war es das erste Spiel der langlebigen Ubisoft-Serie mit einem spielbaren weiblichen Charakter (links). Zu Beginn des Spiels können Spieler sich entscheiden, ob sie als Mann oder Frau spielen wollen, sowie Gesichtszüge, Hautfarbe, Augenfarbe und andere Merkmale ihres Charakters festlegen.

Meiste Menschen in einem Lara-Croft-Kostüm
Die größte Zusammenkunft von Menschen, die als *Tomb Raider*-Heldin Lara Croft verkleidet waren, hatte 316 Teilnehmer. Das Event wurde von Warner Bros. Pictures (China) am 8. März 2018 in Peking anlässlich der Kino-Premiere des aktuellsten *Tomb Raider*-Films organisiert.

Schnellstes Durchspielen der *Dark Souls*-Trilogie ohne kassierte Treffer
Am 8. März 2018 beendete Twitch-Streamer „The_Happy_Hobb" (GB) alle drei *Dark Souls*-Spiele (Bandai Namco), ohne von Schwertern, Zähnen und Krallen der fiesen Bösewichter berührt zu werden. Nach mehreren knapp gescheiterten Versuchen im letzten Jahr war er sehr glücklich: „Gaming-Geschichte! *Dark Souls*-Geschichte! Ohne Treffer ... ganz einfach!".

Schnellste *Stardew Valley*-Hochzeit (ohne Glitches)
Der flinke Frauenheld „TheHaboo" (USA) heiratete seine *Stardew Valley*-Liebe noch schneller als sein Landsmann „Sam_Van_Dam" (S. 154–155). Am 27. März 2018 umwarb der PC-Spieler sie in nur 58:58 min. Dank vieler Regentage brauchte er keine Zeit fürs Pflanzenwässern.

Schnellster Halbmarathon als Videospiel-Charakter (männlich)
Im ikonischen rot-blauen Mario-Outfit (und mit einem fast so schönen Schnauzbart) lief Peter Wood (GB) den „Great North Run"-Halbmarathon in Newcastle (GB) am 10. Sept. 2017 in nur 1:31:59 h. Zum Glück gab es an dem Tag auf der 21,09 km langen Strecke weder Koopas noch Gumbas!

Meiste gleichzeitige Twitch-Stream-Zuschauer einer Einzelperson
Twitch-Streamer „Ninja", alias Richard Tyler Blevins (USA), brach am 21. April 2018 seinen eigenen Rekord (S. 92–93). Unglaubliche 667.000 Zuschauer sahen das „Ninja Vegas 18"-Event in Las Vegas (USA). „Ninja" spielte neun Matches *Fortnite Battle Royale* (Epic, 2017) und belohnte die Match-Gewinner oder alle, die ihn abschossen, mit 2.000 EUR.

Tödlichste Maschine in *Horizon Zero Dawn*
Bis zum 7. März 2018 war der Sägezahn die tödlichste Kreatur in *Horizon Zero Dawn* (Sony, 2017). Das wie ein Säbelzahntiger aussehende Biest zermalmte, zerstückelte und eliminierte seit der Veröffentlichung des Spiels am 28. Febr. 2017 20,9 Mio. unglückliche Spieler (verifiziert von Sony).

Erstes DLC-Monster in *Monster Hunter: World*
Am 22. März 2018 erschien der Dämonjho in *Monster Hunter: World* (Capcom, 2018) als kostenloser Downloadable Content (DLC). Das riesige Biest hat die Fähigkeit, sich kleinere Monster zu schnappen und damit nach Jägern zu schlagen. „Niemand ist vor dem Dämonjho sicher, nicht einmal andere Monster", hieß es auf Capcoms Blog.

Frühester Weltraumsieg in *Civilization IV*
Den Weltraumsieg in *Civilization IV* (2K Games, 2005) erreicht man, wenn man eine Rakete in das nächstgelegene Sternsystem Alpha Centauri schickt. Am 22. März 2018 schaffte „WastinTime" den Sieg im Jahr 90 im Spiel. Er startete das Spiel 4.000 vor unserer Zeitrechnung und schickte seine Rakete 210 v. u. Z. los. Das sind 2.170 Jahre, bevor der echte Yuri Gagarin 1961 zur ersten bemannten Raumfahrt aufbrach! Es dauerte 299 Jahre, bis die Rakete des *Civilization*-Veteranen ihr Ziel erreichte.

WEITESTER MENSCHLICHER KANONENKUGEL-FLUG

Anlässlich der Veröffentlichung des Open-World-Piratenspiels *Sea of Thieves* (2018) engagierte Microsoft „The Bullet", alias David Smith Jr. (USA), um seinen eigenen Menschliche-Kanonenkugel-Rekord von 59,09 m zu übertreffen. Am 13. März 2018 wurde der Stuntman im Raymond James Stadium in Tampa, Florida (USA), 59,43 m weit aus der Kanone eines *Sea of Thieves*-Piratenschiffs gefeuert. Die neue Bestmarke war 0,38 m weiter als sein bisheriger Rekord.

MARIO-QUIZ-ANTWORTEN (S. 126–127)

Von links nach rechts:

- Super Mario Bros.
- Super Mario 64
- Paper Mario: Sticker Star
- Mario Golf World Tour
- Super Mario Sunshine
- Mario Party 6
- Mario vs Donkey Kong
- Mario Slam Basketball
- Mario Super Sluggers
- Mario Tennis
- Mario vs Donkey Kong: Aufruhr im Minilland!
- Mario und Sonic bei den Olympischen Spielen London 2012
- Super Mario World
- Super Mario Galaxy
- Mario Kart 7
- Super Mario Maker
- Dr Mario: Miracle Cure
- Super Mario 3D Land
- Mario + Rabbids Kingdom Battle
- Mario Party: The Top 100

Höchster Videospiel-Stream
Am 13. Okt. 2017 sendete Microsoft einen Stream zu *Super Lucky's Tale* (2017) aus 365,7 m Höhe. Das Gameplay-Video wurde mit Xbox' Mixer-Streamingdienst aus einem Heißluftballon hoch über Albuquerque, New Mexico (USA), gestreamt.

Meiste gleichzeitige Spieler in einem einzelnen Multiplayer-Match
Am 23. Jan. 2018 kämpften 6.142 *EVE Online*-Spieler in der „Belagerung von 9-4R" um die Zerstörung oder den Erhalt der Keepstar-Zitadelle des Systems. Während des EVE Fanfests am 14. April 2018 feierte CCP Games diese Leistung auf der Bühne. „Die Community steht im Zentrum von allem, was wir tun, und dieser Award gehört ihr", sagte Svenni Guard, Senior Community Development Lead von CCP Games (links).